LA DISPARUE DE L'ÎLE MONSIN

DU MÊME AUTEUR

Chez le même éditeur

La Femme manquée, roman, 2000
Baigneuse nue sur un rocher, roman, 2001
Helena Vannek, roman, 2002
Le Conseiller du roi, roman, 2003
Les Fausses Innocences, roman, 2005
Les Mystères de sainte Freya, roman, 2007
Tu ne jugeras point, roman, 2009
Les Eaux amères, roman, 2011
Loin des mosquées, roman, 2012
Le Bon Coupable, roman, 2013
Dans la gueule de la bête, roman, 2014
De regrettables incidents, roman, 2015
Et je serai toujours avec toi, roman, 2016
En son absence, roman, 2017
Une femme que j'aimais, roman, 2018
Une drôle de fille, roman, 2019

Chez d'autres éditeurs

De la salade !, récit, Memor, Bruxelles, 2000
La Femme de saint Pierre, nouvelles, Labor, Bruxelles, 2004
La Reine des Spagnes, récit, Memor, Bruxelles, 2006
Le Commandant Bill, roman, Mijade, Namur, 2008
Les Lunettes de John Lennon, roman, Mijade, Namur, 2010
La Malédiction de l'abbé Choiron, récit, Weyrich, Neufchâteau, 2011
Sept histoires pas très catholiques, nouvelles, Weyrich, Neufchâteau, 2016
La Mort pour marraine, théâtre, De Boeck, Louvain-la-Neuve, 2016
L'Évasion de Socrate, théâtre, Samsa, Bruxelles, 2017
Le Concile de Jérusalem – Le Frère du fils prodigue – L'Ange Gabriel, théâtre, Éditions jésuites, Namur-Paris, 2018

ARMEL JOB

LA DISPARUE DE L'ÎLE MONSIN

roman

Robert Laffont

ISBN 978-2-221-24658-0
Dépôt légal : février 2020

Ὃς ἐὰν ζητήσῃ τὴν ψυχὴν αὐτοῦ
σῶσαι, ἀπολέσει αὐτήν, καὶ ὃς ἐὰν
ἀπολέσῃ αὐτήν, ζῳογονήσει αὐτήν.

L'un, s'il cherche à sauver sa vie,
la perdra ; l'autre, s'il la perd,
lui donnera d'exister.

LUC 17, 33

1.

Si vous passez en Belgique au mois de mai, lorsque vous dégusterez une gueuse sur la Grand-Place, ne vous étonnez pas que le garçon de café vous entretienne non de la pluie et du beau temps, mais de musique classique. C'est qu'à cette époque, les Belges de toute condition suivent avec ferveur le concours musical Reine Élisabeth. Tout à coup, un pianiste kazakh, une violoniste sud-coréenne défraient la conversation comme jamais ne l'espéreraient les joueurs de football ou les briscards de la question linguistique. Chacun prend fait et cause pour l'artiste de son cœur. On a vu des gens se brouiller sur le dos d'un candidat dont, aujourd'hui, ils ne pourraient même plus se rappeler le nom exotique.

Rarement, en effet, un concurrent se gagne l'unanimité. L'exception la plus notoire fut une cantatrice polonaise – Wolska, Walska, ou quelque chose de ce genre – qui s'illustra lors d'un des premiers concours pour le chant à la fin des années quatre-vingt ou au début des années nonante. Remporta-t-elle la finale ? Il faudrait consulter les archives. Ce qui est sûr, c'est qu'elle se gagna la faveur complète du public. Passons sur sa voix : pour le commun des mortels, à ce stade de la compétition, elles se valent toutes; on abandonne le choix du vainqueur aux lubies du jury, persuadé à part soi qu'un tirage au sort ferait aussi bien l'affaire. En fait, ce qui départage vraiment les candidats, ce n'est pas le talent musical, c'est leur personnalité. Et Walska – appelons-la ainsi – en avait une de feu.

D'abord, elle était mince, brune et vive comme une flamme. Tout le contraire de la walkyrie wagnérienne dont le partenaire lui-même appréhende la scène du baiser. À chacune de ses prestations, des quarts de finale à la finale, elle porta une robe écarlate agrémentée d'un décolleté en carré qui rasait les charmants contreforts de sa poitrine. À peine apparaissait-elle que la salle s'embrasait.

Une fois sur scène, alors que l'orchestre préludait, elle commençait à vibrer. Sa tête oscillait légèrement au rythme de la musique, un demi-sourire retroussait ses lèvres impatientes tandis que ses prunelles parcouraient l'auditoire et roussissaient littéralement les premiers rangs. Pour un certain air, elle dut attendre plus longtemps, on lui avait préparé une chaise. Assise du bout des fesses, les reins busqués, loin du dossier, les genoux bandés et tressaillant sporadiquement, elle piaffait, telle une pouliche derrière les starting-gates.

Lorsqu'elle chantait, elle se penchait vers le public, les coudes collés aux hanches, les avant-bras tendus, paumes ouvertes, comme si elle voulait déverser son émoi par-dessus la rampe. Son visage était traversé d'expressions si parlantes qu'elles rendaient superflue la connaissance de l'italien.

Cependant, le plus éloquent dans toute sa personne, c'était son buste. Sous la pression de l'émotion, il se gonflait, faisant surgir brusquement les arcades de ses seins ainsi que deux témoins incapables de rester plus longtemps dans l'ombre, puis il se rétractait, rappelé par la pudeur, se recueillait un moment sur une douleur, une joie contenue, avant de rebondir hardiment, amplifié par une nouvelle vague partie de ses reins, venue s'échouer sur la plage nue entre ses épaules.

Si quelqu'un l'avait regardée sans l'entendre, un sourd, un zappeur, son coupé – le concours était retransmis sur la deuxième chaîne –, il aurait peut-être trouvé de l'érotisme dans cette houle, alors que le chant qui la provoquait en faisait une chose parfaitement innocente. Dans son ardente offrande, Walska donnait à comprendre que l'âme ne réside pas, comme on le croit communément, dans quelque repli inaccessible de l'être humain ; l'âme habite le corps tout entier, elle peut, le cas échéant, le faire frémir de la nuque aux talons. Ce n'était pas la chair de Walska que les yeux chastes des spectateurs dévoraient, c'était sa transsubstantiation dans la réalité spirituelle la plus sublime.

Mais ne nous égarons pas. Cette évocation de Walska n'a d'autre but que de dater la ferveur pour le bel canto qui se répandit alors dans le pays jusque dans les couches les plus laborieuses. À l'époque où le Reine Élisabeth se cantonnait au piano et au violon, nombre d'artistes s'étaient déjà taillé une belle renommée. Ils avaient même vulgarisé certains morceaux brillants du répertoire classique. Au lendemain du concours, les disquaires, par exemple, pouvaient vendre autant de *Concerto n° 1* de Tchaïkovski que de Bob Marley au plus fort du reggae. Rien de comparable pourtant à ce que fut le décollage du chant lyrique après Walska.

Dans les années qui suivirent, les académies de musique durent multiplier les classes de chant. Des récitals furent partout programmés, non seulement dans les salles les plus prestigieuses, à Bruxelles, à Anvers, à Gand, mais même dans de modestes centres culturels à la campagne ou en banlieue. Ce fut le début de deux décennies d'enthousiasme vocal. Après quoi le soufflé retomba. Récemment, les organisateurs ont décidé d'offrir au public un nouvel objet de dévotion : le violoncelle. Les luthiers peuvent se frotter les mains.

Au début de 2012, cependant, les derniers souffles de la tempête lyrique s'infiltraient encore çà et là, dans les espaces arides de la culture populaire si souvent en retard d'une mode. Tel fut le cas du Parvis du peuple. Perdu dans une des communes les plus excentrées de l'agglomération liégeoise, le Parvis du peuple périclitait depuis de nombreuses années. Son heure de gloire remontait à sa fondation dans la décennie d'après-guerre, quand la classe ouvrière en plein essor de la reconstruction pouvait s'amuser de culture. Cohn-Bendit y avait donné une conférence, Rostropovitch y joua en 1975. Ensuite, plus rien ou pas grand-chose, des spectacles d'amateurs, des causeries d'apiculture ou de colombophilie, jusqu'à ce que le nouveau vicaire de la paroisse, philosophe sartrien repenti, entreprît de le requinquer.

En janvier 2012, l'abbé Wallenborn parvint à attirer au Parvis, non pas Walska, rentrée en Pologne certainement et déjà presque oubliée, mais la cantatrice belge Hélène de Gartechin, qui cherchait encore à se faire un nom. Si Wallenborn réussit à l'engager, ce fut vraisemblablement l'effet d'une confusion. La mère de l'étoile montante, qui lui servait d'impresario, crut comprendre au téléphone que sa fille était invitée à Liège même. Son imagination aristocratique et strictement bruxelloise lui représenta probablement le Parvis comme une sorte de palais des Beaux-Arts sur Meuse.

Le récital devait avoir lieu le mercredi 25 janvier, jour de la fête de la conversion de saint Paul, patron de la paroisse. Le 21, Hélène contacta Wallenborn. Elle avait vérifié l'adresse du Parvis sur une carte et, prise d'un doute soudain, elle voulait s'assurer que la salle disposait d'un piano convenable.

« Oui, oui, tout à fait.

— Quel genre de piano ?

— Mais un piano… piano.

— Un queue, demi-queue ?

— Ah non ! Un piano… comment dit-on ? Un piano droit.

— Vous n'imaginez pas que mon pianiste va m'accompagner sur un piano droit !

— D'après ce qu'on m'a dit, c'est un excellent piano, je vous assure.

— Écoutez, monsieur Wallenborn, il est hors de question que je me produise chez vous si je n'ai pas un piano à queue.

— Comment voulez-vous que je vous déniche un piano à queue en trois jours ?

— Cela se loue, monsieur, cela se loue. Mon accompagnateur peut vous donner des adresses. Arrangez-moi ça comme vous voudrez, c'est indispensable. »

Pris à la gorge, Wallenborn plongea dans les pages jaunes. Il n'y figurait en tout et pour tout que trois loueurs de pianos. Le répondeur des deux premiers, l'un installé au centre-ville, l'autre à Spa, l'informa qu'ils étaient fermés pour la trêve hivernale jusqu'au mercredi suivant, 1er février. Le cœur serré, Wallenborn forma le numéro du troisième, « Nowak Jordan, pianos, accordage, rénovation, expertise, location », à Monroche-en-Ardenne. Entre la cinquième et la sixième sonnerie, avec le sarcasme du désespoir, il invoqua sainte Rita, patronne des causes perdues. Aussitôt, Jordan Nowak décrocha en personne. Avenant, disponible.

Et, le 25 janvier, au début de l'après-midi, un fourgon Volkswagen Transporter dont les flancs étaient illustrés d'un clavier ondulant en bannière au-dessus des lettres « Pianos Nowak » se rangea devant le Parvis. Wallenborn, encadré de deux costauds de la Maison des jeunes, l'attendait. Une demi-heure plus tard, la caisse du piano transportée sur sa tranche avait retrouvé ses pieds, ses pédales et luisait à l'horizontale sous la grille d'éclairage de la scène. Jordan Nowak était penché sous le couvercle, il tapotait les touches tout en maniant les chevilles d'accord avec sa clé d'accordeur. Les notes qui semblaient avoir un peu déraillé pendant le voyage rentraient une à une dans le rang. Dès qu'il en avait récupéré une poignée, Jordan se redressait et plaquait un ou deux accords qu'il accompagnait d'un petit fredonnement.

À part cela, il n'avait guère ouvert la bouche que pour saluer le vicaire et, en entrant dans la salle, pour s'inquiéter de la température : allait-on vraiment la conserver au même niveau ? Comme on n'avait pas chauffé depuis une éternité, Wallenborn avait fait installer deux canons à chaleur de plâtrier pour ressuyer les murs. Après une nuit et une matinée en continu, toute l'humidité avait exsudé. Il régnait une chaleur tropicale.

« Il faudrait aérer, puis essayer de garder une atmosphère raisonnable, constante si possible. Pour les cordes du piano. Puis celles de la chanteuse, éventuellement... »

Les « cordes de la chanteuse », Jordan les avait ajoutées avec un sourire interrogatif, comme s'il risquait une plaisanterie à titre d'essai, mais était prêt à se maintenir dans le registre sérieux si on préférait. Wallenborn était trop sur les dents pour entendre raillerie, Jordan n'avait pas insisté.

Il s'était replié sur sa mine ordinaire, celle qu'on voit rarement soi-même car, même dans le miroir, on s'en compose par réflexe une qui nous rassure. Jordan aurait été bien étonné sans doute qu'on lui trouve spontanément une allure presque timorée. Il pensait présenter une certaine contenance, justifiée par une apparence après tout enviable, nez droit, lèvres minces, regard clair, front lisse entamant légèrement par les coins un crâne garni d'une chevelure drue à peine grisonnante. Cette expression modeste venait peut-être de ce qu'il n'était qu'accordeur et non pianiste.

Encore que, pianiste, Jordan l'était quand même passablement, comme il apparut lorsqu'il eut terminé de régler l'instrument. Il s'installa sur le tabouret et exécuta un morceau tout en arpèges ascendants et descendants, dont le seul but était de vérifier la totalité des touches, mais que Wallenborn, par exemple, qui n'y connaissait rien, prit pour un air de bravoure. Après quoi il referma doucement le couvercle, consulta sa montre et déclara au vicaire assis au premier rang qu'il reviendrait à sept heures trente pour une dernière vérification.

« Le récital est bien à huit heures ?

— Oui, disons huit heures et quart. Vous savez comment sont les gens ici. Ils râlent si leur train a une minute de retard, mais eux-mêmes ne sont jamais pressés. J'en ai qui arrivent à la messe quand j'ai fini de prêcher.

— Il y a une pause ?

— Oui. Vous voulez voir le programme ?

— Non, non. Je reste toujours jusqu'à la pause pour un éventuel réglage. Puis je vous laisserai jusqu'à demain.

— Vous ne reprenez pas le piano ce soir ?

— Demain matin, si ça ne vous dérange pas.

— Pas du tout.

— Avec ce temps, j'ai pris une chambre à l'hôtel. »

Le regard timide de l'accordeur s'attarda un instant sur Wallenborn, comme s'il guettait son approbation. Est-ce qu'à lui aussi le temps paraissait assez mauvais pour justifier une nuit à l'hôtel ?

« Il neigeait en Ardenne quand je suis parti tout à l'heure. Je ne tiens pas à me retrouver dans une congère en pleine nuit.

— Je vous comprends.

— Rassurez-vous, c'est à mes frais. »

Il sortit, releva le col de son paletot et suivit le trottoir à la recherche d'un bistrot. Il passa à côté d'une cabine téléphonique, s'en éloigna de quelques pas, puis s'arrêta et revint en arrière. Il poussa la porte, composa son numéro à Monroche. Il possédait bien un portable, mais Monroche, encaqué entre les remparts de ses collines, ne disposait que d'une sorte de réseau à trous, par lequel les mots transitaient comme à travers une passoire.

« Édith, c'est moi.

— Ah ! tu es déjà à l'hôtel ?

— Non, j'ai installé le piano seulement. Je suis dans une cabine.

— La route, ça a été ?

— Oui, pas de problème jusqu'ici.

— Bon, ben, me voilà rassurée.

— Tu peux.

— Eh bien, à demain, alors… Tu rentres quand ?

— Pour midi, j'espère.

— Sois prudent ! À demain.

— Édith…

— Oui ?

— Je pense à toi, tu sais.

— Mais bien sûr que tu penses à moi et moi aussi, je pense à toi ! Je t'embrasse, mon loup. »

Il raccrocha. Sa main restait sur le récepteur. C'est curieux, quand Édith l'embrassait réellement, cela ne lui faisait plus aucun effet. Mais, à distance, il avait l'impression d'avoir reçu un de ses baisers d'autrefois, un baiser du début qui lui provoquait sur les lèvres une petite décharge pareille à celle des piles plates dont les gosses, de son temps, s'amusaient à lécher les lamelles.

Qu'allait-elle faire de sa soirée? Souper avec les enfants. Elle leur préparerait quelque chose que lui n'aimait pas, mais dont ils raffolaient. Du pain perdu, des gaufres à la cassonade. Ils profitaient de son absence. Plus tard, elle prendrait un bain plus long que d'habitude et se coucherait avec un magazine après avoir déplacé son oreiller au milieu du traversin. Une rupture pas désagréable du tout dans le train-train quotidien. Sereine, seule. Il l'envia presque en songeant à sa propre soirée.

Il trouva un café sicilien, avala un quart de pizza et deux Jupiler. Quand il revint au Parvis, quelques personnes se trouvaient déjà dans la salle. Wallenborn, vêtu d'un jean fraîchement repassé et d'un blouson de cuir, coulissait à pas glissés dans les rangées pour serrer les mains, comme un socialiste en campagne. Jordan remonta sur la scène, parcourut le clavier, régla le compte d'un ultime *si* bémol récalcitrant, puis descendit sous la scène où les artistes disposaient de deux cellules monastiques intitulées « loges ».

Il salua l'accompagnateur, qui lui présenta Hélène de Gartechin. Un gros bouquet de roses rouges reposait sur la table de maquillage, dédoublé par son reflet dans le miroir entouré de grosses ampoules nues. Mis à part la confusion de sa mère, le ventre d'Hélène expliquait amplement pourquoi elle avait accepté de se produire dans un bled pourri. Elle était enceinte jusqu'au blanc des yeux. Son visage, néanmoins, était des plus agréables quand elle souriait, un peu sévère autrement. Malheureusement il vira au rouge brique dès qu'elle se mit à chanter. C'était l'effet conjugué sans doute du masque de grossesse et de la chaleur qui continuait à transpirer des murs.

Sa voix de mezzo était très pleine, avec dans les graves un écho de cavité qui rappelait certaines inflexions goitreuses de la Callas. Les flancs enflés des cantatrices enceintes altèrent-ils leur voix? C'est possible. Jordan le soupçonna. Ses pensées dérivèrent jusqu'au bébé, inquiet peut-être de sentir vibrer les eaux amniotiques. Il n'y a pas d'âge pour encaisser les passions des parents.

Au cours des premières minutes, le public écouta dans un silence religieux. Mais, bientôt, l'avant-garde des tousseurs passa à l'action. De brefs graillonnements s'élevèrent au fond de la salle, puis se rapprochèrent, au centre et jusque sur les ailes des premiers rangs. Comme prévu, les simples enrhumés s'autorisèrent alors les accès que de malheureux silicosés n'avaient pu contenir et ils leur emboîtèrent résolument le pas. Et ensuite, des gens qui n'auraient jamais toussé en d'autres circonstances se persuadèrent tout à coup qu'ils avaient un chat dans la gorge. En une demi-heure, la fréquence et le niveau du parasitage du récital atteignirent leur rythme de croisière.

À une certaine époque, Jordan avait pensé qu'il serait possible d'établir une graduation de l'intérêt du public calculée sur le nombre de spectateurs divisé par celui des quintes émises à la minute. Le coefficient d'Hélène de Gartechin n'aurait vraiment pas été terrible.

À la pause, tandis que les tousseurs avaient subitement cessé de tousser, il vérifia rapidement le piano et, avec un signe à Wallenborn, qui nageait dans le bonheur, il s'éclipsa.

Quelques flocons de neige flottaient dans l'air glacial. Il descendit vers la ville, la soufflerie du Transporter à fond dans le pare-brise qui se couvrait de la vapeur absorbée par ses vêtements au Parvis. Il suivait le GPS qu'il avait programmé pour se rendre boulevard Ernest-Solvay, Liège. C'est là qu'Édith lui avait réservé une chambre à l'hôtel Marcachou, qui venait en tête des établissements « Prix d'amis » sur Auberges.com. Quelques clichés montraient des pièces propres, meublées sobrement, tout à fait correctes pour une seule nuit.

En zoomant arrière sur le GPS, Jordan s'était immédiatement aperçu que le boulevard Solvay se trouvait en fait à Herstal, une autre banlieue au bord de la Meuse, à cinq bons kilomètres du centre. Voilà qui expliquait sans doute le prix et la pudique absence de photos de l'extérieur de l'hôtel.

Plus il descendait vers la vallée, plus la neige tombait dru. Les flocons se ruaient contre les phares comme s'ils tentaient de les étouffer de leur blancheur. Chez lui, en Ardenne, Jordan avait l'habitude de conduire par mauvais temps. Surtout il fallait éviter de pousser sur la pédale des freins.

Il avait rétrogradé en seconde. Les rues piquaient vers le bas, avec parfois des virages en épingle à cheveux. Enfin, il aperçut la rangée de lanternes qui plaquaient leur éclat jaune sur la surface du fleuve, où la neige venait se noyer.

Il ne restait qu'à passer sur l'autre rive. La voix placide du GPS l'invita à s'engager sur le pont-barrage de l'île Monsin. Il était presque onze heures. Un bus vide le croisa prudemment. Sinon, plus de circulation et, dans les rues où il venait de longer les grands bâtiments de la brasserie Jupiler, pas âme qui vive. Çà et là, aux étages des maisons, de rares fenêtres étaient teintées d'une lumière blême.

Aussi, quand il aborda le pont, son attention fut-elle aussitôt attirée au bout du faisceau lumineux des phares par une silhouette qui se dressait sur le bas-côté près du parapet au milieu des tourbillons. Son cœur déjà aux aguets se cabra immédiatement dans sa poitrine. Ensuite, longtemps après, quand il se remémora cette soudaine apparition, il se demanda ce qui lui avait fait pressentir sur-le-champ qu'il allait se passer quelque chose d'extraordinaire, bien qu'il ne pût imaginer que toute sa vie en serait bouleversée. Après tout, il ne s'agissait que d'un passant attardé, surpris par la neige, qui allait rejoindre une maison près de la brasserie où on l'attendait derrière une des fenêtres éclairées. Mais, tout de suite, il avait su qu'il ne s'agissait pas de cette scène banale pour une raison fort simple, c'est que la silhouette ne bougeait pas.

Le passant n'esquissait pas le moindre mouvement pour se déplacer ni vers la brasserie ni vers l'île, en se courbant contre l'averse, comme on fait naturellement quand on est pris dans la tourmente. Il restait immobile, impassible, ne prenait pas la peine de secouer la couche qui se collait à lui et le transformait peu à peu en fantôme. Jordan pensa malgré lui qu'il l'attendait.

Au fait, était-ce un homme ou une femme? Impossible d'en décider. Jordan avançait de plus en plus lentement, espérant qu'il allait découvrir le visage. Quand il ne fut plus qu'à une dizaine de mètres, il constata que l'inconnu lui tournait le dos, les bras tendus en appui sur le parapet. Il portait un jean replié sur de gros godillots et un manteau genre duffel-coat, le capuchon relevé sur la tête.

Il avait certainement entendu arriver le fourgon, mais il ne bronchait pas. Jordan s'arrêta à sa hauteur, descendit la glace et cria : « Hé, monsieur, ça va ? »

La forme se retourna vers lui péniblement, lui sembla-t-il, comme si elle s'extirpait du sommeil. Dans le capuchon, le visage d'une jeune femme apparut.

« Ça va, madame ? répéta Jordan plus doucement.

— Non, ça ne va pas du tout », répondit-elle, d'une voix distincte, mais comme atténuée par la neige.

Sur une de ses joues, il y avait une légère traînée rouge que Jordan identifia tout de suite : c'était du sang.

2.

En sortant de l'hôtel de police où elle venait de déclarer la disparition de sa fille, Helga Krauss fut prise d'un étourdissement. Peut-être était-ce l'effet du froid tranchant de la rue après la touffeur du local exigu où elle était restée presque une heure sans même enlever son manteau. Ou était-ce autre chose, la résignation à admettre qu'elle avait officiellement notifié la disparition d'Éva, alors que, jusqu'au moment de franchir le seuil, elle avait voulu croire encore à une simple absence dont la raison lui échappait, mais ne manquerait pas de lui revenir brusquement à l'esprit.

Toute la semaine, elle s'était imaginée se frappant le front, claquant des doigts et s'exclamant : « Mais oui, bien sûr, comment n'y ai-je pas songé plus tôt ! » Le problème, c'était songer à quoi ? Elle avait eu beau se creuser la cervelle, elle n'avait rien trouvé. Pourquoi Éva ne répondait-elle pas à ses coups de téléphone ? Chaque fois, elle tombait directement sur la messagerie impersonnelle de l'opérateur. Elle laissait un message : « Rappelle-moi, Éva, s'il te plaît. » Pourquoi aussi, comme elle allait bientôt l'apprendre, n'avait-elle plus mis les pieds dans son studio depuis le 25 janvier ? On était le 6 février. Cela faisait douze jours maintenant. Pour finir, Helga s'était résignée à descendre à Liège, rue Natalis, pour s'adresser à la police.

Elle fit quelques pas avant d'appuyer un moment son front contre la vitrine d'un magasin de chaussures. Elle sentait le sang battre à ses tempes. Sous ses yeux étaient exposés de multiples modèles en solde de bottes pour dames et, forcément, elle se rappela qu'elle avait incité Éva à s'offrir une paire à la place des affreux godillots qu'elle portait depuis le début de l'hiver. Cette pensée lui fit relever le front et secouer la tête en arrière, comme pour chasser la scène qui avait fini en querelle.

Plus loin, au bout de la rue, se trouvait un bistrot. Elle entra, s'assit sur la banquette contre le mur et commanda un café. À l'hôtel de police, on lui en avait proposé un, mais elle avait refusé. Il lui aurait paru incongru de prendre quoi que ce soit. Elle n'était pas là pour une visite de courtoisie. Elle aurait voulu que ce soit fini avant d'avoir commencé.

Dès qu'elle s'était trouvée assise dans le local que la policière de l'accueil lui avait désigné, devant la table du jeune fonctionnaire arrivé quelques minutes plus tard, l'inquiétude qui la taraudait depuis des jours, curieusement, était passée au second plan. Un autre sentiment avait pris le dessus, un malaise qu'elle n'aurait pu définir d'abord jusqu'à ce qu'en levant les yeux sur le policier qui ouvrait son ordinateur portable, elle comprît que c'était de la honte. Non pas la honte pour le comportement d'Éva, mais la honte d'elle-même, Helga, une mère venue avouer à un flic beaucoup trop jeune qu'elle avait perdu toute trace de son enfant.

Puis, tout de suite, le ridicule s'était encore ajouté à l'humiliation quand le jeune homme lui avait demandé quel âge avait cette enfant.

« Trente-deux ans.

— Trente-deux ans ?

— Oui. »

Évidemment, il s'attendait à quatorze ou quinze ans, l'âge où les filles font des fugues, où les mamans affolées viennent voir le gentil policier qui explique que, neuf fois sur dix, la petite espiègle se manifeste d'elle-même dans les quarante-huit heures. Mais, à trente-deux ans, comment cette mère avait-elle pu user du mot « enfant » pour désigner Éva ? Il avait éloigné ses doigts du clavier, comme s'il s'apprêtait tout de suite à refermer l'ordinateur.

« Votre fille est une adulte, madame. Elle n'est plus sous votre responsabilité. Elle a parfaitement le droit de disparaître, je veux dire de partir où elle veut sans vous tenir au courant.

— Je sais, je sais. Mais elle devait venir à l'anniversaire de son frère. Il fait une petite fête chaque année. Je l'avais même rappelé à Éva une semaine à l'avance. D'autant que Stany – son frère – n'avait pas eu de chance, il s'était fait une entorse au tennis. Rien de grave, mais tout de même, elle aurait pu se déranger. Pourtant, elle n'est pas venue.

— C'était quand ?

— Le 25 janvier.

— Vous êtes certaine de la date ?

— Puisque je vous dis que c'était l'anniversaire de mon fils. Ça fait plus d'une semaine que j'essaie de l'appeler, je tombe tout le temps sur le répondeur.

— Vous habitez à Liège ?

— Non, c'est Éva qui habite ici. Moi, je suis d'Eupen.

— Ah oui, je me disais aussi… »

Il se disait quoi ? Qu'elle avait l'accent des cantons germanophones ? Ça faisait d'elle tout de suite une étrangère, sans doute, qui sortait d'une contrée attardée où les mères se soucient de leurs enfants trentenaires. Elle continua en s'efforçant de surveiller sa prononciation.

« Je suis allée ce matin à son studio. La concierge non plus ne l'a pas vue depuis des jours. Hier, elle lui a monté son courrier parce que sa boîte débordait. Elle a un passe. Éva n'était pas là. Sinon, tout était en ordre.

— Vous êtes allée voir ?

— Non.

— Pourquoi ?

— Parce que… la concierge ne me l'a pas proposé. »

Le flic avait définitivement renoncé à lui montrer la bienveillance due aux mamans des ados fugueuses. Maintenant, il arborait une moue incrédule.

« Je… je ne voulais pas inquiéter la concierge. Elle m'a dit qu'elle supposait qu'Éva était partie aux sports d'hiver.

— Vous voyez !

— Mais elle était tout de même étonnée qu'Éva ne l'ait pas avertie.

— Simple oubli ?

— Ma fille n'est pas en vacances. Il n'a jamais été question qu'elle prenne des vacances en janvier. »

Le flic soupira. Un peu plus, il lui aurait reproché de montrer de la mauvaise volonté.

« Un coup de tête, peut-être ?

— Je ne crois pas. »

Il se remit à tapoter quelques touches, puis il posa les coudes sur la table, se noua les mains et changea son air sceptique pour la figure lénifiante d'un psy.

« Votre fille... excusez-moi de poser la question... votre fille était-elle dépressive ?

— Non, non, pas du tout.

— Avait-elle un problème, un problème de cœur par exemple ?

— Non, non ! Absolument aucun. »

Elle avait haussé le ton, à croire que la question l'offensait personnellement. Le jeune fonctionnaire avait encore écrit quelques mots, puis il avait dit qu'il allait rendre compte à son supérieur et qu'il lui donnerait des nouvelles dans la journée.

Maintenant qu'elle avait fini son café, elle aurait dû s'en aller, reprendre sa voiture au parking et regagner Eupen. Mais c'était rejoindre son angoisse, alors que, dans ce bistrot, il lui semblait qu'elle la tenait pour un moment encore en respect. Elle demanda un chocolat. La serveuse l'apporta. Elle était jeune, elle avait des cheveux rouges qui auraient convenu à un genre déluré et pourtant elle avait l'air triste.

Est-ce qu'Éva était triste ? Quand le policier y avait fait allusion, elle s'était récriée. Éva broyer du noir ? Non ! Un tempérament entier, une sensibilité à fleur de peau, d'accord. Déprimer, c'est autre chose, elle ne voulait pas y croire. Mais, au fond, qu'est-ce qu'elle en savait ? Que savait-elle de sa propre fille ?

Quand les enfants sont petits, on s'imagine qu'on les connaît mieux qu'ils ne se connaissent eux-mêmes. Si Éva se réveillait la nuit en pleurant, Helga accourait, la prenait dans ses bras et la réconfortait : « Ce n'est rien, ce n'est rien, ce n'est qu'un mauvais rêve… » En elle-même, elle souriait de la frayeur d'Éva. Les cauchemars effraient les enfants comme les épouvantails font peur aux moineaux. Leurs craintes n'ont aucune consistance.

Et ainsi, tout au long de l'enfance, on se croit autorisé à expliquer aux enfants ce qui leur arrive comme si cela ne comptait pas vraiment. Des enfantillages, le mot en dit assez long. Cependant, il suffit que nous nous retournions vers notre propre enfance pour que tout ce que nos parents n'ont jamais su de nos tourments secrets nous revienne à l'esprit.

Qu'est-ce qu'elle n'avait pas compris d'Éva pour qu'à l'adolescence elle lui devienne tellement étrangère ? La tendresse entre elles s'était soudain asséchée. Bien sûr, ce n'était plus l'heure des cajoleries mais, ne fût-ce que de temps en temps, Éva aurait pu l'embrasser vraiment, au lieu de lui coller ses baisers comme des timbres sur les joues.

Pas de crise d'adolescence, pas de conflit, un éloignement à pas étouffés seulement. Helga avait ressenti qu'Éva renonçait à lui confier quoi que ce soit, peut-être parce qu'elle en avait assez de ses éternelles atténuations : « Ce n'est rien, ce n'est pas grave. »

La vie, c'est quelque chose et c'est grave. Inutile de noyer le poisson.

Il était presque une heure de l'après-midi quand elle rentra à Eupen. En son absence, une bonne couche de neige était tombée. Dans l'allée du garage, elle trouva son voisin occupé à pelleter.

« Wolf ! Tu es gentil, mais je pouvais m'en occuper moi-même !

— *Keine Ursache, Helga !* Ça me fait faire un peu d'exercice. »

Il avait posé ses mains protégées par de grosses moufles rouges sur le pommeau du manche et la regardait descendre de la voiture arrêtée dans la partie déblayée.

« Je t'ai vue partir ce matin. Ça a commencé à tomber vers onze heures, jusqu'à passé midi. Je me suis dit que tu allais rentrer et que tu serais embêtée, hein ?

— Il ne fallait pas. »

Wolf était manifestement très content de lui. À près de septante ans, il restait mince comme un jeune premier. En été, quand il enfilait ses habituels tee-shirts noirs, Helga pouvait apercevoir dans son jardin ses épaules toujours droites et ses bras noueux d'où saillissaient des muscles striés de grosses veines. En toute circonstance, il portait beau et s'exprimait dans le meilleur allemand. Entre eux, jamais un mot de patois.

«Je n'ai pas encore mangé. J'ai de la soupe au lard d'hier. Je vais la mettre sur le feu. Viens boire un bol pour te réchauffer.

— Je viendrai quand j'aurai fini.»

Elle rentra, alla tout de suite à la cuisine, sortit la marmite de potage du frigo et la posa sur le gaz. Elle aurait préféré dégager l'allée elle-même. Depuis qu'au printemps dernier un cancer aussi foudroyant qu'opportun avait débarrassé Wolf de Mariette, sa femme - un cerbère qui surveillait ses moindres faits et gestes –, il était aux petits soins avec Helga. Rien à voir avec la réputation de séducteur que le cerbère aurait voulu lui faire. Simplement, il la comprenait mieux maintenant, avait-il laissé entendre, vu qu'elle-même était seule. Il avait taillé et rabattu de cinquante centimètres des deux côtés la haie de thuyas mitoyenne, lui avait fait passer par-dessus, alors qu'elle prenait le soleil en maillot sur son transat, un surplus de fraises et de laitues - forcément, il en avait trop désormais - et, quelques semaines plus tôt, il avait déposé devant sa porte un sapin de Noël d'une des sapinières où il avait investi ses économies.

En échange, bien obligée, elle lui offrait à boire, pas au salon, dans la cuisine seulement. Wolf n'avait pas beaucoup de conversation. La plupart du temps, il se contentait de la zieuter en coulisse, soumis comme un chien qui lève les yeux vers son maître. Lorsqu'il repartait, il l'avait parfois tellement dévisagée qu'elle allait s'examiner devant la glace de la salle de bains afin de s'assurer qu'elle n'avait pas un poil de sourcil de travers ou un bouton sur le nez.

Aussi longtemps qu'il était là, elle n'arrêtait pas de parler. Le pis, en effet, aurait été qu'elle se taise elle aussi et qu'ils restent l'un et l'autre face à face comme deux nigauds. Dans un instant, après la dernière pelletée de neige, il allait frapper à la porte de derrière. Qu'est-ce qu'elle allait lui raconter ?

Hors de question de faire la moindre allusion à Éva. Personne ne devait savoir ce qui se passait. Les problèmes familiaux ne regardent que la famille. Quand Jean, son mari, l'avait laissée tomber comme une vieille chaussette – une chaussette de quarante-quatre ans pour être précis –, elle avait déjà eu assez de mal à affronter les voisins, ses connaissances du supermarché et la chorale Der Frühling où elle chantait tous les mercredis. À présent, cela faisait quinze ans, plus personne ne pensait à Jean, par ailleurs disparu de la circulation. Tout était de nouveau normal. Elle n'avait pas voulu reprendre son nom de jeune fille – Fettweis –, que personne n'avait jamais entendu. Tout le monde l'appelait encore Mme Krauss. Il fallait éviter coûte que coûte de refaire des vagues avec Éva.

Elle disposa le bol et la cuiller pour Wolf sur un coin de la table, mais ne dressa pas le couvert pour elle. Elle ne voulait pas pousser la familiarité jusqu'à mettre la nappe et s'attabler avec lui.

L'instant d'après, Wolf frappait à la porte qui donnait sur le jardin. Il secoua ses bottes, les enleva sur le seuil et fourra ses moufles dans les tiges. Lorsqu'il eut avalé quelques cuillerées de soupe, il se redressa contre le dossier de la chaise et émit un soupir de contentement. Puis il leva sur elle ses yeux habituels de meilleur ami de l'homme, si bien qu'elle se sentit obligée de dire quelque chose. Qu'est-ce qu'elle allait pouvoir inventer? Il se demandait certainement où elle était allée le matin.

«J'étais descendue à Liège.

— Ah… »

Maintenant, quand bien même il ne se serait pas permis de l'interroger, la question s'imposait d'elle-même : qu'est-ce qui avait bien pu la pousser à Liège par un temps pareil?

« Oui… Je devais voir Éva. »

C'est ce qui s'appelle se jeter dans la gueule du loup – forcément, quand on s'adresse à un *Wolf*…

« Elle va bien, Éva?

— Oui, oui. »

En même temps, comme pour en chercher la preuve, elle tourna les yeux vers la photo dressée dans un cadre sur le buffet. On y voyait Éva adolescente, rayonnante, pleine de santé, dans un maillot de gymnaste.

« Tant mieux, tant mieux…

— Enfin… en fait, je ne l'ai pas vue.

— Ah bon…

— Elle… elle est partie en vacances.

— Avec cette neige, faut en profiter!

— Figure-toi qu'elle ne m'avait pas prévenue. Je suis allée à son studio, l'oiseau s'était envolé.

— Les jeunes!

— Ça, tu l'as dit… Et, depuis, même pas un petit signe. »

Il aurait pu s'étonner qu'Éva n'ait pas envoyé un SMS au moins, mais il n'avait pas de portable, ni rien de moderne, même pas la télé par câble, dans la rue sa maison était la seule qui arborait toujours une antenne sur le toit dirigée vers l'Allemagne. Il n'avait pas encore quitté l'époque du courrier postal. De ce côté-là, d'ailleurs, Helga lui ôta la question de la bouche.

« Elle pourrait envoyer une carte postale au moins.

— De nos jours, la poste, tu sais... »

Il hocha la tête pensivement puis, comme s'il venait d'y songer tout à coup : « Je me souviens, il y a des années, je te parle de quand Éva était gamine, elle m'en avait envoyé une. Une carte, je veux dire.

— Sans blague ?

— Je dois l'avoir encore quelque part dans mes papiers. Tu sais, c'était quand elle était à ce camp de guides, quand il y a eu le drame. »

L'espace d'une seconde, Helga ne comprit pas. Puis, comme on reconnaît brusquement un lieu où l'on est passé autrefois, le fameux drame lui revint d'un bloc à l'esprit. Plus personne n'y avait fait allusion devant elle depuis des années, même pas Éva. Elle campait en Ardenne avec la troupe locale des guides. Une des filles s'était noyée dans un étang... ou plutôt dans la rivière. Un accident malheureux, atroce. Le camp avait été aussitôt interrompu. Elle et Jean – il était encore un mari au-dessus de tout soupçon à l'époque – étaient allés rechercher Éva et deux petites voisines de la même rue. D'autres parents avaient repris les autres.

« Elle t'avait écrit ! Après le drame ?

— Non, non. Juste avant. La veille... ou l'avant-veille.

— Qu'est-ce qu'elle disait ?

— Oh, pas grand-chose. Le genre de banalités qu'on met dans ces cartes : "Je passe de bonnes vacances. Temps splendide. Je vous envoie un grand bonjour." Je l'ai relue bien souvent. Elle était tellement insouciante. Puis deux jours après... »

Wolf se tut. Il se rendait compte sûrement qu'il n'avait jamais tant parlé. Tout à coup, il semblait confus. Il avala rapidement le reste de la soupe et se leva.

« Merci beaucoup, Helga. Il faut que je te laisse, je dois m'occuper de mon allée maintenant. »

Dès qu'il fut dehors, elle ramassa le bol, la cuiller, les passa sous le robinet d'eau chaude, les essuya et les rangea. Elle répugnait à se mettre à table à côté de cette vaisselle utilisée. Ç'aurait été comme si Wolf était toujours là et elle ne voulait plus sentir sa présence.

Quelle mouche avait piqué Éva quand elle avait écrit à cet homme ? Elle avait quel âge ? Treize ans ? Non, quatorze, c'était en 1993, l'année de la mort du roi Baudouin, qui était survenue quelques jours après le drame. Ils étaient voisins avec Wolf et Mariette, mais c'était tout, ils n'avaient pas de relations particulières. Jean avait décidé que Wolf était un m'as-tu-vu. Pour un simple huissier de justice, il la ramenait un peu beaucoup, alors que lui, qui employait huit ouvriers dans sa scierie, aurait été en droit de le prendre de bien plus haut, s'il avait été assez stupide pour se livrer à ce petit jeu. Comme Wolf et sa harpie n'avaient pas de progéniture, Éva et son frère n'avaient aucune raison de les fréquenter.

Alors, pour quel motif cette carte postale ? Éva n'en avait pas parlé. Secouée comme elle l'avait été, elle avait dû l'oublier. Mais ensuite non plus elle n'avait jamais fait la moindre allusion à Wolf.

Une lubie de gamine sans doute, à laquelle le malheureux épisode du camp avait mis aussitôt fin. La mort brutale de cette fille l'avait frappée comme un coup de massue. Elle s'enfermait dans sa chambre où elle pleurait toutes les larmes de son corps. Les funérailles avaient été bouleversantes. Toutes les guides en uniforme entouraient le cercueil blanc dans le chœur de l'église. À la fin, elles s'étaient donné les mains en croisant les bras pour le traditionnel chant des adieux. Quand, au refrain, elles avaient soulevé et abaissé en cadence cette chaîne vivante, on aurait dit qu'elles voulaient secouer le poids du destin.

Der Himmel wölbt sich übers Land,
Ade, auf Wiedersehn !

La semaine suivante, le roi était mort. Un hasard bienvenu, tout compte fait, qui avait absorbé quelque peu le chagrin local dans le deuil national.

Après, Éva n'avait plus voulu faire partie de la troupe. Helga lui avait donné raison. Se retrouver avec les autres tous les dimanches après-midi, cela ne servait qu'à rouvrir la plaie.

Elle avait lavé, repassé l'uniforme d'Éva et, en le rangeant dans le coffre à l'étage, elle avait cru bon de conclure : « Maintenant, c'est fini. Tu dois tourner la page, oublier. » Alors, tout d'un coup, Éva s'était emportée. Elle pleurait, elle hurlait :

« Tu ne comprends rien ! Tu es méchante ! Je te déteste, je te déteste ! »

Maintenant qu'elle se remémorait cette scène, Helga se demanda si elle ne tenait pas la réponse à la question qu'elle se posait tout à l'heure. Quand Éva était-elle devenue une étrangère ? À ce moment-là, peut-être. Elle n'aurait pas pu le jurer, il lui semblait que tout était rentré dans l'ordre assez rapidement. Éva n'avait plus mentionné le drame, Helga avait pris soin de ne plus jamais en parler.

Allons ! Certainement Éva n'y pensait plus. On finit immanquablement par oublier, bien que, sous le coup de l'émotion, on eût protesté que cela n'arriverait jamais.

Pour ne prendre que son cas à elle, Helga avait été follement éprise de Jean quand elle l'avait rencontré et elle croyait l'aimer encore beaucoup plus que la normale après dix-neuf ans de mariage lorsqu'il l'avait quittée. Elle en avait fait une maladie, elle avait cru que sa vie était brisée. Elle avait même fini par consulter. La honte qui s'en était suivie, après la première séance, de se confier à un fouineur d'alcôve l'avait décidée à se reprendre en main. Maintenant, elle avait oublié son désespoir, elle se félicitait souvent même de sa liberté. Tout passe, non ?

3.

Le même jour, le 6 février 2012, à vingt heures trois, un avis de recherche fut diffusé à la télévision, juste après le journal. Le portrait d'Éva Krauss apparut à l'écran tandis qu'une voix féminine annonçait : « Les services de police de la ville de Liège nous prient de diffuser l'avis suivant. » La photo utilisée était certainement celle de la carte d'identité d'Éva, que les policiers avaient repêchée dans le registre national. Elle se conformait rigoureusement aux dispositions réglementaires : fond clair, visage dégagé, menton et naissance des oreilles visibles, attitude neutre, bouche fermée, sans sourire. Le genre de portrait empesé capable de vous faire douter de vous-même quand le photographe vous montre les épreuves.

Quelque chose, néanmoins, dans le visage d'Éva échappait à la rigidité exigée par le service public fédéral de l'Intérieur : son regard. Ses yeux écarquillés, doux, d'un bleu terne, semblaient remplis d'une étrange tristesse. Le regard, sur les photos officielles, est souvent le dernier refuge du désir de plaire. Celui d'Éva n'en avait cure, on le sentait immédiatement. Il interrogeait plutôt, comme celui des oiseaux en cage qu'on tente d'amadouer, mais qui refusent de chanter.

Cette mélancolie explique sans doute que beaucoup de téléspectateurs ne changèrent pas aussitôt de chaîne. Inconsciemment, ils attendaient que la voix off mentionne un état de confusion chez la disparue et sous-entende, entortillés dans le langage administratif, quelques « sévices » qui l'auraient provoqué, qu'on aurait pu imaginer à part soi. Un petit pincement au cœur pour une pauvre fille perdue n'aurait pas été de refus entre les inexorables informations internationales et l'avalanche des sentiments en toc du quart d'heure de publicité qui allait suivre.

Contre toute attente, pourtant, le communiqué de la police ne fit état d'aucun trouble chez la jeune femme. Éva, affirmait l'invisible speakerine, avait disparu de son domicile depuis le 25 janvier. Elle était probablement vêtue d'un jean et d'un duffel-coat brun, elle portait des chaussures de type militaire. La disparue mesurait un mètre soixante-sept, était de corpulence mince et s'exprimait indifféremment en français et en allemand. Toute personne qui l'aurait aperçue était priée de contacter l'hôtel de police de Liège ou le poste de police le plus proche. Des numéros de téléphone apparurent à l'écran en même temps que l'adresse Internet sur laquelle on pouvait retrouver le signalement et les mêmes coordonnées de contact.

Ce communiqué, il s'en serait fallu de peu que Jordan Nowak le loupe. Il aurait suffi qu'il éteigne la télévision directement après le journal, pendant ces quelques instants où la présentatrice rassemble ses feuillets et les tasse d'un air dégagé sur la grande table en verre du studio ramené à une demi-obscurité. C'est ce qu'il faisait d'habitude mais, ce soir du 6 février 2012, il ne trouva pas tout de suite la zappette. Elle avait glissé entre deux coussins du canapé et, le temps qu'il mette la main dessus, les yeux d'Éva étaient plantés dans les siens.

Le communiqué ne fut diffusé qu'une seule fois. Il aurait pu y échapper. Il aurait continué à digérer vaille que vaille, comme il s'y efforçait depuis presque quinze jours, la nuit de sa rencontre avec la jeune femme. N'est-ce pas une ironie du sort particulièrement raffinée que le destin d'un homme soit suspendu à la brève défection de ce petit instrument par lequel nous pensons pouvoir faire apparaître et disparaître la réalité à notre gré ?

Face au visage d'Éva, le cœur de Jordan se mit aussitôt à cogner contre sa poitrine. La voix impassible du message fichait en lui chacun de ses mots. Il s'était reculé contre le dossier du canapé, comme s'il voulait amortir les coups. Lorsque les numéros de téléphone apparurent, il ne les nota pas, il ne chercha même pas à y prêter attention, ils se gravèrent en lui d'eux-mêmes au point qu'il aurait hésité davantage sur sa date de naissance.

Il éteignit le poste et, aussitôt, il entendit Édith à la cuisine qui l'appelait sans doute pour la deuxième fois.

« Jordan, tu m'écoutes ? C'est prêt, je te dis.

— Voilà. »

Il s'arracha au canapé et passa dans l'autre pièce. Le potage fumait dans les assiettes. Les deux garçons touillaient les croûtons grillés qu'Édith avait servis avec son velouté.

« Qu'est-ce que tu as ? Ça ne va pas ? »

Il était blanc comme une touche de ses pianos.

« Si, ça va, ça va... Pourquoi ?

— Tu as l'air tout chose.

— Je suis fatigué, c'est tout. »

Il s'assit à sa place, au haut bout. Édith le suivait d'un regard inquiet. Il l'évitait. Il se tourna vers Lucas.

« Tu ne peux pas faire un effort pour manger proprement ? Avale au lieu d'aspirer. On dirait un siphon. »

La cuiller de Lucas resta en suspens. De l'index, il essuya sa moustache naissante teintée de rouge tomate et adressa simultanément une moue interrogative à sa mère. Édith lui renvoya un bref sourire.

« Ne dévore pas comme ça, Luc... »

Il reprit une cuillerée avec prudence, tandis que Frank, son cadet, lampait tout à coup comme une pompe aspirante.

« Frank ! Qu'est-ce qui te prend !

— Je lui montre le bruit qu'il fait, 'pa.

— Ça suffit maintenant tous les deux, nom de Dieu !

— Ne jure pas, Jordan, s'il te plaît », intervint Édith d'un ton souverain.

Ambiance... Il ne leur restait plus qu'à expédier la suite le plus rapidement possible. Jordan pignochait du bout des dents. Il s'interrompait sans arrêt pour avaler une gorgée de bière, comme s'il devait faire descendre chaque bouchée. Il repoussa son flan au chocolat, qui passa à parts presque égales à Lucas, premier servi, et à Frank.

« Bon, les garçons, vous débarrassez, vous vous occupez du lave-vaisselle, puis vous montez. Pas question de rallumer l'ordinateur. Vous avez vos leçons.

— OK, mam' !

— Va te reposer devant la télé, Jordan, j'arrive. Je te prépare une tisane. Dites bonsoir à papa, les enfants. »

En recevant leur baiser, Jordan bafouilla : « Excusez-moi, vous êtes des braves, mes canailles. »

Comme père, il était tout à fait acceptable. Un peu soupe au lait quelquefois, mais ses débordements n'impressionnaient personne. Les garçons s'en amusaient presque, comme de gronderies de Père fouettard auxquelles ni eux ni Jordan ne croyaient plus.

Quand ils furent montés à leur chambre, Édith apporta la tisane dans la pièce de séjour.

« Tu ne mets pas la télé ? »

Jordan était tassé dans le canapé, l'air absent.

« Hein ?... Il n'y a rien d'intéressant. »

Elle disposa les tasses sur la table basse et servit le tilleul. Ils s'étaient persuadés l'un et l'autre que cette boisson fade leur plaisait depuis que le tilleul du jardin, menacé d'abattage après des années de stérilité, s'était souvenu qu'il pouvait se fendre de quelques fleurs. En principe, Édith se serait assise à côté de Jordan. Mais, en reposant la théière, elle nota une fois de plus son visage fermé. Alors, elle prit place plutôt dans le fauteuil en vis-à-vis, conformément à la procédure conjugale en cas de problème, quand elle était résolue à crever l'abcès.

« Maintenant, tu vas me dire ce qui ne va pas, Jordan.

— Rien… Rien, je te dis.

— Tu veux que j'appelle Masoin ?

— Mais non ! Je ne suis pas malade.

— C'est le Steinway qui te tracasse ? Tu t'es encore énervé, je le vois bien. »

Il venait d'acquérir un demi-queue Steinway en mauvais état. L'instrument croupissait depuis des années dans une gentilhommière des environs qu'un Bruxellois plein aux as s'était mis en tête de retaper. Jordan l'avait dégagé des morceaux de plâtre tombés du plafond d'un salon décrépit et l'avait examiné soigneusement. Le châssis, le sommier, la table d'harmonie pouvaient aller. Toutefois, il faudrait restaurer les touches une à une ; les marteaux, les leviers, les feutres étaient abîmés, quelques cordes devaient être remplacées. S'il parvenait à le remettre en état, vu la marque, ça valait le coup, il pourrait en tirer un bon prix.

Depuis presque un mois, il s'appliquait. Leur maison, arrimée à l'une des collines abruptes si caractéristiques de Monroche, reposait en belvédère sur un vaste sous-sol encoigné dans le versant. C'est là que Jordan avait aménagé son atelier et une pièce spéciale pour les deux pianos de location, où la température et l'hygrométrie étaient constantes.

Au début, tout allait bien. Il sifflotait du matin au soir, il disait à Édith que ça marchait comme sur des roulettes. Puis les difficultés étaient apparues avec la réparation du clavier. Il avait commencé à se renfrogner. C'était un trait de son caractère qu'Édith connaissait bien. Contrarié, il se refermait comme une huître. Il aurait fallu lui mettre le couteau entre les dents pour qu'il les desserre.

Dans ce cas, elle patientait le temps nécessaire. Inutile de le prendre sur le vif. Pour cette fois, elle sentait qu'il était à point désormais. Depuis la location de fin janvier à Liège, il s'était terriblement assombri. S'il se défoulait sur les garçons, le moment était venu d'intervenir. Ses coups de colère, contraires à son humeur d'ordinaire si douce, le rendaient encore plus malheureux.

« Demande à Höffner de venir jeter un coup d'œil à ce piano. Je peux aller le chercher en voiture. Il passera une nuit chez nous, ça lui fera plaisir. »

Franchement, ce n'était pas de gaieté de cœur qu'elle envisageait de faire venir Höffner, le facteur d'orgue et de piano luxembourgeois chez qui Jordan avait été apprenti. Un nonagénaire qui avait toujours la main, mais qui, à chaque visite, leur tenait la jambe jusqu'à minuit avec les mêmes histoires du bon vieux temps.

« Il ne s'agit pas du piano, Édith. »

Jordan avait redressé la tête et, à ses yeux tout à coup implorants, elle comprit que la poche de silence allait céder et aussi qu'elle avait fait fausse route en se braquant sur la restauration du Steinway. Il se passait autre chose qui d'emblée lui fit peur.

« Qu'est-ce qu'il y a, mon loup ? Explique, si ce n'est pas le piano.

— Le piano, je vais le réparer, ne t'en fais pas… Non… c'est ce que je viens de voir à la télé qui m'a fichu un coup.

— Quoi ? Qu'est-ce que tu as vu ?

— Un avis de recherche.

— Ah… Et alors ?

— Une jeune femme qui a disparu le 25 janvier.

— Tu la connais ?

— Non… Oui. Je l'ai vue à Liège, ce jour-là.

— Qu'est-ce que tu fabriquais à Liège ?

— Le 25, je te dis, Édith.

— Ah oui, excuse… Elle était au récital ?

— Non. Je l'ai aperçue en descendant à l'hôtel, dans la rue… enfin, plus exactement, elle traversait un pont.

— Tu veux dire sur le trottoir ?

— Oui.

— Tu es sûr que c'est elle ?

— Tout à fait. Il neigeait, je roulais lentement, elle était toute seule sur le pont, je me suis arrêté évidemment, j'ai demandé si elle avait besoin d'aide. C'était une vraie tempête, tu sais.

— Qu'est-ce qu'elle a dit ?

— Je ne sais plus très bien, mais je l'ai emmenée. Tu comprends, je ne pouvais pas la laisser là.

— Tu l'as emmenée où ?

— À la gare. Elle voulait aller à la gare. Je l'ai déposée à l'entrée. »

La scène défilait au fur et à mesure dans la tête d'Édith. Décor de nuit. Le Transporter s'avançait sur un pont, les phares perçaient le rideau de neige. Il s'arrêtait. Elle voyait la tête de Jordan à sa portière, derrière la vitre, du point de vue de la jeune femme. Puis, son regard pivotait pour dévisager l'inconnue. Pas de visage vraiment, mais une longue chevelure noire. Les flocons s'y incrustaient comme pour lui faire une parure. Elle montait à côté de Jordan, elle s'ébrouait. Le siège était saupoudré de blanc, elle s'excusait en riant. Le trajet ? Édith ne voyait rien. Ellipse jusqu'à ce que la fille ouvre de son côté et coure vers l'auvent de la gare – celle de Monroche, faute de mieux, car Édith ne se souvenait pas précisément des gares de Liège. L'inconnue disparaissait. Fin.

Un scénario anodin, qu'est-ce qui arrivait à son cœur pour qu'il se crispe de cette façon ?

« Bon, ben, tu as fait ce que n'importe qui aurait fait. Il n'y a aucune raison de te mettre dans un état pareil.

— Mais, Édith, tu te rends compte ? Elle a disparu !

— Disparu, disparu… Elle ne t'a pas dit où elle allait, à la gare ?

— Non. »

Cette idiote avait pris un billet pour Dieu sait où. Si elle s'était évaporée, ce n'était pas à Liège en tout cas. Cela donnerait déjà un début de piste à ceux qui la recherchaient.

« Téléphone à la police. Dis-leur que tu l'as mise au train, ça les aidera, puis tu seras tranquille.

— Oui, tu as raison… Je téléphonerai demain.

— Fais-le tout de suite, pourquoi attendre ?

— Maintenant ? À cette heure-ci ? Tu crois ?

— Mais oui, il y a une permanence ou un répondeur.

— Bien, bien, j'y vais.

— Tu as le numéro ?
— Ils l'ont donné à la télé.
— Tu l'as noté ?
— Je l'ai retenu. »

Il se leva, passa dans le corridor et, de là, dans le petit bureau où se trouvait le téléphone. Édith entendit qu'il refermait la porte. Pour appeler un client, par exemple, il ne l'aurait pas fait ; le bureau était exigu, il y faisait toujours étouffant.

Elle remporta la théière et les tasses à la cuisine. Un instant, elle fut tentée de décrocher le poste mural pour savoir ce qu'il racontait à la police. Elle avait déjà posé la main sur le combiné, mais elle la retira comme si elle s'était brûlée. Qu'est-ce qui lui prenait de vouloir espionner Jordan ? En dix-huit ans de mariage, cela ne lui était jamais arrivé. Son cœur, une nouvelle fois, lui élança.

Elle regagna le séjour et ouvrit la partition de *L'Auberge du Cheval blanc* qu'elle avait reçue au courrier du matin. Les répétitions devaient commencer le vendredi suivant au Kursaal de Limbourg. À peine avait-elle jeté un coup d'œil distrait à la première page que Jordan revint s'asseoir en face d'elle. L'oreille toujours aussi basse.

« Et alors, qu'est-ce qu'ils disent à Liège ?
— J'ai plutôt appelé ici.
— Quoi ? À Monroche ?
— Oui, j'ai eu Riquet. Je lui ai expliqué.
— Riquet ?
— Henri, Henri Collard.
— Et qu'est-ce qu'il raconte ?
— Rien. Il a reçu l'information de Liège, mais ce n'est pas ici qu'ils vont s'occuper de cette histoire.

Il n'avait même pas vu la télé. Il va transmettre. Tant que j'y pense, il te remet le bonsoir. »

La fille du chef de corps Collard suivait des cours de violon auprès d'elle à l'académie de Monroche.

« Bon, ben, te voilà rassuré. M. Collard s'y connaît. Il te l'aurait dit tout de suite si tu devais être impliqué. »

Une lueur craintive s'alluma dans ses yeux.

« Impliqué ? Qu'est-ce que tu veux dire "impliqué" ?

— Calme-toi, Jordan ! Je m'exprime mal. Je veux dire que la police aurait pu vouloir t'interroger, te faire témoigner, tiens, voilà tout. Ce n'est tout de même pas toi qui l'as fait disparaître, cette fille !

— Ben, évidemment, qu'est-ce que tu vas chercher ?

— Bon, restons-en là, n'en parlons plus, ça vaut mieux. La télé, tu l'allumes ou pas ?

— Je ne sais pas.

— Eh bien, réfléchis. Moi, je vais dans le bureau puisqu'il est libre maintenant. Je vais déchiffrer ma partition. Je te rappelle que nous donnons *L'Auberge du Cheval blanc* au Kursaal de Limbourg à Pâques, des fois que tes soucis te permettraient de prendre en considération ma brillante carrière de second violon. »

Elle se replia dans le bureau, regrettant déjà d'avoir pris la mouche, sortit son violon de l'armoire et passa la soirée à grignoter la partition de l'opérette. Elle était si facile que la fille de Collard aurait pu la jouer à sa place. La gaieté de la musique, au moins, aurait dû la détendre, mais elle n'arrivait pas à dénouer l'étreinte qui s'était emparée de son cœur.

Malgré elle, elle cherchait à se rappeler la journée du 26 janvier, quand Jordan était rentré de Liège. Il était deux heures environ. Les cours qu'elle donnait à l'académie ne commençaient qu'à quatre heures et demie. Elle l'avait aidé à décharger le piano. Un léger incident s'était produit. Elle aurait pu l'avoir oublié déjà. Alors qu'il poussait l'instrument sur le diable vers le local de rangement au sous-sol, il avait heurté le chambranle de la porte. Une maladresse étonnante. La manœuvre, il l'avait accomplie des centaines de fois, avec toutes les précautions nécessaires. Sur le flanc, on voyait une petite éraflure. Il pestait, les pianos de concert devaient être impeccables. Elle avait pris un chiffon et un peu de vinaigre. En fait, c'était une traînée laissée par la peinture du chambranle qui s'était attachée, elle l'avait fait disparaître.

Ensuite, tout le temps de son repas qu'elle lui avait réchauffé, il n'avait pas prononcé deux paroles. Elle avait demandé si tout s'était bien passé.

« Oui, pas de problème.

— Et la nuit à l'hôtel ?

— Normale. »

Elle n'avait pas insisté. Elle pensait qu'il s'en voulait de sa maladresse avec le piano.

Pourquoi ne lui avait-il pas parlé de cette femme qu'il avait prise dans le fourgon ? Les jours suivants et jusqu'aujourd'hui, il était resté sombre, de plus en plus. La restauration du Steinway, vraiment? N'était-ce pas plutôt cette affaire déjà?

Après, elle était partie à l'académie avec le Transporter, vu qu'il stationnait dans l'allée. Elle n'avait pas pris sa Golf. Évidemment, quelle trace sa passagère de la veille aurait-elle bien pu laisser?

Tout à coup, cependant, un détail lui revint. Le pare-soleil du côté passager était abaissé et le volet du miroir de courtoisie avait été ouvert. Elle l'avait relevé d'un geste de son bras de violoniste, comme elle l'aurait fait d'un coup d'archet, sans y prêter plus d'attention que cela.

Les griffes autour de son cœur se resserrèrent encore.

4.

Collard, le chef de corps de la zone de Monroche qui avait reçu le coup de téléphone de Jordan, ne prit pas la peine de transmettre l'information à Liège ce soir-là. Jordan l'avait appelé à neuf heures, au moment où, sa garde terminée, il enfilait son imper doublé pour rentrer chez lui. Il avait pris la communication debout à côté de son bureau. À l'idée de se rasseoir, de contacter Liège où, comme par hasard, le collègue chargé de l'affaire ne serait plus là, il sentit flancher son courage et son estomac récriminer. Il n'avait rien avalé depuis midi. De toute façon, sur la base de si maigres renseignements, les Liégeois n'allaient pas monter une opération de nuit. Cela pouvait attendre le lendemain matin.

Il appela donc dans la matinée du 7 février et fut dirigé vers le jeune policier qui avait pris la déposition d'Helga Krauss, la mère d'Éva. Collard ne comprit pas bien son nom – Lipsky –, mais n'eut pas l'occasion de se le faire répéter. Son correspondant était passé à pieds joints dessus ainsi que le font souvent les personnes accablées d'un patronyme insolite qui sont fatiguées de l'épeler à tout bout de champ.

Lipsky lui demanda s'il connaissait ce Jordan Nowak, si on pouvait se fier à ses déclarations. Collard, évidemment, se porta garant de Jordan et parvint à fourrer dans ses bonnes raisons qu'Amandine, sa fille, suivait des cours de violon auprès de l'épouse du témoin. C'est dire si on pouvait le croire les yeux fermés.

Après avoir noté les coordonnées de Jordan, Lipsky s'informa encore du temps qu'il faisait à Monroche.

« Froid mais beau, répondit Collard.

— De la neige ?

— Dans les fossés. »

Comme tous les Liégeois, Lipsky s'attendait sans doute que le massif ardennais et ses forêts « impénétrables » soient inaccessibles par voie terrestre avant le dégel.

Il raccrocha en hochant la tête, puis se frotta les mains. Collard venait de lui apporter la consécration de ses premières investigations : des recoupements.

La veille, en effet, contrairement à ce que Collard avait supposé, il était resté à l'hôtel de police jusqu'à minuit. Si l'avis de recherche diffusé à la télé devait donner des résultats, il conjecturait que ce serait dans les heures suivantes. Effectivement, vers huit heures et demie, un homme avait appelé. C'était un chauffeur de bus. Il se souvenait d'avoir emmené la jeune femme de l'avis de recherche, ou du moins quelqu'un qui lui ressemblait de très près, quelques jours auparavant. Il était tard, passé dix heures et demie, il neigeait, les rues étaient glissantes. Il l'avait déposée à Prévers ou Interbrew. Il l'avait remarquée parce que, à ce moment, il n'y avait qu'elle dans le bus et aussi à cause de son air bizarre.

« Qu'est-ce que vous voulez dire par "bizarre" ?

— Je ne sais pas au juste. Comme sur la photo à la télé, peut-être.

— C'est-à-dire ?

— Ben, triste, quoi. »

En conséquence, avec ce que Collard venait de lui apprendre, Lipsky tenait déjà quelques solides éléments.

D'abord la date du 25 janvier que la mère d'Éva avait donnée comme celle de sa disparition, jour de l'anniversaire de son frère où on l'avait vainement attendue, était corroborée par le témoignage de Jordan Nowak. C'était le seul soir où il s'était trouvé à Liège. De son côté, le chauffeur de bus hésitait entre le 23 et le 24, mais il se trompait. La tempête de neige, c'était le 25. Lipsky s'en souvenait parfaitement : il faisait un jogging tous les soirs et il n'avait renoncé qu'une fois, le 25.

Ensuite, la dernière trace d'Éva se situait dans les environs de l'île Monsin. Elle était arrivée par le bus à quelques pas du pont-barrage où Nowak l'avait prise en charge vers onze heures et déposée à une gare, la plus proche sans doute.

Cela dit, mis à part l'air « bizarre » que le chauffeur de bus lui avait trouvé, il n'y aurait rien eu de très alarmant dans la conduite d'Éva s'il ne s'y était ajouté les observations que Lipsky avait faites dans son studio.

Après la déposition de la mère d'Éva, en effet, Lipsky avait fait rapport à son supérieur, le commissaire Bérieux, qui l'avait envoyé faire un tour sur place. Question de principe car il n'était pas plus inquiet que cela. Éva en avait probablement pardessus la tête d'une mère qui lui pendait aux basques alors qu'elle avait trente-deux ans. Elle se payait une escapade sans l'avertir, histoire de le lui faire comprendre une bonne fois pour toutes. Malgré tout, Bérieux appliquait en toutes circonstances le principe de précaution, ce que les vieux routiers comme lui appelaient « fermer les portes ». C'était la plaisanterie la plus éculée des bureaux de la police : « Bérieux a horreur des courants d'air. »

Lipsky s'était donc rendu boulevard Frère-Orban dans l'immeuble indiqué par Helga Krauss. La concierge s'était étonnée : « Sa mère est déjà passée ce matin, vous savez.

— Oui, je suis au courant.

— Il n'y a rien de particulier dans son studio. Je lui ai monté son courrier, hier.

— Si vous permettez, j'aimerais bien m'en assurer par moi-même.

— Il y a un problème ?

— Non. Simple routine.

— Éva est aux sports d'hiver si vous voulez mon avis. Je l'ai dit à sa mère.

— C'est probable. Si vous préférez, je peux monter seul. Donnez-moi la clé. »

Vu qu'il ne disposait d'aucune sorte de mandat, Bérieux lui avait recommandé de se faire accompagner par la concierge. Lipsky s'était imaginé qu'il aurait affaire à une pipelette appuyée sur le manche de son balai, alors qu'il était en présence d'une jeune femme au teint de pêche, d'origine turque ou maghrébine, en attente manifeste d'un heureux événement. Elle semblait se méfier. Comme flic, sans doute, Lipsky ne lui paraissait pas trop crédible en dépit de la carte officielle qu'il lui avait tendue au bout du bras. Elle devait avoir, elle aussi, sa représentation du policier, baraqué et bourru, style Bruno Cremer en Maigret. Rien de commun avec Lipsky qui offrait plutôt la tournure incertaine d'un vendeur d'encyclopédies. En outre, elle devait songer à sa confusion au retour d'Éva quand elle devrait lui avouer qu'elle avait introduit ce fouineur dans ses meubles.

Tout de même, devant la perspective des deux volées d'escalier à grimper, sur les instances de ses jambes lourdes, elle alla chercher son passe et le remit à Lipsky.

« Surtout, ne touchez à rien.

— Promis. »

Tout de suite, en pénétrant dans la première pièce – un séjour avec un coin cuisine –, Lipsky fut surpris par la lourdeur de l'atmosphère. Il s'approcha de la fenêtre. Le radiateur au-dessous était brûlant. Il ramena la vanne thermostatique au minimum, puis jeta un coup d'œil circulaire sur le décor. L'ameublement tout entier sortait de chez Ikea : une petite bibliothèque garnie de livres de poche, une table carrée, deux chaises et face à la télé, un canapé gris à deux places. Du côté cuisine, un seul buffet avec une plaque de cuisson intégrée et un évier sur lequel était déposée une tasse retournée sur sa soucoupe. À côté, un frigo minuscule.

Lipsky y trouva le genre de commissions que font les gens qui mangent un morceau chez eux le matin et le soir.

Il se dirigea vers la porte de la chambre, l'ouvrit, mais n'entra pas. Déjà, sur le seuil du séjour, un sentiment de malaise s'était emparé de lui, comme s'il s'apprêtait à forcer l'intimité d'Éva. Maintenant, il avait sous les yeux, abandonnée sur l'édredon blanc bien tendu, une chemise de nuit froissée en soie rouge. Il avala sa salive et referma sans s'occuper comme il aurait dû de la penderie.

Avec ce qui lui restait de conscience professionnelle, il inspecta encore rapidement la minuscule salle de bains. Dans une corbeille, de la lingerie, sur laquelle son regard dérapa prestement avant de se rétablir un instant sur la glace du lavabo où sa tête confuse l'invitait à se retirer au plus vite. Toutefois, comme le robinet d'eau froide gouttait fortement, il fit un pas en avant et essaya de le resserrer mais sans effet.

Repassé dans le séjour, il aperçut le courrier que la concierge avait monté la veille, posé sur une sorte de guéridon auquel il n'avait d'abord pas prêté attention. De la publicité, deux ou trois enveloppes officielles, puis tout à coup coincé entre deux lettres, un feuillet volant qui tomba par terre. Lipsky le ramassa et parcourut les quelques lignes rédigées au Bic sous l'en-tête « Éts Gaspard, plomberie générale ».

Mademoiselle Krauss, je suis passé comme convenu ce jeudi 26 janvier à 18 heures. J'ai attendu dix minutes.

Rappelez-moi pour un nouveau rendez-vous. Christian.
PS : Désolé, mais je dois vous compter le déplacement.

Le robinet, évidemment... Lipsky empocha le billet et, juste à ce moment, l'interphone sonna.

« C'est la concierge ici, monsieur. Vous avez fini ?

— Oui, oui.

— Vous n'avez rien dérangé, j'espère.

— Mais non. »

De retour devant la loge, il lui sembla que la concierge le dévisageait avec l'air de reproche d'une femme enceinte pour un adolescent mateur. Il tâcha de se donner une contenance et demanda le plus posément possible : « Elle avait appelé un plombier ?

— Pas que je sache.

— Le 26 janvier, un plombier est venu.

— Impossible, je l'aurais vu.

— Il a laissé un mot dans sa boîte aux lettres.

— Attendez une minute. »

Elle rentra et revint avec un grand agenda.

« Le 26, c'est vrai, j'avais un rendez-vous pour mon échographie en fin de journée. Dommage, je lui aurais ouvert. »

Dès qu'il avait été de retour à l'hôtel de police, Lipsky avait téléphoné aux établissements Gaspard. En effet, Éva avait demandé une intervention le 25 janvier. Elle était programmée de commun accord pour le lendemain, dix-huit heures.

Autant le commissaire Bérieux trouvait négligeable qu'Éva ait pris la clé des champs à l'insu de sa mère sans souhaiter un bon anniversaire à son frère, autant il lui parut alarmant qu'elle ait fait faux bond à son plombier. Le 25, c'est certain, elle ignorait qu'elle ne serait pas chez elle le 26. Sinon elle aurait averti la concierge. Bérieux était un type très méticuleux. Si une porte ouverte l'insupportait, on imagine l'effet sur lui d'un robinet qui fuit. Le même incident dans sa salle de bains n'aurait souffert aucun délai. En douze jours, des mètres cubes étaient passés à l'égout chez Éva.

C'est donc un gaspillage d'eau qui le décida à lancer la procédure officielle. Il avertit le procureur du roi et chargea Lipsky de l'avis de recherche pour la télévision. Lipsky avait téléphoné à Helga Krauss, il avait expliqué qu'il était toujours aussi optimiste à propos de sa fille, mais que deux précautions valaient mieux qu'une. Le soir, il était resté à l'hôtel de police dans l'attente de réactions, bien qu'il ne fût pas de service. C'était la première affaire sérieuse que Bérieux lui confiait. À Helga, il n'avait pas vraiment dit la vérité. En fait, il espérait désormais qu'Éva avait bel et bien joué la fille de l'air.

Une heure après le coup de fil de Collard, Lipsky prit la route pour Eupen. Les résultats de l'avis de recherche intriguaient passablement Bérieux. Il lui avait donné carte blanche jusqu'au lendemain matin afin d'y voir un peu plus clair.

Le temps était aussi maussade que possible. Une odeur de tabac empuantissait la Renault de service. En ville, il roula d'abord avec une vitre à demi ouverte. Dès qu'il eut quitté la vallée de la Meuse, la neige, qui avait fondu en ville, fit sa réapparition, non seulement dans les fossés, conformément au bulletin météorologique de Collard, mais sur les prairies et à flanc de colline. Les routes salées à profusion luisaient comme des peaux de hareng.

Il parvint à la Leopold-Allee où habitait Helga Krauss et se rangea devant le garage, dont l'accès était parfaitement dégagé. Tandis qu'il attendait devant la porte d'entrée, une tête apparut à la vitre de la villa voisine. Comme le cou de Lipsky pivotait dans sa direction, elle se retira aussitôt de peur, certainement, qu'il ne l'aperçoive.

Helga, jean et pull à col roulé, ouvrit et l'emmena à la cuisine.

« Excusez-moi, je ne chauffe pas les autres pièces, je suis seule.

— Ça va très bien.

— Je vous ai préparé du café, si…

— Ah ! bonne idée. »

Il l'avait prévenue de son passage. Bérieux lui avait recommandé de la ménager. Depuis les cafouillages de l'affaire Dutroux, tous les flics du royaume prennent plutôt deux paires de gants qu'une avec les familles des victimes. Lipsky était bien résolu à lui faire oublier le ton persifleur qu'il avait cru bon d'adopter lors de leur rencontre de la veille.

« Vous avez regardé la télé, hier ?

— Oui. Quelle mauvaise photo ! Vous auriez dû m'en demander une.

— En principe, nous prenons toujours la photo d'identité.

— C'est dommage. Éva est beaucoup plus belle que ça. »

Elle tourna brièvement les yeux vers le buffet où il vit la photo d'une jeune fille ravissante, Éva évidemment, en tenue de gymnaste.

« Même sur la photo d'identité, elle est très bien, je vous assure. »

Helga lui lança un regard de travers. Qu'est-ce qu'elle avait à faire, évidemment, de ses impressions sur le physique de sa fille ? Il se mordit la langue. Il ne savait trop sur quel pied danser avec une femme qui aurait pu être sa mère. Il reprit d'un ton bienveillant mais plus détaché : « Nous avons reçu des renseignements.

— Ah ! »

Presque un cri, étouffé entre la joie et la crainte.

En quelques mots, il lui expliqua que sa fille s'était trouvée le 25 janvier au soir dans la banlieue est de Liège. Pour ne pas l'alarmer davantage, il évita de mentionner plus précisément le pont-barrage. Quelqu'un l'avait prise en stop, un homme qui avait téléphoné à la suite du message de la télé. Cette personne l'aurait déposée à la gare.

« Dans la banlieue est ? Où ça ?

— À proximité de l'île Monsin, vous voyez ?

— Non.

— En face de la brasserie Jupiler.

— Ah oui... Qu'est-ce qu'elle faisait là ?

— J'allais vous le demander.

— Je n'en ai pas la moindre idée.

— Est-ce qu'elle a des relations, des amis de ce côté-là ?

— Je ne vois pas.

— Vous a-t-elle déjà parlé de cet endroit pour une autre raison ?

— Jamais... Et cette personne qui l'a prise en stop, qui est-ce ?

— Quelqu'un de très bien, apparemment. Un homme qui loue des pianos. Il s'appelle Nowak. Pianos Nowak. »

Elle ne pensait pas à verser le café. Au milieu de la table se trouvaient une cafetière Thermos, un sucrier, des spéculoos sur un plateau à biscuits et devant eux, face à face, les tasses vides.

« Vous permettez ?

— Oui, bien sûr… J'aurais dû… »

Il versa le café et avala une gorgée pensivement.

« Éva a l'habitude de prendre le train ? »

Il avait hésité entre « votre fille » et « Éva ». Le prénom ferait mieux sentir qu'il prenait l'affaire à cœur.

« Elle a un abonnement. Elle n'a jamais voulu de voiture.

— Où prend-elle le train habituellement ?

— À Liège-Guillemins.

— Pas en banlieue ? De l'autre côté de l'île Monsin, à Herstal par exemple ?

— Ce serait ridicule, elle habite à deux pas de la gare des Guillemins. »

Lipsky repoussa son café. Il se serait bien emparé d'un spéculoos mais, comme Helga n'avait même pas porté sa tasse à ses lèvres et qu'elle ne songeait pas à avancer le plateau, il n'osa pas allonger la main. N'empêche qu'il était midi passé, il s'aperçut qu'il avait faim. Dès qu'il reprendrait la route, il faudrait qu'il trouve quelque chose à se mettre sous la dent. Après tout, il pouvait s'en tenir là, Helga ne savait rien qui puisse l'aider.

« Bien, bien, madame Krauss, je ne vais pas vous embêter plus longtemps. En tout cas, il n'y a pas de quoi se tracasser outre mesure. Personnellement, je me représente les choses assez simplement. Le 25 janvier, Éva est allée en banlieue pour voir quelqu'un. Là, elle a appris que cette personne s'était rendue quelque part, en dehors de Liège. Elle est repartie dans la neige et une bonne âme l'a déposée à la gare la plus proche. Elle a pris le train pour rejoindre la personne en question. Elle est chez elle actuellement. Une histoire d'amour, à mon avis. »

À cette conclusion, Helga haussa les sourcils sans le regarder. Manifestement, elle ne croyait pas à ce scénario et elle sentait que Lipsky n'y croyait pas plus que cela. Mais elle ne répliqua pas. Elle se rendait compte qu'il allait falloir se résigner à faire semblant désormais, comme on fait quand on prie pour une guérison tout en sachant que cela ne servira à rien. Il faut sauver les apparences, la vie serait insupportable autrement.

Lipsky devina ses sentiments. Il n'avait pas fait allusion au robinet de la salle de bains. Il aurait pu ajouter qu'Éva avait posé un lapin à son plombier, distraction qu'une aventure amoureuse aurait pu expliquer. Mais, dans ce cas, il aurait dû évoquer sa visite au studio et faire remarquer une nouvelle fois à Helga que, si elle avait pris la peine d'y monter quand elle s'était rendue boulevard Frère-Orban, elle s'en serait aperçue elle-même. Pas besoin de l'accabler dans le seul but d'étoffer une histoire d'amour qui ne tenait déjà qu'à un fil.

Son estomac, une fois de plus, battit le rappel. Il laissa tomber le robinet et les établissements Gaspard. Il se leva et prit congé.

« Nous allons continuer nos recherches, madame Krauss. Je vous tiens au courant. Mais, je le répète, aucune raison de vous affoler pour l'instant. »

À la sortie d'Eupen, il dénicha un snack où il acheta des frites servies dans un authentique cornet qu'on aurait vainement cherché à Liège. Avec cela, une *Curry Wurst* et une canette de Jupiler. Il expédia son repas sur le pouce derrière le volant et repartit. Jusqu'à Monroche, l'odeur suave de la graisse de friture au contact du papier paraffiné l'accompagna. Il avait rendez-vous avec Collard à deux heures et demie.

Le chef de corps lui offrit un café. Au téléphone, il n'avait pas imaginé Lipsky en flic débutant. La voix qu'il avait entendue ne s'accordait pas avec ce visage osseux et lisse, comme fraîchement sorti de son moule, sur lequel on aurait dit que ses sourires s'incrustaient à coups de burin.

Collard lui répéta que Jordan Nowak était un homme en qui on pouvait avoir une entière confiance, facteur de piano réputé, membre du Rotary, père de famille exemplaire, époux d'une violoniste qui…

« Je sais, je sais », coupa un peu sèchement Lipsky. Il n'avait que faire du rappel des talents précoces de la fille de Collard. L'autre n'avait pas encore décidé s'il était sympathique ou non. Son opinion fut faite.

À trois heures, ils étaient devant la porte des Nowak. Édith les fit entrer. Collard l'embrassa sur la joue, ce qui provoqua un coup de barre à la mâchoire de Lipsky. Elle appela Jordan au sous-sol et ils se retrouvèrent tous les quatre autour de la grande table du séjour pourvue de l'inévitable service à café.

Lipsky avala sa cinquième tasse depuis la matinée tandis que Jordan reproduisait son témoignage. Il était pâle, hésitant, lorgnait Collard, comme pour s'assurer qu'il retrouvait les termes exacts de sa déclaration de la veille.

« La disparue, sur le pont, c'est elle qui vous a fait signe ? demanda Lipsky.

— Non, non. Je me suis arrêté de moi-même. Elle avait l'air un peu perdue dans la neige.

— À quelle gare l'avez-vous emmenée ?

— La gare ? Eh bien, Herstal, juste à côté.

— Que vous a-t-elle dit pendant le trajet ?

— Pas grand-chose. Le temps, la tempête…

— Est-ce qu'elle avait un bagage ? »

Jordan fronça les sourcils, il se tourna vers Édith, comme si elle connaissait la réponse. Elle l'encouragea d'un petit mouvement du menton.

« Non, je ne crois pas.

— Et, à la gare, vous a-t-elle dit où elle allait ? »

De nouveau, Jordan sembla fouiller profondément en lui-même.

« Ça fait deux semaines, intervint Édith en prenant plutôt Collard à témoin, comment voulez-vous que mon mari se souvienne ?

— Si, si. Ça me revient maintenant, lança Jordan. Elle a dit qu'elle allait à Eupen. »

5.

Dans la soirée du même mardi 7 février 2012, à Eupen, une BMW Série 6 munie d'une plaque d'immatriculation jaune du Luxembourg pénétra dans l'allée bien nette de la maison d'Helga Krauss et s'arrêta juste à l'endroit où la Renault marquée « Police » avait le matin laissé un petit creux dans le gravier en freinant un peu trop brusquement. La berline suscita la même apparition d'une tête à la fenêtre de la demeure voisine. Toutefois, lorsque le conducteur mit pied à terre, elle ne fit aucun mouvement pour se dissimuler. Wolf, en effet, avait reconnu Stany, le fils d'Helga.

Il ne lui aurait pas déplu que le garçon l'aperçoive, qu'il lui adresse un signe peut-être, auquel cas il se serait précipité dehors et aurait tenté de l'accrocher. Stany ne venait voir sa mère qu'assez rarement et toujours le dimanche après-midi. S'il débarquait ainsi à l'improviste, un mardi soir, il y avait gros à parier que sa visite était en rapport avec celle du policier sorti de la Renault quelques heures auparavant.

Malheureusement, bien que sa présence s'affichât on ne peut plus clairement derrière la vitre éclairée de l'intérieur qui tranchait nettement sur l'obscurité, Stany ne lui prêta pas la moindre attention. Il marchait rapidement, malgré une légère claudication. Il ne s'attarda pas sur le perron, fit le tour du bâtiment et entra par la porte de la cuisine, à l'arrière.

Helga était debout en robe de chambre molletonnée devant le four à micro-ondes ronronnant dans lequel tourniquait un grand bol. Elle se tourna vers son fils, pas vraiment surprise, désolée plutôt déjà, semblait-il, de l'entraîner dans la tourmente où elle s'était fourrée depuis la veille.

Stany lui effleura à peine la joue du bout des lèvres avant de demander sur le ton du reproche : « Qu'est-ce qui se passe, maman ? » De ses deux mains, il lui avait saisi le dessus des bras. Involontairement, il les comprimait trop fort. Elle hocha les épaules, se dégagea, arrêta le micro-ondes. Elle retira le bol, c'était du lait, et prit place à table.

« Assieds-toi une minute. »

Il se posta en face d'elle, l'air plus inquisiteur que le jeune flic le matin. Il portait le costume classique des cadres des grandes banques luxembourgeoises, complet anthracite, chemise bleue, cravate bordeaux. Il rentrait du travail, était passé directement chez elle, avant de rejoindre sa villa cossue du Lindenweg, sans quoi il aurait enfilé le jean et le blouson fourré d'hiver qu'il mettait quand il venait le dimanche après-midi.

« Alors, explique ! Éva ?

— Elle a disparu…

— Allons, maman ! Qu'est-ce que tu vas chercher ? C'est toi qui as fait diffuser cet avis de recherche à la télé ?

— Tu l'as vu ?

— Non, moi pas.

— Ingrid ?

— Oui, enfin, non, c'est une collègue à elle qui l'a vu. Elle lui a demandé si c'était quelqu'un de la famille. À cause du nom – des Krauss, il n'y en a pas des dizaines. »

Ingrid, la femme de Stany, travaillait aussi au Luxembourg, dans une firme pharmaceutique. Elle l'avait appelé à son bureau pendant sa pause déjeuner. Il avait aussitôt consulté le site de la police, où il avait découvert le signalement d'Éva.

« Je suis sans nouvelles depuis ton anniversaire. Elle ne répond pas au téléphone.

— Elle fait la tête, c'est tout. Tu la connais.

— Hier, je suis allée chez elle. La concierge m'a dit qu'elle n'était pas rentrée depuis ce jour-là, Stan.

— Ah… Et à son travail ? Tu les as contactés ?

— Oui. On ne l'a plus vue non plus. J'ai fait comme si je savais. J'ai dit qu'elle était malade. Pour lui éviter des ennuis. Je leur ai même promis un certificat médical. Ils ont dit que ça ne pressait pas, encore heureux.

— Bon sang, quelle idiote ! Elle s'est barrée sans prévenir personne. Tout à fait elle ! Envie de prendre l'air, c'est tout ! Inconsciente. Elle a de la chance d'être une espèce de fonctionnaire. Dans le privé, je te jure, ils l'auraient déjà virée.

— Prendre l'air, c'est vite dit. Qu'est-ce qu'on en sait? Moi, je suis morte d'inquiétude. Je ne pouvais plus attendre. Je suis allée à la police. Eux aussi, ils ont trouvé que c'était bizarre, son silence. La preuve, c'est qu'ils ont décidé de lancer un avis de recherche. Au moins, ça nous aura déjà appris quelque chose.

— Ah oui? Quoi?

— Le jour de ton anniversaire, des gens l'ont aperçue la nuit, dans la banlieue de Liège, du côté de Herstal.

— Herstal? Qu'est-ce qu'elle fichait là?

— Je n'en sais rien. Quelqu'un l'a prise en stop et l'a emmenée à la gare. Cette personne a appelé la police. Éva est partie en train ce soir-là, c'est clair.

— Partie où?

— J'aimerais bien le savoir. La police n'a pas pu me le dire. Elle ne t'a jamais parlé de quelqu'un, quelqu'un qui aurait à voir avec Herstal?

— Si tu t'imagines qu'Éva me fait des confidences... »

Question idiote, Helga le savait très bien. Entre Stany et Éva, ça n'allait pas fort. Bien que cette tension la chagrinât depuis longtemps, elle n'avait fait que l'observer en témoin, sans oser réagir. Malgré elle, elle s'entêtait à considérer Éva et Stany comme s'ils étaient toujours les enfants qu'ils avaient été avant de lui glisser entre les doigts pour se diluer dans l'indifférent état d'adultes. Ce froid entre eux, elle n'y avait vu d'abord que l'une de leurs bouderies enfantines. Petits, ils se brouillaient pour un oui ou pour un non, mais ils se raccommodaient aussi facilement. Ils s'adoraient en fait. Surtout il ne fallait pas exiger qu'ils fassent la paix sur-le-champ, cela ne faisait que prolonger la brouille. Il valait mieux les laisser s'arranger.

Helga attendait depuis trop longtemps. Et maintenant qu'Éva n'était plus là, leur mésentente lui faisait plus mal encore, comme si la possibilité d'une réconciliation risquait de ne plus se présenter.

Éva avait quatre ans quand Stany était né. À cette époque, en 1983, les médecins ne jouaient pas encore à révéler le sexe de l'enfant avant sa naissance. Stany avait été accueilli comme le messie. Son père, en effet, aurait considéré comme une offense à sa virilité s'il avait échoué à engendrer un mâle. Éva n'était qu'un coup d'essai. Stany serait son véritable descendant, le seul porteur du nom des Krauss. Il le voyait déjà à la tête de sa scierie.

Tout de suite, Éva, elle aussi, avait été à la dévotion du dieu qui venait de s'incarner sous leurs yeux. Elle l'entourait d'une affection touchante, comme une petite mère. Dans une vie, il y a toutes sortes d'amours, l'amour entre les parents et les enfants, l'amour des couples, les passions d'un moment, mais l'amour le plus fort, peut-être est-ce celui qui unit les enfants d'une même famille. Entre Stany et Éva, un lien s'était tissé qui les unissait si étroitement que, parfois, Helga s'en exaspérait. Par exemple, si Éva voyait Stany pleurer parce qu'il était puni, elle-même ne pouvait s'empêcher de fondre en larmes. Elle allait le rejoindre dans sa chambre où Helga l'avait envoyé et, enlacés, ils mêlaient sur l'oreiller leurs pleurs soudain délicieux.

Et puis, cet attachement si puissant, comme tous les autres sans doute, s'était peu à peu distendu et avait fini par se déliter. Éva était sortie la première de la tranquille indifférenciation des genres enfantins, elle était devenue une jeune fille tout à coup réservée et, pas longtemps après, Stany un ado qui en voulait au monde entier d'être si mal dans sa peau en bourgeons.

Au même moment, l'amour que Jean portait à Helga, réduit depuis longtemps à la portion conjugale, avait peu à peu achevé de se consumer, comme si ce n'était plus la peine de l'entretenir, vu que leur devoir de parents touchait à sa fin. La courtoisie résignée qu'ils avaient encore observée pendant quelque temps, avant que Jean ne plie bagage, n'avait-elle pas fini par aseptiser l'atmosphère de la maison entière au point d'y étouffer toute espèce d'amour ? La joie est parfois contagieuse, la tristesse toujours.

Stany avait fait des études, comme on capitalise avant d'investir. À présent, il gagnait de l'or en barre au Luxembourg. Éva ne s'était intéressée à rien. Au lycée, elle passait par la petite porte d'année en année et s'était calfeutrée dans un modeste emploi, à Liège, à la mutualité socialiste. Ils se fréquentaient peu, d'autant qu'Ingrid, l'épouse de Stany, ne pouvait pas la voir en peinture.

Ingrid ne savait que faire du salaire superfétatoire qu'elle apportait au ménage, elle le dépensait en toilettes ridicules. Elle avait toujours l'air d'une Barbie, la longueur des jambes en moins. Sa petite taille, ses membres joliment proportionnés auraient appelé des tenues sobres, bien ajustées. Elle préférait l'extravagance des couturiers de la Lux Fashion. Elle aurait juré qu'Éva le faisait exprès de lui opposer ses vêtements usés jusqu'à la corde. Aussi Éva ne mettait-elle les pieds dans la villa du Lindenweg que lorsque Helga l'y entraînait l'épée dans les reins.

« Écoute, Stan, reprit-elle, je ne voudrais pas te fâcher, mais tu ne trouves pas bizarre que ta sœur ait disparu précisément le jour de ton anniversaire ?

— Pourquoi ?

— Je ne sais pas. Il s'est passé quelque chose entre vous ?

— Qu'est-ce que tu veux qu'il se soit passé ? J'ai toujours fait ce que j'ai pu pour arranger les bidons. Le problème, c'est que j'ai beau me décarcasser, je lui porte sur le système, je ne te l'apprends pas. Tout ça parce que, moi, je vis comme tout le monde. Elle, elle a décidé de vivre en dehors des clous. Ça peut durer un temps, d'accord. Mais après ? Après, ce n'est pas un plan, tout de même. Tu veux que je te dise ce qu'il lui faudrait, à Éva ? Tu veux ? Il lui faudrait un homme, un type qui bosse réellement, avec un emprunt pour une maison et une tripotée d'enfants.

— Des enfants ? Tu peux bien causer ! Tu n'en as pas, toi.

— Parce que c'est trop tôt. Ingrid a bien le droit de profiter un peu avant les couches et les biberons.

— À son âge, j'avais Éva. Nous autres, on se mariait pour fonder une famille.

— Pour ce que ça t'a rapporté ! »

Stany aurait pu tout aussi bien la gifler. Elle tourna la tête de côté, comme sous le coup, des larmes au bord des yeux. Elle se mit à fourgonner dans la poche de sa robe de chambre à la recherche d'un mouchoir. Évidemment, il n'y en a jamais quand il en faut. Elle se leva, alla jusqu'à un tiroir du buffet, sortit un paquet de Kleenex et se tamponna les paupières. À son tour, Stany abandonna sa place en soupirant, il la reprit par les bras.

« Excuse-moi, maman.

— Tu n'as pas à t'excuser. Je le sais bien, va, qu'on n'a pas été fichus de vous donner une vraie famille.

— Ce n'est pas ta faute. C'est papa qui…

— Je n'ai pas su le garder.

— Allons, allons, maman. »

Il l'attira contre l'impeccable revers de sa veste anthracite. Elle se laissa aller un moment jusqu'à ce qu'elle sente sa main dans ses cheveux. Alors, elle se rappela qu'elle avait l'intention de les laver le lendemain matin. Stany allait les trouver un peu gras. Elle se détacha, alla jeter le Kleenex dans la poubelle sous l'évier. Puis elle resta là, la tête basse, et soudain demanda avec le ton d'extrême humilité d'un mauvais élève qui va poser une question incongrue certainement à son professeur : « Éva ne serait pas allée rejoindre papa, hein ?

— Maman ! Qu'est-ce que tu chantes là ? Papa ! D'abord personne ne sait où il vit au juste !

— Peut-être qu'elle l'a découvert.

— C'est ça ! Éva enquête depuis des années. Elle a remué ciel et terre et, maintenant, elle vient de trouver où le vieux s'est planqué avec sa gigolette.

Elle a déniché un informateur. Oui, c'est ça ! Un type qui lui a donné rendez-vous à Herstal, dans un hôtel borgne. Et, de là, elle a immédiatement sauté dans l'Orient-Express pour aller le retrouver et lui planter enfin son couteau de girl-scout dans les tripes.

— Stan ! Enfin ! Tu... Comment peux-tu ?

— C'est bien tout ce qu'il aurait mérité d'Éva, cette ordure.

— Tu passes les bornes. C'est votre père tout de même. Vous deux, il vous aimait.

— Si on veut. Ah, tu as raison, à sa façon, alors... d'accord, d'accord. Je n'aurais pas dû m'énerver. Pardonne-moi. »

Ils ne bougeaient plus, ils demeuraient à distance, comme si quelque chose de terrible s'était mis tout à coup entre eux. Un secret peut-être qui avait déclenché cet accès de colère chez Stany.

« Est-ce que... est-ce qu'il y a quelque chose que j'ignore, Stan, à propos de votre père ?

— Mais non !

— Concernant Éva ?

— Il n'y a rien, rien du tout, maman ! Seulement, ne te fourre pas en tête qu'Éva a envie de retrouver papa. Elle a fait une croix sur lui depuis longtemps. Je te dis qu'elle a pris un peu de champ libre, c'est tout.

— Je l'espère.

— L'avis de recherche, ils vont le faire passer encore ?

— Aucune idée. Je ne crois pas.

— Je vais leur téléphoner pour m'en assurer. Il n'y avait aucune raison de s'alarmer si vite. Je suis convaincu que, d'ici la fin de la semaine, la fille prodigue sera là. On tuera le veau gras, hein? Ça ne sert à rien de te mettre dans tous tes états. »

Helga sourit tristement, pour lui faire plaisir.

Quand il ressortit par la porte de la cuisine, la lune s'était levée. Elle répandait sa lueur terne sur la neige déjà fatiguée qui ondoyait mollement sur la pelouse. Au bout du jardin, elle allumait les carreaux de la cabane à outils et faisait luire faiblement les tubes métalliques de la balançoire. Le décor de son enfance. Il remarqua que le siège de gauche de la balançoire ne tenait plus qu'à une chaîne et pendait à la verticale. Le double, à droite, sur lequel on s'installait en vis-à-vis, était toujours intact.

Il y avait des années que la balançoire n'avait plus servi. On aurait pu la démonter depuis longtemps – il fallait contorsionner la tondeuse à gazon pour tourner autour – mais, quand il l'avait installée, le père, pas convaincu par les petites tiges de fixation fournies avec le kit, l'avait arrimée dans des trous profonds remplis de béton. Elle était condamnée à rester là, comme un monument érigé à l'enfance perdue.

Stany détourna les yeux. Le temps qu'il fasse le tour de la maison pour regagner la BMW, il ne put, cependant, chasser l'image du passé qui remontait jusqu'à lui.

Sur le double siège, il était assis en culottes courtes, face à face avec Éva, les sandalettes calées sur les repose-pieds, les mains agrippées aux poignées. Ils commençaient à se balancer en douceur, riant à petites gorgées, les yeux dans les yeux. Les beaux cheveux bruns d'Éva flottaient dans son dos, elle ramassait les pans de sa robe d'été sous elle et, de ses longues jambes brunes, accélérait peu à peu le mouvement.

Elle était bien plus forte que lui et, surtout, plus hardie. Ils montaient de plus en plus haut et soudain il gémissait : « Arrête, Vava, arrête maintenant ! » Mais qu'est-ce qui aurait pu l'arrêter ? Elle avait le cœur drôlement bien accroché et elle poussait de plus belle en se moquant de sa bobine affolée. Si elle avait pu accomplir un tour complet, comme elle avait vu le faire à la foire d'octobre une gitane, dont les hommes venaient mater les jupons et le décolleté inversés, elle l'aurait exécuté sans hésiter, en dépit des supplications de Stany.

Il était vert de peur, il lui semblait que son estomac remontait dans sa gorge, que son sang allait gicler par ses oreilles. Il voyait venir le moment où il serait catapulté par-dessus la haie, dans le jardin voisin, chez Wolf.

Enfin, ce n'était pas trop tôt, Helga apparaissait sur le seuil de la cuisine et criait : « Éva, tu es folle ! Arrête ça immédiatement ! Vous allez vous rompre le cou ! Tu vois bien que le petit n'en peut plus ! Tu veux qu'il remette son goûter ? Descendez ! »

Alors, elle ralentissait et, quand il quittait sa place, il criait à sa mère, restée les poings sur les hanches à la porte de la cuisine : « Je n'avais même pas peur, maman, pas peur du tout ! C'était super. »

Il mentait. Il ne voulait pas donner raison à Helga, il préférait sa complicité avec Éva. Et, le lendemain, quand elle lui proposait de recommencer, même s'il sentait aussitôt son cœur défaillir, il acceptait parce que ce trouble lui promettait aussi une sorte d'ivresse à laquelle il ne pouvait résister. C'était comme si Éva détenait le pouvoir de l'enlever au temps ordinaire, de l'emmener sur la crête de l'existence, à deux doigts d'un autre monde, mystérieux, meilleur certainement, où l'âme était bien capable de s'évader.

Un jour, la balançoire était devenue trop petite. Leurs genoux butaient l'un contre l'autre. Ils l'avaient abandonnée. Elle ne se mouvait plus qu'au vent et, bientôt, elle se mit à grincer.

Lui pouvait tout à fait vivre au ras du sol. Éva, par contre, le pouvait-elle ? N'était-elle pas une sorte d'oiseau fourvoyé dans un corps humain ? Elle était pataude dans la vie ordinaire, elle picorait le peu qui lui suffisait pour vivre, mais, au fond, elle n'attendait peut-être que le moment de s'envoler.

Une fois à son volant, accueilli par le cuir chauffant du siège, interrogé par les cadrans et les voyants qui se mettaient servilement à ses ordres, Stany se sentit soudain lessivé. L'entorse qu'il s'était faite au tennis quelques semaines avant tout à coup se rappelait à son souvenir. Il gémit. Il avait rabroué sa mère, il avait feint une parfaite tranquillité, mais il bluffait. Une sourde inquiétude le rongeait. Il avait menti à Helga comme autrefois quand il descendait de la balançoire.

Où était passée Éva ? Qu'est-ce qui lui était arrivé ? Dès qu'il avait appris qu'on la recherchait, il lui en avait voulu à cause de l'avis à la télé. S'il l'avait découvert lui-même, passerait encore. Il avait fallu qu'Ingrid soit la première au courant. Elle ne s'était pas privée de lui mettre aussi sec le scandale sous le nez. Cette fois, elle tenait la démonstration par A plus B qu'elle avait bien raison de considérer sa sœur comme un cas désespéré. On pouvait se mettre en quatre pour elle, elle s'en battait l'œil. Pourtant, Stany excusait toujours Éva envers et contre tout. Eh bien, cette fois, c'était clair. Elle se fichait pas mal de lui et de sa mère, sans parler d'elle-même – au moins, pour son propre compte, elle ne s'était jamais fait d'illusion.

De dépit, Stany donna un coup de poing sur le tableau de bord. Il accrocha le klaxon qui ne protesta même pas, mais émit l'avertissement compassé conforme à sa dignité de véhicule à plus de cinquante mille euros.

À la fenêtre de la maison voisine, la figure de Wolf réapparut. Stany, occupé à manœuvrer, ne la remarqua pas. De loin, il n'aurait d'ailleurs pas pu discerner la contraction de curiosité douloureuse qui crispait les traits du vieil homme.

6.

Le premier soin de Lipsky, le lendemain matin, mercredi 8 février, de retour à son bureau de l'hôtel de police, fut de verser au fichier qu'il avait ouvert sous le nom « Affaire Éva Krauss » les éléments qu'il avait recueillis la veille à Monroche.

En rentrant de l'Ardenne, il avait immédiatement préparé son rapport dans sa chambre et l'avait copié sur une clé USB. Puis, il avait fait son jogging quotidien sur la piste cyclable le long de la Meuse. Après sa douche, il était descendu à la cuisine, avait ouvert le frigo et avait trouvé l'assiette que sa logeuse lui avait préparée, une salade liégeoise à sa « mode » comme elle disait, c'est-à-dire avec plus de lardons grillés que de haricots verts.

En général, ils soupaient ensemble – c'était inclus dans le prix de la pension –, sauf le mardi justement, jour où Mme Brenu dînait en ville avec son premier mari, dont elle avait divorcé en 1976 pour convoler avec feu le propriétaire de sa grande demeure. Comme époux, le propriétaire n'arrivait pas à la cheville de son amour de jeunesse, elle avait dû s'y résigner mais, malheureusement, son choix initial, lui, ne faisait pas le poids comme propriétaire. Par un heureux hasard, la vie – ou était-ce la mort ? – avait fini par tout arranger : son premier mari était devenu veuf l'année même où elle devenait douairière.

Pour autant, il n'était pas question de remariage. Mme Brenu, après deux unions boiteuses, avait pris goût à l'indépendance. Quant aux désagréments de la solitude qui sont le prix ordinaire de la liberté, elle les avait adroitement esquivés en prenant un locataire jeune en demi-pension – petit déjeuner et repas du soir préparés par ses soins. Lipsky occupait deux chambres communicantes à l'étage, avec vue sur la Meuse, du moins en hiver, car, dès le printemps, la frondaison des platanes du quai des Tanneurs lui en offusquait le spectacle.

À la cuisine, Lipsky avait encore avalé la moitié de la bouteille de Triple Piedbœuf, puis était remonté « dans ses appartements », autre expression de Mme Brenu. Il avait glissé le CD de Cecilia Bartoli *Live in Italy* dans le lecteur, avait éteint la lumière et s'était étendu sur son lit tandis que « Tu ch'hai le penne, amore » emplissait les ténèbres.

Lipsky n'écoutait jamais de musique en mangeant, en lisant ni en vaquant à une quelconque activité. Il vouait un culte à Cecilia. Quand il fermait les yeux, c'était comme si elle était là, près de lui, dans la chambre. Plus question, par exemple, de réfléchir à son enquête. Il se l'interdisait d'ailleurs. Il faut de temps en temps fiche la paix au cerveau, arrêter de le gaver de raisonnements et le laisser s'occuper tout seul de son côté.

Cette conviction, il la tenait de l'époque pas très lointaine où il étudiait la philosophie à l'université et séchait sur la *Phénoménologie de l'esprit.* Souvent, il se couchait le crâne obstrué par la logique entortillée de Hegel qui, le lendemain matin, lui semblait claire comme de l'eau de roche. Il avait ainsi décroché une licence totalement inutile sur le marché de l'emploi, mais qui lui avait donné accès à l'examen de « cadre moyen spécialisé » dans la police. Pour quelqu'un qui a réussi à désembrouiller Hegel – ou du moins s'imagine y être arrivé –, l'enquête la plus obscure ne saurait être qu'un jeu d'enfant.

C'est donc seulement le lendemain, après avoir relu son rapport à tête reposée à son bureau de l'hôtel de police, qu'il s'autorisa à reprendre le cours de ses réflexions. Il avait un peu de temps devant lui. Il devait rendre compte de ses investigations à Bérieux, mais le commissaire, jamais très ponctuel, n'était pas encore arrivé.

Ses cellules grises, qui avaient apparemment épluché le dossier pendant son sommeil, l'incitèrent à préciser l'heure du départ d'Éva pour Eupen, le 25 janvier au soir. Il consulta le site des chemins de fer. Quelques clics plus tard, il constata que le dernier train de Herstal vers Eupen partait à vingt heures vingt-trois. Le suivant était le lendemain à six heures quatre du matin.

« Ça alors... », marmonna-t-il entre ses dents au moment même où Bérieux passait devant la porte de son bureau. Pour guetter son arrivée, il l'avait laissée ouverte. Le commissaire s'arrêta et entra.

« Vous parlez tout seul ? » ironisa-t-il.

Il fit glisser la fermeture Éclair de son blouson d'aviateur beige depuis son col en fourrure, découvrant en dessous une autre veste, en cuir noir celle-là, et mince comme une pelure d'oignon.

« Dites donc, quelle chaleur chez vous ! Coupez le radiateur au lieu d'ouvrir les portes.

— Euh… en fait, j'attendais votre passage, monsieur.

— Ah, d'accord. Vous êtes déjà averti que j'ai horreur des courants d'air, hein ? »

Bérieux lui adressa un clin d'œil. Il voulait lui faire savoir d'emblée qu'il n'était pas dupe des plaisanteries que les anciens échangeaient derrière son dos.

« Oui, oui, je sais, monsieur. »

Bérieux sourit, satisfait que Lipsky ait adopté sa toquade de se faire appeler « monsieur ». Il l'avait contractée lors d'un échange avec la police de Londres où il avait séjourné pendant trois mois. Quand ils s'adressaient à un supérieur, les flics de New Scotland Yard terminaient toutes leurs phrases par un *sir* qui leur servait même de « bonjour » et de « bonsoir ». C'était drôlement classe.

Bérieux tira une chaise vers un coin du bureau, y posa le coude et se cala le menton dans la paume, une attitude placide, bienveillante et un rien condescendante qui lui était familière avec ses hommes.

« Alors, du neuf ?

— Plutôt, monsieur ! »

Lipsky lui relata brièvement sa visite à Monroche, pressé d'en venir à ce qu'il venait de découvrir sur le site de la SNCB.

« Éva a menti à Jordan Nowak. Il l'a rencontrée vers onze heures. À cette heure-là, il n'y a plus de départ pour Eupen.

— Dans ce cas, où serait-elle allée ?

— Nulle part ! D'après l'annuaire (il fit pivoter vers Bérieux l'écran resté ouvert sur l'horaire des chemins de fer), le dernier train de Herstal quitte la gare à vingt-deux heures quinze à destination de Liers, arrivée neuf minutes plus tard, terminus. Ensuite plus aucun train avant le lendemain, cinq heures quarante-cinq. Éva a menti, c'est certain, elle n'a pris aucun train.

— Menti ? Menti ?... Vous y allez un peu vite. Elle ignorait peut-être qu'il n'y avait plus de train.

— Ça m'étonnerait. Elle a l'habitude des trains, sa mère me l'a confirmé. Pas de voiture, elle a un abonnement. Elle devait se douter qu'il n'y avait plus de départ pour Eupen. Je vous rappelle que, pour venir sur place, elle avait déjà pris le bus.

— Bien vu, Lipsky ! »

Le commissaire opina longuement du chef, sans toutefois lever le menton de sa paume, puis il reprit avec un éclair de malice dans les yeux : « Il y a une autre possibilité bien sûr.

— Ah oui ? Laquelle, monsieur ?

— Peut-être que c'est Nowak qui a menti.

— Nowak ? Franchement...

— Quelle impression vous a-t-il faite ?

— Très bonne... Excellente. »

En effet, Lipsky avait trouvé Nowak tout à fait sympathique. D'abord, il était facteur de piano. Lipsky, on l'a compris, était amateur de classique. Ce qu'il préférait chez Cecilia Bartoli, c'étaient ses récitals, accompagnée d'un pianiste seulement. Dans ce genre de concert, souvent on ne considère que la cantatrice et son accompagnateur, mais que seraient-ils sans un instrument à la hauteur? Quand Nowak était apparu devant lui à sa villa de Monroche, revêtu de sa blouse grise dont la poche de poitrine était dentelée de petits instruments de réglage, il avait eu le sentiment de se trouver en présence d'un démiurge qui devait côtoyer des déesses semblables – égales était impossible – à Cecilia. Sa modestie, sa timidité, ses bafouillages mêmes étaient ceux des grands maîtres dans leur domaine qui se sentent démunis dans tous les autres.

À cela s'ajoutait encore la bienveillance de sa femme qui l'avait couvé des yeux pendant toute l'entrevue et, pour le rassurer comme un grand enfant, se retenait tout juste de répondre à sa place.

Cela ne l'avait pas empêché, néanmoins, de l'interroger sur son emploi du temps à Liège. Question de méthode. À quoi s'était-il occupé dans la journée du 25 janvier? Et après avoir déposé la personne disparue à la gare? Où avait-il passé la nuit? Qu'avait-il fait le lendemain matin? Toutes questions qui n'avaient aucun lien direct avec Éva et qui, partant, semblaient désarçonner Nowak. À force d'insister, ses chicaneries avaient agacé le collègue de Monroche, au point qu'au moment de quitter la Renault, Collard lui avait fait la leçon : « Écoutez, mon vieux, vous êtes débutant, vous pensez sûrement bien faire en cuisinant le premier venu. Mais croyez-en mon expérience, si vous traitez les témoins de cette façon, ne vous étonnez pas de ne plus trouver aucun informateur. »

Bérieux se redressa, remit la chaise en place devant le bureau de Lipsky et alla jusqu'à la porte où il s'arrêta, une main sur la poignée.

« Bon, comme ça, vous avez votre feuille de route pour aujourd'hui. Tâchez d'établir ce que Nowak a fabriqué ce soir-là quand il a emmené Éva.

— Je le lui ai déjà demandé. Il a passé la nuit à l'hôtel.

— Où ça ?

— Hôtel Marcachou, je l'ai noté.

— Allez voir. Il y a peut-être entraîné Éva.

— Ah ? Vous croyez ?

— Je ne crois rien... Je ferme la porte », conclut-il avec un coin de bouche moqueur et il joignit le geste à la parole.

Du même coup, Lipsky prit conscience de l'atmosphère de hammam qui régnait dans son local. Il tendit la main en arrière et ferma le radiateur.

Franchement, il imaginait avec peine Nowak emmenant une inconnue à l'hôtel. Bérieux ne manquait certainement pas de flair ; pourtant, à lui, ce soupçon semblait aussi irrespirable que l'air de son bureau. Il ne pensait pas tellement à Nowak d'ailleurs, mais à sa femme plutôt. Un type qui avait une femme comme Édith – Nowak l'avait appelée Édith, il s'en souvenait, un prénom démodé – jamais ne s'accorderait une nuit avec une fille de rencontre. Lipsky cultivait une idée très idéale du mariage, raison pour laquelle, sans doute, il ne songeait à se passer la corde au cou ni à court ni à moyen terme.

Vingt minutes plus tard, au volant de la Renault de service, il arrivait au pont-barrage de l'île Monsin. Il s'y engagea au ralenti. Il aurait voulu se représenter la scène nocturne de la rencontre entre Nowak et Éva. La lumière du jour déversée par le froid soleil de février revenu depuis le matin ne s'y prêtait pas. Il rangea la voiture sur le port et revint à pied vers le pont, le col de sa canadienne relevé jusqu'au nez. Sur l'autre trottoir passait un groupe de touristes japonais, emmené par un guide qui débitait ses explications dans un idiome ondoyant qui devait être de l'anglais liégeois.

Tout à coup, ils s'arrêtèrent comme un seul homme et une nuée de minuscules appareils s'élevèrent au bout de leurs bras pour mitrailler l'amont du fleuve du côté où il se trouvait. Sa tête risquait de figurer sur une trentaine d'albums de vacances tokyoïtes. Il tourna le dos, s'appuya sur le parapet.

Un long moment, il contempla le courant qui glissait vers les énormes vannes métalliques. Qu'est-ce qu'Éva pouvait bien faire à cet endroit en pleine nuit, immobile ? Nowak avait expliqué qu'elle était en train de se transformer en bonhomme de neige, ce qui l'avait poussé à lui parler. Est-ce qu'elle s'apprêtait à se jeter à l'eau ? C'est ce qu'il avait cru sans doute. N'importe qui à sa place l'aurait pensé. Il l'avait sauvée peut-être.

Lipsky secoua la tête. Si Éva avait résolu de boire la tasse, quelle idée de venir au pont-barrage ! Des ponts, elle en avait autant qu'elle voulait à sa disposition à Liège. Du 515, boulevard Frère-Orban où elle habitait, elle n'avait que quelques enjambées jusqu'au pont Albert. Et là, au moins, elle ne courait pas le risque de se faire happer par la machinerie du barrage. Les candidats au suicide se représentent toujours l'état de leur corps post mortem. Un pendu, par exemple, s'assure d'une corde qui tiendra le coup. Il n'a pas envie de se fracasser les membres sur le tapis. Il le savait. Adolescent, il avait eu lui-même des idées noires. Le visage consterné de ses parents devant sa radieuse mine mortuaire lui procurait un plaisir malsain.

Une saute de vent qui prenait le fleuve en enfilade lui piqua les yeux. Les eaux devaient être glaciales. Un désagrément supplémentaire. Pour se suicider par noyade, la bonne saison, c'est l'été – il faudrait vérifier les statistiques –, lorsque la Meuse est si tiède que les enfants des bateliers y barbotent le long des péniches à quai. La tiédeur liquide du sein maternel, c'est cela que les déçus de la vie voudraient inconsciemment retrouver dans la mort.

Il regagna le parking du port, traversa l'île et se dirigea vers le boulevard Ernest-Solvay. À neuf heures et quart, il se trouvait devant l'hôtel Marcachou, un immeuble étroit, présentant une belle façade liégeoise dans le style classique, brique, chambranle en pierre grise autour des fenêtres à croisillons.

Dans la petite pièce de réception, devant un ordinateur était assise une jeune femme en tailleur bordeaux. Au revers de sa veste, un macaron indiquait son prénom : Thuy Diêm.

Lipsky s'appuya au comptoir, lui montra sa carte tricolore et la pria de bien vouloir vérifier la présence de Nowak Jordan, la nuit du 25 au 26 janvier. La jeune femme tapota sur le clavier et confirma.

De son ongle délicat peint en rouge, elle pointait le nom sur l'écran.

« Nowak, ici, c'est juste. Une réservation du 20 janvier.

— M. Nowak s'est bien présenté ?

— En tout cas, sa carte de crédit a été débitée. Cent vingt euros. Pas de petit déjeuner.

— Il était seul ?

— Sur le fichier, j'ai une réservation pour une seule personne, en effet.

— Il aurait pu venir accompagné ?

— Bien sûr, toutes nos chambres sont des chambres doubles.

— Vous l'avez vu ce soir-là ?

— Non, inspecteur. Le client avait prévenu qu'il se présenterait tard. Heure d'arrivée : entre vingt-deux heures et minuit. Vous voyez ? (L'ongle rouge se posait sur une ligne au bas de l'écran.) Je ne travaille pas la nuit.

— Il n'y a personne à l'accueil ?

— Si, bien sûr, le portier de nuit.

— Je peux lui parler ?

— Il est rentré chez lui. À cette heure-ci, il doit dormir. À moins que… Vous permettez ? »

Elle souleva l'abattant, traversa la pièce en imprimant au carrelage le piqué sonore de ses talons et disparut dans le couloir à côté de l'escalier. Après une brève éclipse, elle réapparut précédée du même staccato, le visage éclairé d'un sourire content.

« Vous avez de la chance. M. Vastapane n'est pas encore parti. Il est occupé à lire le journal dans la salle des petits déjeuners. Suivez-moi. »

Vastapane avait posé *La Meuse* sur la table et ses lunettes par-dessus. À part lui, il n'y avait qu'un couple de vieux en tenue de cycliste hivernale qui s'apprêtaient probablement à descendre jusqu'à Maastricht par la piste qui longe le fleuve.

« Asseyez-vous, je vous apporte un café », murmura Thuy Diêm.

En deux mots, Lipsky reprit l'objet de sa visite. Bien que sicilien, sans doute, Vastapane était ridé comme un sachem des prairies. Pour un homme qui avait veillé toute la nuit, cependant, il avait la paupière dispose et l'œil vif.

« Le 25 janvier, avez-vous vu M. Nowak quand il est arrivé ? Il s'est présenté entre onze heures et minuit.

— Le 25 ? Ça fait une paie, hein, mon garçon ! Vous pensez bien que je ne retiens pas tout ce qui se passe dans la boutique.

— C'était le soir où il a tellement neigé. Vous vous souvenez ?

— Ah oui ! Ce jour-là, effectivement, je m'en souviens. Ça tombait ! J'ai même eu du mal à venir prendre mon service.

— Eh bien, vous n'avez pas pu manquer l'arrivée de M. Nowak. Il avait réservé pour une personne, une nuit. Il est sûrement venu, la demoiselle de l'accueil m'a confirmé qu'il avait payé la nuitée. »

Thuy Diêm était repartie après lui avoir servi son café. Avant de s'éloigner, elle avait passé gentiment sa gracieuse main sur les épaules de Vastapane qui aurait pu être son grand-père.

« Maintenant que vous me dites tout ça, effectivement, je l'ai vu, ça me revient.

— Dites-moi, monsieur Vaspatane…

— Vastapane.

— Oui, pardon. M. Nowak était-il seul ou accompagné ?

— Vous m'avez dit qu'il avait réservé pour une seule personne, non ?

— Exact.

— Eh bien, il était seul.

— Il aurait pu être accompagné. Une femme, par exemple.

— Une femme ? Je vous vois venir, hein !

— C'est très sérieux, vous savez, monsieur Vastapane.

— Non, pas de femme… Je n'ai rien vu.

— Et le matin, vous l'avez vu repartir ?

— Je ne sais plus. Il est peut-être reparti quand Thuy Diêm ou Vanessa était déjà arrivée. »

Lipsky remercia. Il était soulagé, mais lorsqu'il repassa à l'accueil, Thuy Diêm l'interpella : « Inspecteur ! Inspecteur ! »

Il s'approcha. Elle tenait une grande enveloppe jaune à la main.

« Il me semblait bien que ce nom – Nowak – me disait quelque chose. Je suis allée voir dans la réserve où nous gardons les objets égarés par les clients. M. Nowak a oublié un petit article le 25 janvier. Voyez ! »

Elle inversa l'enveloppe sur le comptoir, sous les yeux de Lipsky, et l'ongle verni lui indiqua la mention : « Nowak. Chambre 204. 25 janvier » au marqueur noir, puis au-dessous, une ligne : « Client prévenu par téléphone le 26 janvier. À conserver » écrite au stylo.

« Ce n'est pas moi qui ai appelé M. Nowak, ce n'est pas mon écriture, je suppose que c'est Vanessa, ma collègue. J'avais remarqué l'enveloppe dans la réserve quand j'ai déposé le rasoir d'un autre client. »

Lipsky tâta l'enveloppe. Elle était si légère qu'il se demanda s'il y avait vraiment quelque chose à l'intérieur.

« Qu'est-ce qu'il y a dedans ?

— Je ne sais pas.

— On peut regarder ?

— Pourquoi pas ? » dit la jeune femme dont les yeux brûlaient de curiosité.

Lipsky retira l'agrafe parisienne, introduisit la main et fit glisser sur le comptoir un foulard rose qu'il porta machinalement à son nez. Il était parfumé.

« Qu'est-ce qu'il est beau ! s'exclama Thuy Diêm.

— Vous êtes certaine que ce foulard appartient à Nowak ?

— Il était dans sa chambre, c'est sûr. La 204.

— Étonnant…

— De la mousseline de soie, j'adore.

— Il vous plairait ?

— Plutôt, inspecteur.

— Un accessoire pour femme, à votre avis ?

— Il me semble », dit-elle en hochant la tête avec envie.

7.

« Quelle idiote, mais quelle idiote ! »

Édith regardait, incrédule, la coupure qu'elle s'était faite à l'index de la main gauche. Un sillon rouge partait de la pulpe du doigt jusqu'au bas de la deuxième phalange et, de là, le sang se frayait lentement un chemin vers sa paume.

Elle attrapa la serviette qui se trouvait sur la table et la plaqua contre la plaie. De l'autre main, elle tenait encore la boîte de rollmops au vinaigre qu'elle venait d'ouvrir. Le couvercle en fer-blanc découpé aux trois quarts se dressait, évasé comme une lame de cimeterre. Elle avait accroché son doigt en versant le contenu dans l'assiette devant elle, sur la table.

Elle balança la boîte à la poubelle sous l'évier. Du même coup, elle s'aperçut qu'elle avait taché son chemisier blanc.

« Il ne manquait plus que ça ! »

Elle l'avait passé moins d'une demi-heure avant, quand elle s'était habillée pour son cours de l'après-midi à l'université du temps libre de Monroche. Tous les mercredis de quatorze à quinze heures trente, elle professait l'histoire de la musique, de Bach à Stravinsky, à un groupe de neuf retraités, huit femmes et un homme, pour être précis. Aux enfants, à l'académie, elle enseignait en jean mais, devant ce public émérite, elle aurait discrédité le savoir distingué qu'il convoitait si elle ne s'était pas présentée en tailleur et talons hauts.

Elle venait d'avaler debout un yaourt et deux biscottes, avant de se mettre à dresser rapidement un petit en-cas à l'intention de Jordan. Il était parti tôt le matin à Bruxelles. Il devait réaliser l'expertise d'un Bösendorfer de concert pour l'hôtel des ventes Vanderkindere – les antiquaires le demandaient régulièrement. En général, il était de retour vers une heure et demie. Il passait sa faim sur ce qu'elle lui avait préparé en attendant leur dîner du soir avec les garçons.

Bien sûr, Jordan aurait pu se servir lui-même de l'ouvre-boîte, elle ne se serait pas bêtement charcutée, mais elle avait à cœur qu'en son absence, il se sente l'objet constant de ses attentions. Elle avait plié une nappe en deux sur la moitié de la table, avait disposé les couverts, la bouteille de bière, un verre, avait coupé en rondelles un chicon dans un saladier avec une noix de mayonnaise, l'avait recouvert d'un essuie-tout sous lequel elle s'apprêtait à pousser l'assiette de rollmops. Un supplément de délicatesse rien que pour lui, parce qu'il mangeait seul : Jordan raffolait de ces harengs marinés alors que leur aspect livide et leur goût acide écœuraient le reste de la famille.

Par chance, la table était intacte, le sang n'avait taché que son chemisier. Il lui suffirait de remplacer la serviette quand elle aurait étanché la blessure.

Elle quitta la cuisine, monta à la salle de bains. Sous le robinet, la coupure apparut, nette comme un coup de scalpel, peu profonde, heureusement. Est-ce que ça faisait mal ? Elle remua le doigt. Un léger picotement, rien de plus. Pour une violoniste, les doigts de la main gauche, c'est ce que le commun des mortels tiendrait pour la prunelle de ses yeux. Cet été, en binant le parterre sous le tilleul, elle s'était enfoncé une écharde sous l'ongle du majeur. Pendant des jours, au beau milieu des concerts du Juillet musical, jouer lui avait fait l'effet d'un véritable supplice chinois.

Grâce à Dieu, cette boutonnière-ci ne serait pas bien grave, sauf si elle s'infectait. Elle prit le mercurochrome dans l'armoire à pharmacie, le paquet de pansements, badigeonna le doigt et appliqua un sparadrap.

Ensuite, elle expédia la serviette maculée dans la corbeille à linge, ôta son chemisier et l'envoya lui tenir compagnie. Elle remit le désinfectant en place mais, au moment de ranger les pansements, un flacon attira son attention. Elle ne l'avait pas vu en sortant le paquet, il était dissimulé derrière. Sur l'étiquette : « Nordaz » et de l'autre côté : « Anxiolytique ». Elle l'ouvrit. À moitié vide.

Qui prenait des anxiolytiques ? Jordan forcément. C'était nouveau…

Elle replaça tout comme avant, referma la petite armoire, perplexe. Dans le miroir en face, elle voyait son reflet. Une femme jeune encore, mince, des épaules bien musclées – de violoniste, c'est l'avantage –, la poitrine bien soutenue, mais soulevée, elle l'apercevait, par une respiration inquiète. Il ne s'agissait plus de sa blessure, il s'agissait de Jordan.

La veille, quand Collard avait téléphoné pour annoncer le passage d'un policier de Liège, elle avait pensé que cette entrevue mettrait un terme aux inquiétudes absurdes où l'avait plongé l'avis de recherche de la télé. Ça s'était passé bizarrement. Jordan se dandinait sur sa chaise, le regard fuyant, comme s'il avait quelque chose à se reprocher. La fille, il lui avait porté secours. Combien se seraient arrêtés, comme ça, en pleine nuit, sans savoir à qui ils auraient affaire? Bien sûr, ensuite elle avait disparu, il s'accusait peut-être de ne pas avoir assez fait pour elle, de ne pas avoir perçu sa détresse.

De son côté, le jeune flic ne se fatiguait pas pour arranger les choses. Quel besoin avait-il de lui demander ce qu'il avait fait pendant la journée? Où il avait passé la nuit. Où il était allé le lendemain matin. Quel rapport avec l'affaire, tout ce cinéma? Même Collard avait trouvé qu'il poussait un peu loin le bouchon. Quand il était venu reprendre sa fille à l'académie le soir après la classe de solfège du mardi, il s'était excusé : « Dites à Jordan que je suis désolé, madame Nowak. Ces gamins se font les dents contre les braves gens. Ils se croient tout permis parce qu'ils ont une carte de police toute neuve. »

En y repensant, elle se rappela qu'à plusieurs reprises, tandis que Jordan bafouillait, le gamin en question lui avait planté les yeux dans la poitrine, qui, sans doute, s'agitait comme en ce moment dans le miroir. Instinctivement, elle y posa la main, passa dans la chambre à coucher, ouvrit la garde-robe et enfila un chemisier.

Le lit était fait, les oreillers retapés, sagement côte à côte. Depuis toujours, elle avait la chance de dormir comme un bébé. Emboîtée à Jordan en chien de fusil, elle sombrait à peine couchée. Le matin, elle se réveillait, détachée de lui, sur l'autre bord. En définitive, même à deux, on dort chacun pour soi. Donc, tandis qu'elle reposait comme une marmotte, Jordan à ses côtés se morfondait. Il avalait des pilules contre l'angoisse. Depuis quand ? Un demi-flacon… Cela ne datait pas de l'annonce de la disparition de la fille, l'avant-veille, ça remontait à plus longtemps. Inutile de se voiler la face : depuis qu'il était rentré de Liège, le 26 janvier, quelque chose décidément ne tournait pas rond.

Que s'était-il passé là-bas ? Elle n'osait pas y réfléchir. Le pare-soleil dans le Transporter, du côté passager, avec le volet du miroir dégagé, qu'elle avait cru se rappeler de l'après-midi de son retour, elle l'avait chassé de sa pensée. Son geste, d'ailleurs tout à fait machinal, pour le remettre en place, c'était peut-être une autre fois, avant, sans rapport avec le 26. Elle préférait s'en persuader. Autrement, comment expliquer que la passagère ait baissé le pare-soleil en pleine nuit et tiré le volet d'un miroir qui ne disposait pas d'éclairage ? Si elle s'y était regardée, c'était à un autre moment. Le matin par exemple, quand le soleil d'hiver est si bas sur l'horizon que même le passager doit s'en protéger et, si c'est une femme, en profite pour jeter un coup d'œil à sa mine matinale. En particulier quand la nuit a été courte...

Jordan l'aurait-il passée avec cette fille ? Elle hésitait à formuler son nom. Éva. Éva et Jordan, au lieu d'Édith et Jordan...

Non ! Elle se refusait à l'imaginer. Ce fichu pare-soleil, elle en avait son compte ! Elle n'en avait pas dit un mot à Jordan, comme elle en avait eu l'intention un moment. Il aurait pensé qu'elle le soupçonnait, qu'elle allait le cuisiner, qu'elle avait déjà rallié le camp du flic liégeois. Et cela, elle n'y aurait consenti à aucun prix, parce que c'était certain, cela ne se discutait même pas, il n'y avait rien à opposer à cette vérité absolue : Jordan et Édith s'aimaient.

Oh, bien sûr, ils ne s'aimaient pas comme au premier jour. Ça n'existe pas. Au début, on s'éprend d'un inconnu. Le premier volatile venu passe pour l'oiseau bleu. Quand elle l'avait rencontré, Jordan, du reste, n'avait même pas l'air d'un oiseau. Un chien battu plutôt.

C'était au Stadttheater d'Aix-la-Chapelle. Boleslaw Wislocki, le pianiste polonais dont le talent n'avait d'égal que son affreux caractère, lui passait un de ces savons dont il avait le secret. Une touche pas tout à fait juste, le premier dièse de la deuxième octave. Jordan était assis dans la salle pour la répétition, il n'avait pas eu le temps de tout régler. Wislocki sorti, il était monté sur l'estrade pour raccommoder la note délictueuse. Le maître avait consenti à reprendre. Elle-même tenait le violon alto dans l'inévitable *Truite* de Schubert et, quelques instants plus tard, elle avait commis un affreux couac, qui avait provoqué une deuxième fausse sortie de Wislocki.

Après le concert, elle avait fait connaissance avec Jordan. La rencontre des gaffeurs ! Ils s'en étaient bien amusés. Un timide qui rit oublie sa timidité. Près d'elle, il s'était senti tout de suite à l'aise, cela ne lui était jamais arrivé avec une femme, il le lui avait avoué. Ils s'étaient mariés très vite, dans une sorte d'exaltation, comme s'ils avaient absorbé une overdose de gaz hilarant.

Un an après, son père et sa mère à elle mouraient contre un rail de l'Autoroute du soleil, écrabouillés par un semi-remorque, ironie du sort, lui aussi polonais. Elle était enceinte, elle avait fait une fausse couche presque aussitôt après. C'est alors que leur amour s'était transformé. Elle s'était raccrochée à lui, il l'avait rétablie à sa façon d'accordeur, capable de remettre au diapason une à une, patiemment, toutes les cordes de son âme. Ce que le rire avait planté en eux, c'est le chagrin qui l'avait enraciné, aussi profondément que le tilleul de leur jardin.

Elle ne pouvait se laisser accroire un seul instant que Jordan l'ait trahie. Peu importaient les petites rides à la commissure de ses yeux qu'elle apercevait maintenant dans la glace en pied de la garde-robe devant laquelle elle ajustait son chemisier. Éva, comment était-elle ? Elle n'avait pas vu la photo passée à la télé. Évidemment, elle était plus jeune. Trente-deux ans, avait rappelé le flic de Liège. À trente-deux ans, on n'a pas de rides. C'est même un âge où la femme est encore plus belle qu'à vingt ans, débarrassée des joliesses de l'adolescence.

Éva était belle sans doute, plus belle qu'elle. Puis seule, dans la neige, en détresse. Comment Jordan n'aurait-il pas été troublé ?

Troublé, d'accord, mais rien de plus ! Ça suffit !

Elle referma vivement la porte de la garde-robe, descendit, attrapa sa veste, son manteau. Deux minutes plus tard, elle était au volant de sa Golf, elle sortait du garage.

Au moment de prendre la route, elle vit le Transporter de Jordan qui montait vers elle. Elle attendit et, quand il fut à sa hauteur, elle baissa la vitre. Jordan fit de même. Alors, la pensée lui vint qu'il s'était penché de cette manière quand il avait hélé Éva sur le pont-barrage. Mais, là, il n'ouvrait pas la bouche, c'est elle qui prit la parole.

« Ça s'est bien passé ?

— Comme d'habitude.

— Et toi, ça va ?

— Oui, oui.

— Eh bien, dans ce cas… je m'en vais.

— Ben, oui. »

Elle aurait presque espéré qu'il la retienne, qu'il saute par terre, la fasse descendre et qu'ils s'étreignent sur-le-champ, sans rien dire.

Lui, c'est seulement quand il découvrit l'assiette de rollmops qu'il se reprocha de ne pas être sorti du Transporter, d'être resté là de portière à portière, dans l'attitude distante où l'on demande sa route à un inconnu. Pour lui faire plaisir, Édith se serait coupée en quatre. Pourtant, depuis la nuit du 25 janvier, c'est à peine s'il la voyait, l'entendait. Il était absent, comme s'il s'était divisé en deux à

Liège et que la part de lui-même présente à Monroche n'était qu'une doublure qui s'acquittait des mots et des gestes de la vie quotidienne pour lui donner le change.

Depuis qu'ils vivaient ensemble, il n'avait jamais rien caché à Édith, mais comment lui avouer ce qui s'était passé avec Éva? Elle n'aurait pas pu comprendre. Personne n'aurait pu comprendre. Lui-même était plongé dans les pires ténèbres de sa vie. Il ne savait comment s'en dégager. Dans son atelier, quand il travaillait à la restauration du demi-queue Steinway, non seulement sa pensée s'évadait sans cesse, mais ses mains tremblaient. Un soir où Édith était à l'académie, il était descendu chez Masoin, le toubib lui avait prescrit un tranquillisant. De quoi tenir bon jusqu'au moment où il parviendrait à fourrer cet épisode dans une case de son existence, une case étanche où il ne ferait pas de mal à Édith.

Seulement, il y avait eu l'avis de recherche. Il avait craqué, il n'avait pu s'empêcher de lâcher le morceau à Édith, un morceau du morceau du moins, le début de l'histoire, véridique, parfaitement anodin, tel qu'il lui était apparu à lui-même sur le pont-barrage avant que la suite ne l'emmène où il n'aurait jamais cru s'engager. Il s'était figuré que cette amorce d'aveu le soulagerait un peu, qu'il suffirait à rétablir la franchise qu'ils avaient toujours entretenue entre eux. Mais, tout de suite, il avait dû constater qu'une demi-vérité est pire que le silence. Une demi-vérité, c'est déjà un mensonge complet, et il n'y a pas de chemin plus difficile à rebrousser que celui du mensonge.

Les attentions de ceux qu'on trompe se transforment elles-mêmes en reproches. Les rollmops que Jordan adorait avaient un goût saumâtre. Il mâchouillait sans appétit. Il aurait préféré qu'Édith lui ait préparé des crêpes ou un autre plat sucré qu'elle cuisinait pour elle et les enfants, et qu'il n'aimait pas.

Le repas expédié, il débarrassa la table dans l'évier. Il ne s'occupait jamais de la vaisselle, Édith ne le lui demandait pas. Pour une fois, il fut tenté de la faire, une façon peut-être de neutraliser ses prévenances par la sienne. Il hésitait. Cette délicatesse ne serait-elle pas suspecte aux yeux d'Édith ? N'allait-elle pas le relancer de ses questions ?

Le téléphone sonnait dans le bureau, il le tira de son indécision.

« Monsieur Nowak ?

— Oui.

— Ici Thuy Diêm, monsieur, de l'hôtel Marcachou.

— Qui ça ?

— La réceptionniste du Marcachou. Je vous dérange ?

— Non.

— C'est à propos de votre foulard.

— Quel foulard ?

— Le foulard que vous avez oublié dans votre chambre le 25 janvier, vous voyez ?

— Non, je ne vois pas du tout.

— Ma collègue vous a téléphoné à ce sujet le lendemain, le 26. Vous vous souvenez ?

— Non.

— J'ai la fiche qu'elle a établie sous les yeux. Vous avez demandé qu'on vous mette ce foulard de côté.

— Personne ne m'a téléphoné.

— Le 26 janvier, monsieur, à votre domicile.

— Aucun souvenir.

— Peut-être quelqu'un d'autre a-t-il pris la communication ?

— … Ma femme, c'est possible. Je suis rentré dans l'après-midi seulement.

— Ma collègue n'a pas noté l'heure de son coup de fil.

— Vous dites un foulard ? Je n'avais pas de foulard.

— Un foulard rose, en soie. Un accessoire plutôt féminin, si je puis me permettre. Est-ce que, éventuellement… »

Tout à coup, le cœur de Jordan se mit à battre la chamade. Il posa la main sur sa poitrine comme s'il fallait le contenir. Il dut reprendre sa respiration pour revenir à la conversation. Sa voix était faussée d'un quart de ton.

« Je… oui, vous avez raison… Ça me revient. Je passerai un de ces jours pour le récupérer. Gardez-le.

— C'est précisément pour cela que je vous appelle, monsieur. Nous n'avons plus le foulard.

— Qu'est-ce que vous voulez dire ? Où est-il ?

— Nous avons reçu la visite d'un policier ce matin. Il l'a emporté.

— Un policier ? Mais pourquoi ? De quel droit ?

— Il avait sa carte, vous savez. Il a dit qu'il se chargerait de vous le remettre en main propre.

J'ai cru bien faire. Après, j'ai pensé que c'était mieux de vous avertir, si jamais vous passiez chez nous avant que le policier vous l'ait rendu. J'étais persuadée que vous aviez eu la communication de ma collègue… Monsieur Nowak ?

— Oui, oui…

— J'espère que je n'ai pas fait de bêtise.

— Non, c'est très bien. Merci d'avoir appelé. »

Il reposa le récepteur. Un léger tremblement agitait sa main, ses jambes aussi tremblaient. Il s'assit.

Le foulard, bien sûr, il le revoyait à présent, sur le lit, dans sa chambre au Marcachou. Il avait fait entrer Éva. Tout de suite, il lui avait ôté son duffelcoat qui dégouttait sur le parquet, il l'avait suspendu au-dessus de la baignoire. Une petite mare se formait autour de ses grosses godasses. Il lui avait dit de se déchausser.

« Il faut vous sécher, vous allez vous enrhumer. »

Elle s'était enfermée dans la salle de bains. Un long moment, il avait entendu le sèche-cheveux, il était resté seul, devant le lit, à se demander quelles dispositions ils allaient prendre pour la nuit.

Dix minutes plus tôt, il ignorait qu'il se trouverait avec une femme dans sa chambre. Quand le Transporter s'était arrêté devant l'hôtel, Éva avait voulu repartir à pied. Mais la neige tombait de plus belle.

« Attendez, je vais voir s'ils n'auraient pas une chambre pour vous. »

Le concierge de nuit, à moitié somnolent, lui avait donné la clé de sa chambre, puis il était rentré dans sa loge. Il aurait pu le retenir, demander s'il restait quelque chose de libre mais, Dieu sait pourquoi, rien n'était sorti de sa bouche. Il était allé rechercher Éva.

« Vous pouvez venir. »

C'est dans l'ascenseur seulement qu'il l'avait mise devant le fait accompli.

« Tout est complet, malheureusement. Je ne peux pas vous laisser dehors par un temps pareil. Vous allez loger avec moi. N'ayez aucune crainte, je dormirai dans le fauteuil. »

Une lueur d'inquiétude s'était allumée dans les yeux d'Éva, puis elle s'était éteinte, comme par indifférence, et ne s'était même pas rallumée quand elle avait constaté certainement qu'il n'y avait pas de fauteuil dans la chambre.

Lorsqu'elle sortit de la salle de bains, ses beaux cheveux bruns brillaient comme s'ils étaient vernis. Elle en avait repoussé la masse profonde sur son épaule droite. Elle s'était avancée jusqu'au lit et c'est alors qu'elle avait dénoué le fameux foulard rose. Son cou, long, blanc, fragile, s'incurvait légèrement à partir de ses épaules, comme s'il attendait des mains pour l'entourer.

Où était passé le foulard ensuite ? Peut-être tombé par terre, sous le lit ? En tout cas, il était désormais entre les mains des flics. Quelle tuile ! Et, comme si ça ne suffisait pas, la réceptionniste de l'hôtel avait révélé son existence à Édith. Édith ne lui en avait soufflé mot.

Pourquoi ? C'était peut-être ça le plus terrible.

8.

Toute la matinée du mercredi, Wolf espéra une nouvelle chute de neige. La WDR, la chaîne de télé allemande qu'il regardait chaque soir, avait annoncé quelques probables averses, mais le ciel, comme d'habitude, n'en faisait qu'à sa tête. Vers midi, il s'était entièrement débarrassé de ses nuages et il semblait bien résolu à se cantonner au bleu le plus strict jusqu'à la nuit tombée. Aucun prétexte, par conséquent, pour rendre service à Helga. La fine croûte qui subsistait dans son allée était aussi damée que de l'asphalte. La veille, elle n'avait pas gêné davantage la voiture de police que la BMW de Stany. Au contraire, les grosses empreintes des pneus d'hiver, prises par le gel, s'étaient transformées en crampons antidérapants.

Depuis le matin, il était venu cent fois à sa fenêtre au cas où Helga serait sortie un instant. Il se serait précipité dehors, il aurait trouvé un subterfuge quelconque en sorte de lui adresser la parole et de savoir ce que le flic était venu faire chez elle. Pour que Stany accoure le soir même, il fallait certainement qu'elle l'ait appelé. Avec un motif suffisant pour le déranger un jour de semaine. Qu'est-ce qui se tramait ? Il fallait qu'il le sache.

Au début de l'après-midi, il n'y tint plus. Il sortit sa voiture – une Passat grise d'âge canonique, aussi retraitée que lui-même – et il se rendit au Brico. Il chargea quatre sacs de laitier sur un chariot et se dirigea vers la seule caisse ouverte. Elle était malheureusement gardée par une ancienne confidente de sa femme, qu'il aurait préféré éviter. Déjà, elle le lorgnait comme si elle lui reprochait d'être en vie. Elle scanna les sacs d'un air dédaigneux, émit le ticket et, en le faisant glisser du bout de l'index jusqu'à lui, elle demanda : « Helga, ça va ? »

Il sentit une rougeur monter de sa nuque avec le projet évident d'envahir ses oreilles. Qu'est-ce que cette mégère insinuait entre Helga et lui ?

« Helga ? Qu'est-ce que j'en sais ? Oui, je suppose que ça va. Pourquoi ?

— Tu n'es pas au courant ?

— Au courant de quoi ?

— Sa fille, Éva.

— Non. Qu'est-ce qui se passe ?

— Elle a disparu. Il y a eu un avis de recherche de la police de Liège, avant-hier soir, sur la première chaîne. Tu ne l'as pas vu ?

— Je ne regarde jamais la télé belge.

— Tu devrais. La gamine s'est fait la malle.

— Je ne savais pas.

— Ben voyons, tu étais plus attentif à tes voisines du temps de Mariette, si je me souviens bien de ce qu'elle me racontait, ta pauvre femme. »

À quoi bon relever, elle n'attendait que cela. Il paya et poussa le chariot devant lui. Dans son dos, il sentait le regard de la caissière, qui lui décochait ses fléchettes, infectées de la jalousie de Mariette. Elle se faisait un plaisir de lui injecter une piqûre de rappel. Il ne retrouva son calme que lorsqu'il eut claqué la portière de la Passat et qu'il fut suffisamment à l'abri, en quelque sorte, pour se concentrer sur la disparition d'Éva.

Ainsi, la police la recherchait. Ce qu'Helga lui avait laissé entendre lundi, qu'elle était aux sports d'hiver, c'était de la poudre aux yeux. Elle ne savait pas où Éva se trouvait. Elle était inquiète, elle s'était rendue à la police à Liège. S'ils avaient émis un avis de recherche, c'est qu'ils avaient de bonnes raisons. D'où la visite du flic à la Renault le lendemain. Après quoi elle avait appelé Stany. Il fallait qu'elle soit aux cent coups... Qu'est-ce qui avait bien pu rendre l'absence d'Éva suspecte ? Où en était l'enquête ? Ça le démangeait de l'apprendre.

Dès qu'il fut de retour, il enfila ses gants de jardin, sortit un sac du coffre, transvasa le laitier dans un seau et le répandit à la volée sur son allée. L'affaire expédiée, il se rendit chez Helga, le seau à la main, un deuxième sac sur l'épaule.

Il se mit au travail devant la porte de son garage. Il s'avançait lentement en direction du bord de la route, avec des gestes mesurés de semeur. Il jetait le laitier en largeur, puis, tous les quatre pas, il s'arrêtait et croisait le premier jet en perpendiculaire. Un authentique laboureur n'aurait pas mieux fait. Simultanément, de poignée en poignée, il levait la tête vers les fenêtres d'Helga dans l'espoir qu'elle se montre. Mais le passage était entièrement couvert en long et en large qu'il ne l'avait pas aperçue.

Qu'à cela ne tienne, il retourna chez lui et revint muni d'un râteau. Il se mit en devoir de racler le sol glacé aussi bruyamment que possible. Pas encore assez… Alors, comme par mégarde, il donna un coup avec le manche contre la porte en tôle du garage. Quelques instants plus tard, elle s'ouvrit. Helga, enfin, parut.

Comme d'habitude, elle était vêtue d'un jean et d'un pull d'hiver, mais ses cheveux si soigneusement peignés d'ordinaire rebiquaient çà et là. Elle avait dû les laver sans prendre le temps de les lisser convenablement. Elle n'avait guère dormi sans doute, ses traits étaient tirés, ses yeux tristes et comme apeurés.

« Wolf ? Qu'est-ce que tu fais ?

— J'ai sablé mon allée. Comme il me restait un peu de gravier, je me suis dit que j'allais te le mettre. Ça sera moins glissant.

— Il ne fallait pas.

— Ce n'est rien, je t'assure. Si je peux t'aider un peu, avec tous tes ennuis… J'ai appris pour Éva.

— Écoute, Wolf, je n'ai pas envie d'en parler. J'aimerais être tranquille s'il te plaît.

— Ce n'est pas bon de te ronger toute seule, Helga. Il faut te laisser aller un peu, tu sais, ça te soulagera. Stany va venir ?

— Il n'a rien dit.

— Tu as des nouvelles de la police ? Ils ont une piste ?

— Ils cherchent. On l'aurait vue à Herstal le 25 au soir.

— À Herstal ?

— Oui. Je me demande bien ce qu'elle pouvait fabriquer à cet endroit.

— Attends… Il y a un club de gym important là-bas. Elle fait toujours de la gym ?

— Mais non, depuis des années. Elle a arrêté la compétition quand elle avait quatorze ou quinze ans.

— Je sais, mais elle s'entraîne peut-être comme ça, pour garder la forme.

— Oui… Possible. Tu étais au courant qu'elle avait fait de la gymnastique artistique, toi ?

— Ben, oui.

— Comment ?

— J'ai eu la lubie du fitness autrefois. Il y a une salle au club de gym ici. J'apercevais Éva de temps en temps, quand elle venait à l'entraînement à l'époque.

— Ah, d'accord. Elle a laissé tomber, comme beaucoup d'autres choses. Pour elle, si elle n'était pas la meilleure, ce n'était pas la peine. Elle ne s'attache à rien, Éva. C'est comme ça. »

En disant cela, Helga frissonna. Elle se croisa les bras sur la poitrine. Wolf comprit qu'elle n'allait plus tarder à rentrer. Si seulement elle pouvait l'inviter. Il lui tendit la perche.

« Ne reste pas dehors, Helga, tu vas prendre froid. Je termine, je n'en ai plus que pour quelques minutes.

— Tu as raison, je rentre. Encore merci, Wolf. »

Elle bascula la porte du garage. Il se retrouva le nez face à la tôle grise, comme devant un guichet soudain refermé par un fonctionnaire de mauvais poil. Il aurait pourtant voulu rester encore avec

Helga. Ce qu'il aurait bien pu ajouter, il l'ignorait. Il comptait sur le fil de la conversation pour attraper au vol ce qui se présenterait, comme c'était arrivé lundi, quand tout à coup il avait appris à Helga l'existence de la carte postale qu'Éva lui avait envoyée autrefois.

La confidence lui était sortie de la bouche par mégarde, pour ainsi dire. Ce qui se passait au juste alors entre Éva et lui, personne n'aurait pu le savoir. Certainement, Éva n'en avait jamais parlé à qui que ce soit. Il n'y avait d'ailleurs aucune raison d'y revenir. Mais, dans la façon faussement dégagée dont Helga lui avait présenté le prétendu départ inopiné d'Éva aux sports d'hiver, il avait tout de suite senti un malaise. La déconvenue d'Helga devant l'appartement vide de sa fille sautait aux yeux. Il avait voulu la rassurer. C'est ainsi que la carte postale avait atterri dans la discussion.

Du même coup, il avait dû donner quelques explications sur cette carte, avec prudence, sans s'aventurer trop loin néanmoins. C'est rentré chez lui que le passé tout entier avait encore ressurgi. Il aurait voulu faire une croix dessus; il était toujours là en réalité, tapi au fond de lui. Possible même que, s'il cherchait tellement la sympathie d'Helga depuis la mort de sa femme, ce n'était pas en raison de leur solitude à tous les deux, mais plutôt pour entrer dans la maison où Éva avait vécu, dans le décor qu'il avait imaginé à distance sans y jamais pénétrer.

Une fois de plus, il en était banni. Il ramassa le sac de laitier vide, le fourra dans le seau et rentra chez lui.

En hiver, par mauvais temps, il s'ennuyait comme un rat mort. Le matin, il faisait quelques exercices sur le rameur qu'il avait installé à la cave. Un soir tous les quinze jours, il se payait encore une séance de fitness, mais plus à Eupen, il n'avait pas envie qu'on le voie, à son âge, jouer les hercules de foire. Tout cela, cependant, ne valait pas le jardinage, le grand air. Ensuite, annuellement, il rafraîchissait une pièce de la maison, bien que cela ne servît à rien puisque la plupart étaient inutilisées. Il était occupé, à présent, à chambouler la chambre conjugale où il ne pouvait faire un pas sans sentir la présence funeste de Mariette. Il n'y dormait plus depuis sa mort. Il avait décidé de la repeindre en rouge, la couleur qu'elle détestait le plus, pour l'en déloger définitivement.

Cependant, il ne reprit pas la besogne. Il se rendit dans son bureau et retira une enveloppe matelassée de l'armoire où s'empoussiéraient les documents du temps où il exerçait comme huissier. Dessus, au marqueur noir, il avait écrit : « Dette caduque ». Il s'assit à sa table de travail, détacha le rabat et mit tout de suite la main sur la carte postale d'Éva. Lundi déjà, en revenant de chez Helga, il n'avait pu s'empêcher de venir remuer ses papiers pour la revoir. Quand il l'avait remise dans l'enveloppe, il ne l'avait pas poussée jusqu'au bout, avec le reste, comme s'il pressentait qu'il y reviendrait avant longtemps.

Une nouvelle fois, il relut le texte.

Cher Wolf,

Reçois mon bonjour de notre camp d'été. L'emplacement est magnifique, près d'une forêt. Il fait très chaud.

L'Ourthe n'est pas loin, mais on nous interdit de nous baigner, vu que beaucoup de filles n'ont même pas de maillot. Je serai heureuse de te retrouver bientôt. Je t'embrasse.

Éva.

L'écriture filait bien droite, de ligne en ligne, verticale, fine, serrée. Tout le contraire de la graphie en rondeur habituelle aux filles. Au verso du message, une vue de la rivière, majestueuse dans un décor de collines en taillis.

Il dressa la carte contre le pied de la lampe de bureau, puis replongea la main dans l'enveloppe. Une dizaine de photos en sortirent. C'était chaque fois Éva, dans son justaucorps bleu de gymnaste traversé de motifs semblables à des flammes blanches. On la voyait au sol, sur la poutre, aux barres asymétriques, au saut de cheval. Son visage était tendu par l'effort, elle ne prêtait aucune attention à l'objectif. Il y avait seulement trois clichés où elle revenait vers son banc la mine décontractée et, parmi elles, une plus précieuse que toutes les autres sur laquelle elle souriait d'un air étonné au photographe, c'est-à-dire à lui, Wolf.

Il avait assisté à la compétition dans le public massé sur les quelques gradins de la salle. Le concours était annoncé depuis un mois dans les locaux du club où l'équipe féminine s'entraînait, tandis que lui-même venait se dérouiller au fitness le samedi matin.

Longtemps, il avait croisé Éva dans le hall sans lui prêter une attention particulière. Il reconnaissait la petite fille des voisins, même si, en vertu du principe établi par Mariette – un bon voisin est un voisin qu'on ignore –, il ne fréquentait pas les Krauss. Entre eux, la haie de thuyas s'érigeait comme une frontière. À part lui, d'ailleurs, il l'avait surnommée *die Mauer*, comme le mur de Berlin ! Toutefois, par-dessus, il apercevait souvent Éva quand elle risquait de s'envoler de la balançoire à deux sièges où son frère poussait des cris de Vopo.

Un jour qu'il rentrait du centre sportif, il avait doublé une fille qui marchait à côté de sa bicyclette qu'elle tenait par le guidon et, dans le rétroviseur, il avait reconnu Éva. Il l'avait attendue.

« Qu'est-ce qui t'arrive ?

— Crevaison.

— Si tu veux, je te reconduis. »

Il avait chargé la bécane à l'arrière de la Passat, la bleue, celle qui avait précédé la grise, et il avait emmené Éva. C'est là, à ses côtés, qu'il avait constaté que la petite fille s'était muée en une belle adolescente. À partir de ce moment, chaque semaine, il avait abrégé son fitness pour boire une Bitburger à l'étage de la cafétéria qui surplombe la salle d'entraînement du club de gym. Éva avait quatorze ans. Son corps inattendu de femme était d'une perfection absolue. Les garçons devenus adultes sont bâtis à chaux et à sable, leur force a quelque chose de brutal ; les filles, elles, par la grâce de leurs formes sinueuses, allient naturellement la douceur à la puissance. Observant Éva, Wolf sirotait en même temps que sa bière le spectacle évident de sa beauté. Si quelqu'un avait sous-entendu devant lui qu'il se rinçait l'œil avec les arrière-pensées qu'on imagine, il aurait fourré son obligatoire flegme d'huissier dans sa poche et en aurait ressorti son poing pour le flanquer au milieu de la figure du goujat.

De peur d'attirer l'attention, le jour de la compétition, il avait mitraillé toutes les filles. Dès qu'il eut retiré les clichés chez le photographe, il jeta tous ceux qui ne représentaient pas Éva dans la poubelle au coin de la rue. Le soir, tandis que Mariette était collée à la télé, enfermé dans son bureau, il les contemplait. Il s'emplissait le cœur d'Éva, en vue de la nuit dans le triste lit conjugal, comme les dévots se recueillent sur une image sainte avant de se coucher sur leur paillasse de mortification.

Toutefois, la nature humaine est ce qu'elle est. Qu'on le veuille ou non, entre les sexes circulent des ondes qui se fichent éperdument de la différence d'âge, des conventions, de la morale. Et le fluide le plus puissant n'est pas toujours celui qu'on pense, comme Wolf devait s'en rendre compte.

Le samedi suivant la compétition, Éva l'accrocha au moment où il remontait dans la Passat.

« Les photos sont réussies ?

— Euh… quelles photos ?

— De la compét'.

— Oui, oui.

— Je pourrais en avoir une ? Pour mes parents, ils n'ont pas pu venir samedi dernier.

— Je… je t'en apporterai une la semaine prochaine. Il faudra que je cherche un peu, je dois bien en avoir une de toi, j'ai photographié tout le monde, tu sais.

— Vraiment… ? »

Il y avait une telle ironie dans l'interrogation qu'il avait rougi, comme si c'était lui, l'adolescent. La semaine d'après, il lui avait remis deux photos, une aux barres et l'autre, quand elle avait remarqué qu'il la prenait, sur laquelle son visage rayonnait de contentement.

À présent, chaque fois qu'Helga le faisait entrer dans sa cuisine après tel ou tel service, il la voyait encadrée, posée sur le buffet. Ses yeux glissaient dessus, sans avoir l'air d'y prêter attention. Jamais Helga n'avait mentionné qu'elle venait de lui. Éva, sans doute, l'avait présentée comme un souvenir offert par le club.

Les samedis suivants, il avait pris l'habitude de déguster une deuxième Bitburger à la cafétéria, tandis qu'en face de lui, Éva aspirait à la paille un diabolo menthe. Ils causaient. Ou plutôt elle causait. Qu'est-ce qu'elle en aurait eu à faire de ses missions d'huissier qu'on appelle si bizarrement des « exploits » ? Les exploits d'Éva étaient drôlement plus plaisants.

Il était son ami secret, mais aussi le premier homme sur lequel elle pouvait essayer ses griffes, car elle avait décidé qu'il était totalement inoffensif, vu son âge. Avec la carte postale, elle avait tenté un coup de patte supplémentaire en écrivant : « Je t'embrasse. » Il ne l'avait jamais embrassée, il ne voulait la toucher d'aucune façon. Il avait fallu un drame pour qu'il la prenne une première fois dans ses bras et l'étreigne longuement.

C'était après le camp, tragiquement interrompu par la noyade d'une des guides. Éva avait abandonné la gym. Il ne la voyait plus. Un jour de septembre, cependant, elle l'avait entendu sans doute de l'autre côté des thuyas, occupé à tondre la pelouse. Soudain, il l'avait trouvée dans son jardin. Elle n'y était jamais venue. Elle avait dû faire le tour par la rue, puis par son allée jusqu'à l'arrière. Il avait arrêté la tondeuse. En un instant, elle fut dans ses bras.

« Ah, Wolf, Wolf, c'est affreux.

— Oui, oui, je sais, Éva, c'est un terrible accident. »

Elle pleurait à fendre l'âme. Ses larmes coulaient sur ses joues qu'elle pressait contre son tee-shirt noir de jardinage. Son cœur battait à tout rompre, il lui caressait les cheveux, légèrement, sans appuyer sur sa tête. Tout à coup, elle avait ravalé ses sanglots, elle avait tendu son visage ravagé vers lui.

« Si elle s'est noyée, c'est de ma faute.

— Allons, allons, tu n'y es pour rien.

— Si, Wolf, c'est de ma faute, uniquement de ma faute. »

À ce moment seulement, il avait remarqué Mariette. Elle était sortie sur la terrasse. Elle les regardait, elle avait crié : « Mais ne vous gênez pas ! Faites ça devant mes yeux ! Couchez-vous dans l'herbe ! »

Puis, avec quelque chose de rauque dans la voix : « Allez, allez, fiche le camp d'ici, petite salope ! *Raus !* »

9.

Lipsky trouva l'abbé Wallenborn à son presbytère. Au premier coup de sonnette, la porte s'ouvrit sans qu'il ait entendu des pas s'approcher. Wallenborn, en effet, était en baskets, il portait un jean particulièrement tire-bouchonné et une épaisse chemise à carreaux qui lui descendait à mi-cuisses. Comme le vestibule était encombré de deux porte-parapluies en bronze, d'une armoire-vestiaire bancale munie d'une glace dépolie et d'un bahut poussiéreux sur lequel étaient abandonnées des piles de brochures et de revues encore sous bandelette, il faisait penser plus à un brocanteur qu'à un curé.

Lipsky, à son invitation, le suivit dans la petite pièce à droite dont il avait laissé la porte ouverte. Une chape de chaleur aussitôt lui tomba dessus. Un poêle à charbon rougeoyait de toute sa vitre, créant une fournaise qui aurait fait paraître tiède la température de son bureau de l'hôtel de police. La fenêtre d'ailleurs était entrouverte. Un arbre nu s'y découpait. Contre le rebord, sous la lumière du jour, une table rudimentaire sur tréteaux. Un écran d'ordinateur affichait une page en colonnes surmontée du titre *Bulletin paroissial*. Le milieu de la pièce était occupé par un fauteuil club élimé face à un canapé tout aussi fatigué. Entre les deux, une table basse dont les pieds de ferronnerie étaient peints en fausse rouille.

Wallenborn désigna le canapé à Lipsky et prit place dans le club, la disposition ordinaire sans doute dans laquelle il recevait les confidences de ses ouailles. Lipsky lui avait montré sa carte tricolore en entrant, il s'était nommé à son habitude, à la va-vite, sans articuler, comme si ce n'était pas la peine de préciser. Wallenborn, les sourcils froncés, le dévisageait.

« Vous me rappelez quelqu'un.

— Ah oui ?…

— Un professeur de philosophie à l'université. On ne vous l'a jamais dit ?

— Non. Un prof d'ici ?

— Oui.

— Lequel ?

— Delrue.

— Émile Delrue ?

— C'est ça.

— Tiens donc ! dit Lipsky en hochant la tête d'un air plutôt honoré. Il a été mon professeur, vous savez.

— À moi aussi.

— Vous avez fait philo ?

— Oui.

— Ah… Mais vous êtes…

— Curé ! Curé philosophe ! Ça vous étonne ?

— Euh non… Élève de Delrue, pourtant…

— Dissident ! Définitivement dissident ! Ha, ha ! Un peu de café, monsieur… Leibniz ?

— Lipsky.

— Lipsky ! Dommage, j'avais cru comprendre Leibniz. Pour un philosophe, ç'aurait été parfait ! "Pourquoi y a-t-il quelque chose plutôt que rien ?" Ha, ha ! Mais "Lipsky", ça ira très bien aussi ! »

Là-dessus, Wallenborn sortit, les épaules agitées d'un reste d'hilarité. Lipsky reconnut le bruit d'une de ces horribles machines à capsules qui ont le culot de prétendre faire du café. L'instant d'après, comme il le redoutait, Wallenborn apporta sur un plateau deux tasses de jus recouvert d'une écume brunâtre.

« Alors, dit-il, une fois calé dans son fauteuil, qu'est-ce qui vous amène ? Une nouvelle *Enquête sur l'entendement humain* ? Ha, ha !

— Celle de Hume devrait suffire. Je m'intéresse plutôt à Jordan Nowak. Ça vous dit quelque chose ?

— Nowak… Nowak… Quelle époque ?

— Contemporaine. La personne qui a fourni un piano au foyer culturel dont vous vous occupez, le 25 janvier.

— Ah oui ! Nowak. Ha, ha ! Pianos Nowak. Exact. Qu'est-ce que vous lui voulez à ce brave homme ?

— Ce "brave homme", comme vous dites, est empêtré dans une affaire de disparition. Une jeune femme qu'il aurait chargée en stop, le soir du 25 janvier précisément. J'essaie d'y voir clair.

— Il l'a enlevée ! ?

— Je n'ai pas dit ça. Nowak est un simple témoin, pour le moment du moins. Quelle impression il vous a faite ?

— Compétent, aimable, jovial bien qu'un peu timide. Un type tout à fait correct.

— Il m'a dit qu'il était venu reprendre le piano le lendemain matin. Avez-vous noté quelque chose de différent chez lui entre le 25 et le 26 ?

— Quelque chose de différent ? Qu'est-ce que vous voulez dire ?

— Dans son attitude. Il était toujours le même ? Jovial, par exemple, comme vous l'aviez trouvé la veille ?

— Jovial, euh... Il est vrai qu'il ne semblait pas très en forme. On a rechargé le piano, j'avais demandé à deux paroissiens chômeurs de lui donner un coup de main, ça n'a pris que quelques minutes. Puis j'ai proposé de le régler en cash vu que j'avais la recette au presbytère. Je l'ai fait entrer. Il était là, exactement où vous êtes assis. Il ne pipait pas un mot. Il n'avait pas l'air trop dans son assiette. Je lui ai demandé s'il avait mangé quelque chose depuis le matin. Non, rien, mais il a refusé de prendre quoi que ce soit. Sauf du café. Vous ne buvez pas ? »

Lipsky porta la tasse à sa bouche, avala une gorgée du liquide marécageux qui partit en ligne droite à l'abordage de son estomac. Une grimace crispa le coin de ses lèvres. Elle dut rappeler la mine de Jordan à Wallenborn car il précisa : « Je lui ai même demandé s'il se sentait bien. Il m'a répondu qu'il avait mal dormi.

— Et c'est tout ?

— Oui. Enfin, presque. Quand sa tasse a été vide – buvez, buvez, inspecteur, j'en referai s'il le faut –, il m'a sorti une réflexion un peu curieuse.

— C'est-à-dire ?

— Il m'a demandé si le Christ avait vraiment prononcé ces mots : "Celui qui sauvera sa vie la perdra et celui qui la perdra la sauvera."

— Quoi ?

— C'est un passage des Évangiles. Si on perd sa vie pour le Christ – enfin, dans le sens où les gens pensent qu'on perd son temps –, en fait, on gagne la vraie vie.

— Ah, d'accord.

— Et moi, par manière de plaisanterie, hein, j'ai répondu : "Oui, mais que ça ne fasse pas perdre le goût du pain ! Le Christ n'a pas dit qu'il fallait se faire sauter la cervelle !"

— Amusant, en effet... »

À ces mots, Wallenborn sembla quitter brusquement sa bonne humeur. Peut-être la trouvait-il déplacée maintenant que Lipsky le complimentait sur son humour. Il enfonça un coude dans l'accoudoir râpé de son club et posa le menton sur son pouce, pensif, à croire qu'il prenait seulement conscience de l'étrangeté de ses échanges avec Jordan.

« Curieux, ces propos de Nowak, vous ne trouvez pas ? insista d'ailleurs Lipsky, comme s'il fallait en rajouter.

— En effet, en effet...

— Vous n'avez pas creusé davantage ?

— Non. Vous savez, c'est une situation banale pour moi. On a bazardé les confessionnaux – et presque tout le reste, d'ailleurs –, les gens n'ont plus nulle part ni personne pour soulager leur cœur. Du coup, quand ils se retrouvent par hasard face à un type, pas complètement ramolli, qui vit seul, sans fric, sans sexe, qui est censé s'occuper de ce dont personne n'ose plus discuter, le sens de leur vie, pour ne pas le nommer, eh bien, ils se lâchent.

— Nowak, vous l'avez envoyé paître pourtant, il me semble.

— Je commence toujours par faire semblant de prendre les choses à la rigolade, histoire de tester leur sincérité.

— Sincérité ?

— Il y en a qui cherchent seulement à me provoquer, pour voir ce que je pourrais bien leur rétorquer si, par exemple, ils me demandent des preuves de l'existence de Dieu. Ceux-là, je ne me fatigue pas pour eux. Je ne m'occupe que de ceux qui se posent des questions d'abord à eux-mêmes, pas à moi.

— À ceux-là vous répondez ?

— Plus exactement, on se questionne à deux... »

Wallenborn leva un œil engageant sur Lipsky. Lui, cependant, le sentit venir. Il n'avait pas l'intention de s'engager en sa compagnie sur les chemins de la théologie, contre lesquels Delrue et la plupart de ses maîtres l'avaient soigneusement prévenu à l'université. Pour faire diversion, il se pencha vers la table, reprit sa tasse de café mais, quand il la dirigea vers ses lèvres, son estomac lui assena un coup de semonce qui la lui fit reposer sur-le-champ.

« La citation des Évangiles, pourquoi Nowak vous l'a-t-il sortie comme ça, tout à coup ? reprit-il pour ramener Wallenborn dans les clous.

— Je ne sais pas. Après ma pitrerie, il n'a pas insisté.

— Dommage. Ça tournait autour du sens de la vie et de la mort, cette réflexion, et même surtout autour de la mort.

— En effet..., dit Wallenborn, l'air désolé. L'éternelle question... »

Ils restèrent silencieux quelques instants. Tous les deux songeaient à la mort mais, pour Wallenborn, il s'agissait de l'énigme la plus profonde de la nature humaine, pour Lipsky, du dénouement fatal qui aurait donné à sa première enquête le statut enviable d'affaire criminelle.

« Mettre la mort sur le tapis, un jeudi matin, relança-t-il, quand on vient encaisser une enveloppe, c'est surprenant, non ?

— On peut le penser.

— À moins que la mort, on ne l'ait vue ce matin-là ?

— ... Je vous refais un café ? »

Lipsky leva les deux mains comme pour se parer d'un mauvais coup. Wallenborn replaça les tasses sur le plateau sans prendre garde que celle de Lipsky était presque inentamée, si bien qu'il renversa un peu du brouet refroidi.

« J'aurais peut-être mieux fait de me taire. J'espère que ce bavardage ne portera pas préjudice à Nowak. C'est un homme parfaitement honnête, j'en suis convaincu.

— Ne vous inquiétez pas. Il n'est pas accusé. J'enquête, c'est tout. »

Lipsky lui tendit la main. Wallenborn la saisit jusqu'au poignet, comme s'il avait voulu le retenir.

Il était embarrassé. Pour le dérider, Lipsky demanda : « De quelle promotion êtes-vous ?

— 2006. Et vous ?

— 2011.

— On s'est ratés de peu.

— ... Prêtre après la philo, bizarre tout de même !

— Pas plus que flic.

— Vous trouvez ?

— Vous cherchez la vérité, non ? Moi aussi.

— Ah... d'accord. »

Au moment de lui ouvrir la porte sur la rue, Wallenborn ajouta : « La différence, c'est que moi, je sais que la vérité, on ne la trouve jamais. »

Plus tard, quand l'affaire fut bouclée, Lipsky, comme on le verra, devait revenir sur cette boutade. Sur le coup, cependant, il n'y vit qu'une crânerie faussement spirituelle, comme en profèrent souvent les ecclésiastiques en panne de reconnaissance. Aux flics, la vérité à deux balles, à eux, la Vérité ineffable ! Pourtant, en définitive, Wallenborn avait simplement suggéré que la vérité dans les affaires humaines n'est pas plus à notre portée que la vérité sur Dieu. Au bout d'une enquête, en effet, qu'est-ce que le flic a devant lui ? Quelques faits sans doute, mais surtout l'énigme impénétrable du comportement des hommes.

Avant de regagner l'hôtel de police, Lipsky vint ranger sa voiture au pied d'une barre du quartier de Droixhe. Il y était déjà passé immédiatement après sa visite au Marcachou, vers dix heures. Son intention était de rencontrer la femme de ménage qui avait trouvé le foulard de soie rose dans la chambre de Nowak. Thuy Diêm lui avait communiqué son adresse : Alyson Martin, dix-neuvième étage, appartement 5. Le mercredi et le jeudi, elle ne travaillait pas. Cependant, Alyson Martin n'était pas chez elle. Lipsky avait glissé un mot sous la porte pour annoncer qu'il repasserait à la fin de la matinée. Dans l'entretemps, il s'était rendu chez Wallenborn.

Cette fois, Alyson lui ouvrit. Tout de suite, il avisa deux petites filles à la cuisine, le nez dans leur assiette de pâtes. Pas de couvert pour la mère en revanche. Elle l'attendait, visiblement anxieuse.

« Soyez sages ! » chuchota-t-elle en fermant la porte sur les deux enfants avant d'introduire Lipsky dans le living. Il s'assit à la table, près de la fenêtre d'où il avait une vue vertigineuse sur les autres tours vouées à la démolition, étant passées en quelques décennies de l'état de modèles corbusiens à celui de chancres absolus. Le samedi précédent, un incendie s'était déclaré dans une cave où des loubards dealaient, une voiture de police avait été caillassée, les pompiers eux-mêmes accueillis avec des noms d'oiseaux.

« Je préfère vous le dire tout de suite, monsieur, si c'est à propos de l'incendie, je n'ai rien vu, je ne sais rien, prévint Alyson en prenant place en face de lui.

— Il ne s'agit pas de ça, madame. Est-ce que ceci vous dit quelque chose ? »

De la poche intérieure de sa canadienne, Lipsky sortit l'enveloppe jaune que Thuy Diêm lui avait confiée. Il en retira le foulard.

« Oui, c'est le fichu que j'ai trouvé dans une chambre à l'hôtel. »

Lipsky l'avait déplié sur la table et poussé vers elle.

« Quelle chambre, madame ?

— J'ai marqué le numéro sur l'enveloppe. »

Il retourna l'enveloppe sur la face annotée.

« Je vois ici "Chambre 204. Nowak. 25 janvier." C'est votre écriture ?

— Oui.

— Parfait, parfait. »

Il pensait l'avoir rassurée, mais il voyait bien qu'elle restait sur les charbons. Le dos cambré contre le dossier de son siège, elle tripotait ses mains sur son ventre qui formait une petite bosse sous son tricot de laine. Ses sourcils contractés creusaient deux sillons au-dessus de son nez. Elle semblait s'attendre que Lipsky lui balance tout à coup une révélation au milieu de la figure. Il lui souriait de son mieux.

« Dites-moi, madame Martin, vous pensez que ce foulard appartenait à M. Nowak ?

— Non. C'est un fichu de femme.

— Pourtant la chambre était occupée par ce monsieur seulement, vous le savez ?

— Oui. Enfin, non, je ne l'ai pas su tout de suite, je l'ai appris quand j'ai déposé le fichu à la réception. Vanessa me l'a fait remarquer.

— Vanessa ?

— La réceptionniste.

— Ah oui ! La collègue de Thuy Diêm ?

— C'est ça.

— Bizarre, non, un foulard de femme dans la chambre d'un homme ?

— Il y avait une personne avec lui.

— Vous l'avez vue ?

— Non, je commence seulement à dix heures, quand les clients sont partis mais, en faisant la chambre, j'ai tout de suite vu qu'elle avait été occupée par deux personnes. Il y a de quoi faire du thé dans les chambres. On avait utilisé deux tasses. En plus, je peux vous dire que le monsieur était avec une femme.

— Expliquez-moi.

— Le lavabo était rempli de cheveux noirs, des cheveux longs.

— L'épouse du client, sans doute.

— Je ne crois pas. Quand on a envie de venir avec son épouse, on réserve une chambre double. Sur la fiche que Vanessa m'a montrée, c'était indiqué : "Une personne, une nuit."

— Curieux, vous ne pensez pas ?

— Oh, vous savez, ça arrive quelquefois.

— Comment ça ?

— Le monsieur a fait connaissance avec quelqu'un. Une femme qu'il a emmenée. Il y a des filles qui racolent dans le quartier.

— Vous voulez dire une prostituée ?

— Ben, oui. Permettez un instant. »

De la cuisine, à côté, s'élevait un bruit de vaisselle. Alyson ouvrit la porte. Les deux fillettes avaient débarrassé, elles faisaient couler de l'eau dans l'évier.

« Laissez, les enfants, je m'en occuperai. Allez jouer dans votre chambre maintenant. »

Les petites s'éloignèrent, non sans tourner la tête vers Lipsky, avec le regard de méfiance, de reproche même, lui sembla-t-il, qu'elles adressaient probablement aux larbins des services du logement qui venaient turlupiner leur mère. Elle revint en s'excusant.

« Elles sont adorables, dit Lipsky, tout en se demandant aussitôt l'effet que pouvait produire cet adjectif chichiteux sorti de la bouche d'un flic qui certainement ne connaissait rien aux enfants.

— Surtout quand il y a quelqu'un à la maison, tempéra Alyson.

— ... Vous suggériez que la femme au foulard était une prostituée. Pourquoi ?

— À cause du lit.

— Que voulez-vous dire ?

— C'est une chose que toutes les femmes de chambre pourraient vous apprendre. Un couple d'amoureux se glisse dans le lit, sous la couverture. Les professionnelles font ce qu'elles ont à faire sur l'édredon. Elles ne se fourrent pas entre les draps. Question de pudeur.

— De pudeur ! s'exclama Lipsky avec un léger ricanement.

— De retenue, si vous préférez. Dans le lit, c'est trop intime. Elles font juste leur boulot, elles évitent toute familiarité avec le client.

— Ah... Et, en l'occurrence, le lit...

— Intact. Pas ouvert. La fille s'est rhabillée, s'est peignée, elle est partie et lui, crevé et dégoûté sans doute après ce genre de commerce, il a passé la nuit à même l'édredon.

— Le portier de nuit aurait dû la voir sortir.

— Vastapane ? Il dort dans la réserve. Pour le réveiller, il faut sonner, et pas qu'une fois ! On quitte l'hôtel comme on veut. »

Lipsky avança la main vers le foulard, le replia avec une adresse toute masculine, de travers, et le replaça dans l'enveloppe jaune. Sous la mention : « Chambre 204. Nowak. 25 janvier » au marqueur, ses yeux s'arrêtèrent sur la ligne au stylo : « Client prévenu par téléphone le 26 janvier. À conserver ».

« C'est vous qui téléphonez au client ? Je vois que c'est la même écriture, non ?

— Vanessa m'a dit de le faire.

— Vous ?

— Oui… Je… avant d'être femme de chambre, j'avais commencé des études d'infirmière, vous savez… »

Un instant, Lipsky perçut dans ses yeux une autre lueur que celle de la peur qui ne l'avait pas quittée. C'était de l'humiliation sans doute, la dernière chose qu'il aurait voulu provoquer. Il se leva pour prendre congé mais, soudain, peut-être à cause de son air désolé, Alyson le retint.

« Je préfère vous l'avouer, monsieur. De toute façon, je me doute que vous le découvrirez. Je n'ai pas téléphoné au client.

— Ah… Pourquoi ?

— Quand un objet n'est pas réclamé, et je pensais bien qu'il ne le réclamerait jamais, au bout d'un an, nous pouvons le garder pour nous. Et ce foulard, il était tellement beau ! »

10.

Le jeudi 9 février, vers le milieu de la matinée, Collard se présenta chez les Nowak. C'est Édith qui lui ouvrit. Immédiatement, il constata qu'en le voyant devant elle, en uniforme, elle avait pâli. Elle avait même amorcé un pas en arrière, si bien qu'il s'abstint de se pencher vers sa joue, contrairement à son habitude quand il lui amenait sa fille à son cours de solfège ou de violon.

«Je peux entrer?» demanda-t-il en rabattant le col de son imper relevé sur ses oreilles empourprées par le froid. Elle s'écarta, comme si elle se rappelait soudain qu'elle n'allait pas le laisser sur le seuil. Il entra dans le hall, la laissa refermer la porte et repousser du bout du pied le boudin coupe-vent vers le bas. Quand elle se retourna vers lui, les yeux pleins d'interrogation, il s'efforça de lui faire bonne mine.

«Jordan est là?

— Oui. Il travaille dans son atelier.

— Il faudrait que je lui parle.

— Qu'est-ce qui se passe?

— C'est à propos de cette histoire de disparition. Liège voudrait l'interroger encore une fois… Rien de grave. Des précisions.

— Des précisions ? Quelles précisions ? Jordan a déjà tout raconté.

— Je sais. Il s'agit de détails. Je vais le lui expliquer si vous voulez bien l'appeler. »

Elle hésita un instant, posa les doigts sur ses lèvres que sa pâleur rendait plus rouges, puis alla jusqu'à la porte vers le sous-sol, sans songer à prier Collard d'entrer plus avant. Lorsqu'elle eut la main sur la poignée, cependant, elle s'arrêta et leva de nouveau sur lui ses pupilles concentrées qui semblaient vouloir le percer à jour. Elle avait bien vu qu'il était tout aussi embarrassé qu'elle.

« Il s'est passé quelque chose avec cette fille, c'est ça ?

— Je ne sais rien de précis, je vous assure.

— Ils vous ont bien expliqué, en gros.

— Oui, si on veut…

— Quoi ?

— C'est à propos de l'horaire des trains.

— L'horaire des trains ?

— Pour Eupen. Quel train au juste la disparue a pris.

— Ah… »

Elle n'avait pas l'air du tout convaincue. Elle lâcha la poignée, passa à la porte contiguë, celle du séjour.

« Entrez ici, je vais chercher Jordan. »

Tandis que ses pas s'étouffaient dans l'escalier du sous-sol, il s'assit à la table, à la même place où il s'était posé lors de sa visite avec Lipsky. À côté de lui, sur le buffet, il voyait un bouquet de fleurs séchées, des assiettes en faïence adossées au mur et une photo d'Édith, en buste, dans une robe de concert légèrement décolletée, tenant son violon dressé comme un enfant sur ses genoux. Elle était plus jeune, mais à peine différente, le regard empreint d'une certaine candeur peut-être, rempli des espérances d'une vie encore intacte.

Le cœur de Collard se serra. Qu'est-ce qu'il avait pu redouter de lui présenter sa fille, lorsque, à huit ans, elle s'était mis en tête d'apprendre le violon ! Il avait essayé de lui faire passer cette lubie, rien n'y faisait. Si encore Amandine avait choisi de gratouiller la guitare comme tout le monde, mais le violon, la grande musique ! Collard était né à la campagne, derrière le cul des vaches, il s'était élevé jusqu'à son poste dans la police. Pour autant, ça ne lui avait pas fait oublier d'où il venait. Le classique, ce n'était pas pour des gens de sa sorte. Il se figurait déjà l'étonnement sarcastique de Mme Nowak quand il lui présenterait sa fille.

Or elle l'avait accueilli avec une simplicité désarmante, à croire que le désir de la petite était la chose la plus naturelle du monde. Amandine s'en était littéralement entichée. Édith louait ses progrès. Collard avait l'impression qu'elle le félicitait simultanément d'être le père d'une enfant si douée, alors que Dieu sait s'il n'y était pour rien. Elle s'était même laissée aller à lui faire la bise, tout naturellement, quand ils se rencontraient à l'académie, comme s'ils avaient quelque chose en commun.

Et maintenant, il allait devoir la poignarder. Une heure plus tôt, il avait reçu un coup de fil de Liège, non pas de Lipsky, du patron, Bérieux lui-même qu'il avait rencontré quelques fois à des réunions interzonales, assez pour qu'ils se tutoient.

« Nowak, ton témoin, nous a menti.

— Ah...

— Je ne vais pas entrer dans les détails, mais il n'a pas mis la disparue au train, les horaires ne collent pas. Ou je me trompe fort ou il a couché avec elle.

— Merde alors...

— Tu l'as dit. Faut qu'on le revoie. »

Bérieux pensait que Jordan aurait intérêt à se présenter de lui-même. Une preuve de bonne volonté s'il devait se retrouver dans de sales draps. Est-ce que Collard pouvait le convaincre ?

« Tu le connais bien, il te fait confiance.

— Je peux essayer.

— Accompagne-le, si ça facilite les choses.

— Je vais aller le voir. Je te tiens informé.

— D'accord. Tâche d'arranger ça. On t'attend au début de l'après-midi. »

Alors, comme ça, Jordan s'était offert un petit écart avec cette fille... Évidemment, en présence d'Édith, quand Lipsky l'avait interrogé, il n'avait pas pu cracher le morceau. Il s'expliquerait à Liège, entre hommes. Collard n'en revenait pas ! C'est pour Édith que ce faux pas le désolait le plus. Comment Jordan avait-il pu tromper une femme si délicate, si raffinée, tellement... Quel connard ! Il ne l'aurait jamais cru capable de ça. À sa place...

Bien entendu, il n'était pas question de s'imaginer à sa place. Il devait préserver Édith de son mieux, c'est tout. Il détourna les yeux de la photo. D'ailleurs, il entendait des pas dans l'escalier.

Jordan apparut le premier. Édith apparemment lui avait communiqué sa pâleur. Ils s'arrêtèrent tous les deux face à lui, devant la porte du séjour restée ouverte. La seconde d'immobilité, la même qu'à l'entrée de l'accusé dans le prétoire.

« Si on s'asseyait ? » proposa Édith.

Ils se replacèrent comme ils s'étaient disposés avec Lipsky, évitant volontairement sa chaise vide, si bien qu'il était là, avec eux, d'une certaine façon.

« Alors, ce policier veut me revoir ? demanda Jordan d'une voix blanche.

— Oui, mais ne te tracasse pas. Il n'y a rien de grave. Ils veulent clarifier certaines choses.

— Lesquelles ?

— L'horaire des trains.

— L'horaire ? Je ne le connais pas. J'ai seulement déposé cette femme à la gare, je ne suis pas allé voir les horaires.

— Tu leur expliqueras. Je vais t'accompagner. Tout se passera bien.

— Y a autre chose, hein ?

— Je n'en sais rien, Jordan. On verra sur place. »

Le regard indécis de Jordan coulissa de Collard à Édith. Tout à coup, il les soupçonnait d'être de mèche.

« Tu es au courant de quelque chose, Édith. Dis-le-moi.

— Mais non, rien, je t'assure.

— Quelqu'un t'a téléphoné. »

Depuis la veille, il pensait sans arrêt au foulard. Il avait passé la nuit à se demander pourquoi elle ne lui en avait pas parlé puisque l'hôtel Marcachou l'avait informée, c'est bien ce que la réceptionniste lui avait affirmé.

« Quelqu'un ? Qui ça ?

— Je ne sais pas.

— Personne ne m'a appelée… Qui veux-tu… ?

— C'est à moi qu'ils se sont adressés, Jordan, à moi seulement.

— Je ne comprends plus rien », murmura Jordan. Il soupira douloureusement.

La pensée traversa Édith qu'il aurait bien eu besoin d'un Nordaz ou deux de la salle de bains. Elle s'empara de sa main.

« Écoute, Jordan, ça ne t'avance pas de te torturer tant que tu ne sais pas de quoi il retourne. Vas-y avec M. Collard. Tout sera réglé ce soir, on pourra enfin penser à autre chose. Ce n'est qu'un mauvais moment à passer.

— Mais oui, bien sûr, appuya Collard. Ne te mets pas martel en tête. Je connais très bien le responsable de l'enquête. C'est François Bérieux, un ami. On n'aura plus affaire à ce petit m'as-tu-vu, tu peux être tranquille. »

Il se leva. Édith reprit sa main, la posa sur le dos de Jordan. Il sentit une légère pression et quitta sa chaise à son tour.

Quelques minutes plus tard, il était assis, renfrogné, les poings dans les poches de son paletot, à côté de Collard, dans la voiture de police qui partait vers Liège.

Jusqu'à l'autoroute, pas un mot. Les lacets de la nationale à travers les taillis des collines recouvertes de givre absorbaient toute l'attention de Collard. Ce n'est qu'une fois lancé sur l'asphalte rectiligne qu'il se pencha vers Jordan.

« Un conseil, mon vieux. Dis-leur tout de suite la vérité. Ne leur donne jamais l'impression de vouloir les blouser, ils te boufferaient.

— Pourquoi voudrais-tu que je les trompe, Riquet ?

— Je ne sais pas ce que tu as fait, moi.

— Ce que j'ai fait ? Mais rien, rien du tout. »

Ils se retirèrent chacun dans leurs pensées. Ils s'étaient connus enfants. Pendant la guerre, les grands-parents de Collard avaient caché le père de Jordan dans leur ferme. Quand son fils avait atteint l'âge qu'il avait lui-même à cette époque, le père avait souhaité qu'il connaisse à son tour les lieux où il avait vécu en secret. Ses protecteurs avaient justement un petit-fils qui pourrait lui servir de compagnon, Henri, qu'on surnommait Riquet. Jordan restait dix jours à la ferme, puis Riquet se rendait le même nombre de jours chez les Nowak à Bruxelles. Ce genre d'échanges, à l'époque, c'était ce qu'on désignait sous le nom de « vacances » dans les campagnes. Cela cessait à l'adolescence, quand la ferme avait besoin tout l'été de bras jeunes pour la fenaison et la moisson. Riquet et Jordan s'étaient éloignés sans vraiment renouer, même quand Jordan s'était installé par hasard à Monroche, où Édith avait décroché une place à l'académie de musique. Tout de même entre eux subsistait le souvenir muet des jours paradisiaques à braconner la truite dans l'Ourthe, à mater les longues Hollandaises qui descendaient dans le courant en tenue d'Ève, à griller sur des feux d'herbes sèches les tranches de lard dérobées au saloir. Quand ils rentraient le soir, crottés et fourbus, la grand-mère les grondait pour la forme.

« Où étiez-vous passés ? Qu'est-ce que vous avez encore fabriqué, mes deux chenapans ? »

Et ils répondaient d'une seule voix, avec une mauvaise foi à toute épreuve : « Mais rien, rien du tout… »

À l'hôtel de police, la jeune policière de l'accueil les emmena tout de suite chez Bérieux. Le commissaire serra la main de Collard, mais pas celle de Jordan, qui d'ailleurs était resté sur le seuil. Après un coup d'œil neutre, il lui dit seulement : « N'oubliez pas de confirmer que vous vous présentez de plein gré, quand je vous le demanderai. M. Collard vous accompagne à titre amical, rien de plus. Allons-y. »

Ils se déplacèrent vers une salle nue qui ne comportait que des chaises et deux tables. La première se trouvait au milieu de la pièce sous un boîtier à quatre néons du genre qu'on découvre au-dessus du fauteuil chez le dentiste. Un PC occupait l'autre, à l'écart, dans un coin.

Le temps qu'ils prennent place sous les néons, Lipsky arriva en compagnie d'un autre policier qui s'assit devant l'ordinateur. Collard fronça les sourcils en direction de Bérieux.

« Je pensais que ça se passerait entre nous.

— L'inspecteur Lipsky conduit l'enquête. Il est le mieux placé pour poser quelques questions au témoin. Ah, je vous présente aussi l'inspecteur Gillard qui établira le procès-verbal. (Gillard fit un petit signe de son crâne entièrement rasé.) Et, si ça ne vous dérange pas, nous enregistrerons également l'entretien. »

De sa poche, Bérieux sortit un appareil pas plus grand qu'une boîte de sardines. Il le poussa au milieu de la table, demanda : « Prêts ? » et appuya sur le bouton rouge.

« Audition de M. Nowak Jordan, en présence des représentants de la police Bérieux, Collard et Lipsky, agissant aux titres et qualités repris dans le procès-verbal. 9 février 2012. Treize heures trente-sept. C'est Bérieux qui parle. (Un silence.) Monsieur Nowak, vous avez demandé à nous rencontrer de plein gré ?

— Oui, murmura Jordan, un œil sur Collard qui hochait la tête affirmativement.

— Je donne la parole à l'inspecteur Lipsky.

— Monsieur Nowak, vous avez déclaré que vous avez pris en charge la personne disparue, Mlle Éva Krauss, le 25 janvier vers vingt-trois heures sur le pont-barrage de l'île Monsin et qu'ensuite vous l'avez déposée à la gare de Herstal. Est-ce bien exact ?

— Oui.

— Quel train Mlle Krauss a-t-elle pris ?

— Elle m'a dit qu'elle se rendait à Eupen.

— Monsieur Nowak, à quelle heure avez-vous laissé Mlle Krauss à la gare ?

— Je ne sais plus exactement.

— Était-ce ce soir-là ? »

Jordan baissa les paupières et inclina la tête à gauche, vers le sol couvert d'un carrelage blanc émaillé qui s'élevait jusqu'à mi-hauteur des murs, comme dans une salle de douche ou dans un abattoir. Est-ce qu'il fouillait vraiment dans ses souvenirs ? Collard sentit qu'il hésitait plutôt sur la tactique qu'il allait adopter et il murmura : « N'aie pas peur de dire toute la vérité, Jordan, cela ne sortira pas d'ici. »

Jordan grimaça un remerciement.

« Non, ce n'était pas ce soir-là, c'était le lendemain matin. »

Lipsky lança un regard triomphant à Bérieux qui, tout de suite, tempéra ses ardeurs d'un geste de la main et s'adressa doucement à Jordan : « Pourquoi ne l'avez-vous pas dit dès le début, monsieur Nowak ?

— J'ai dit que je l'avais mise au train, personne ne m'a demandé quand.

— C'est vrai, mais tout de même, ça faisait une différence, vous le saviez bien. Où Mlle Krauss a-t-elle passé la nuit avant ce train du matin ?

— À l'hôtel.

— Quel hôtel ?

— Marcachou.

— Votre hôtel.

— Oui.

— Elle a pris une chambre ?

— Non. »

Collard levait le doigt comme un écolier, Bérieux s'en avisa.

« La parole à M. Collard, prononça-t-il à l'intention du magnétophone.

— Je me permets de faire remarquer que M. Nowak ayant été interrogé à son domicile, en présence de son épouse que l'inspecteur Lipsky n'avait pas cru bon d'éloigner, il lui était difficile de préciser qu'il avait passé la nuit avec la jeune disparue.

— On peut dire ça, monsieur Nowak? reprit Bérieux.

— Oui, c'est vrai. Je ne voulais pas mêler Édith à cette histoire.

— À cette histoire ! Comme nous vous comprenons, monsieur Nowak ! intervint Lipsky, vexé par la remarque de Collard et sans plus se donner la peine de contenir son ton sarcastique. Soyons clairs, monsieur Nowak, Éva Krauss vous a-t-elle fait des propositions quand vous l'avez rencontrée ?

— Propositions ? Quelles propositions ?

— Ne jouez pas au plus fin ! Des propositions pour une relation, une relation tarifiée, si vous voyez ce que je veux dire.

— Mais absolument pas !

— Allons, allons, vous voulez nous faire croire qu'une jeune femme rencontrée dans la rue par hasard a accepté en cinq minutes de passer la nuit dans votre chambre, et tout cela avec des intentions virginales !

— Il y avait une tempête de neige.

— Elle pouvait prendre une chambre à elle.

— Elle n'avait pas d'argent.

— Vous non plus ?

— Pas suffisamment pour lui payer une chambre.

— Mais assez pour lui payer ses services.

— C'est absurde ! Il ne s'est rien passé du tout entre nous, je vous assure.

— Si votre… hospitalité était si honnête, pourquoi ne vous êtes-vous pas présenté devant le portier de nuit avec Éva Krauss ? M. Vastapane a témoigné que vous étiez entré seul. J'en déduis que vous êtes allé rechercher la fille en douce après avoir reçu la clé de la chambre. Et, le matin, vous avez levé le camp aussi discrètement avant même le début des services, sans prendre le petit déjeuner – j'ai vérifié –, alors que tout avait été payé d'avance lors de la réservation. Est-ce que ce sont là les manières d'un bon Samaritain ? »

Jordan l'écoutait, les yeux écarquillés. Il consulta silencieusement Collard en secouant la tête d'un air affolé. Collard avança la main, la posa sur son bras, un peu comme Édith l'avait fait si tendrement quelques heures plus tôt.

« Écoute, Jordan, autant être clair, ça ne changera rien sur le fond de l'affaire. Tu t'es laissé embobiner par une racoleuse. Ce n'est pas ce que tu as fait de plus glorieux dans la vie, d'accord. À tout péché, miséricorde. Tu n'avais pas envie qu'on te voie et, maintenant, ça te gêne de l'avouer. Ça, au moins, c'est plutôt à ton honneur. Je suppose, continua-t-il à l'intention exclusive de Bérieux, comme si Lipsky ne comptait pas, que vous vouliez vous assurer qu'il fallait réorienter le dossier vers les milieux de la prostitution ?

— Y a de ça, admit Bérieux.

— Mais y a de ceci également, rectifia Lipsky, décidément échauffé par les manœuvres de Collard pour le tenir à l'écart. Éva Krauss a laissé des traces derrière elle. Je n'insiste pas sur ses cheveux dans la salle de bains, je parle de quelque chose de bien plus intéressant : un foulard. Elle a oublié son foulard.

— Je sais », murmura Jordan.

Cette fois, c'est Lipsky qui sembla déconcerté.

« Ah ? Vous l'aviez remarqué ?

— Non. La réceptionniste de l'hôtel m'a téléphoné hier pour m'avertir. Elle m'a dit que vous l'aviez emporté.

— Exact. Pour analyse. Savez-vous ce que nous avons trouvé sur ce foulard ?

— Non…

— Du sang.

— Du sang ? répéta Collard, effrayé.

— Oui, du sang. Nous devons encore vérifier à qui appartient ce sang par une comparaison ADN avec une personne de sa famille, mais je mettrais ma main au feu qu'il s'agit du sang de la victime.

— De la disparue, corrigea Bérieux.

— Oui, pardon, de la disparue.

— Cela ne sert à rien de vérifier, dit Jordan, c'est le sang d'Éva. Elle avait une égratignure à la joue, elle s'est essuyée avec son foulard.

— Égratignure ? ironisa Lipsky. Dites donc, c'était drôlement hard !

— Elle s'était griffée avec le bouquet de roses qu'elle avait jeté à l'eau, par-dessus le pont.

— Un bouquet de roses dans la Meuse ! Ben voyons ! On ne risque pas de le retrouver, votre bouquet ! Bien joué, monsieur Nowak : vous ne manquez pas d'imagination. »

Jordan baissa la tête. Il était épuisé, il soufflait comme un boxeur à la dernière reprise.

Depuis quinze jours passés, il ressassait, il dormait mal, il était sur les nerfs. À présent, il était obligé de se mesurer à Lipsky, un adversaire jeune, frais, de plus en plus sûr de lui à mesure qu'il le voyait décrocher. Il se contentait de fermer sa garde, attendant que l'autre l'envoie dans les cordes et que l'arbitre mette fin au combat.

«Je vais vous dire ce qui s'est passé, monsieur Nowak. Vous avez amené discrètement cette fille dans votre chambre. Cela a dérapé. Vous lui avez proposé un truc un peu spécial, une simulation de strangulation avec son foulard. Le client est roi, vous n'aviez pas l'air dangereux, la fille a accepté. Ça a mal tourné. Elle a saigné. Vous deviez faire quelque chose. Vous ne vous êtes pas couché, naturellement – la femme de chambre a constaté que le lit n'avait pas été défait. Vous êtes ressorti en catimini avec le corps. Un jeu d'enfant pour un type qui transbahute des pianos. Vous avez repris la route, vous vous êtes arrêté dans un coin tranquille, au bord de l'eau, à distance de la banlieue, en direction de Maastricht. Ce n'est pas un bouquet de roses qui a été balancé dans la Meuse, c'est Éva !

— Mais c'est n'importe quoi, c'est faux ! Faux ! Faux !

— Alors, dites-moi pourquoi quelques heures plus tard vous avez demandé à l'abbé Wallenborn si on sauvait vraiment sa vie en la conservant ou si on ne la sauverait pas plutôt en y mettant fin ? Si ce ne sont pas là des paroles d'un meurtrier torturé par l'acte qu'il vient de commettre, qui se demande s'il ne ferait pas mieux de se suicider ! »

11.

Le même jeudi 9 février à dix-huit heures cinquante, Collard se présenta à l'académie de musique de Monroche. Il venait reprendre sa fille, Amandine, dont le cours de violon avec Mme Nowak se terminait à dix-neuf heures. Comme les jours commençaient à rallonger, Amandine était venue seule à sa leçon mais, depuis l'affaire Dutroux, une fois la nuit tombée, aucun parent – particulièrement d'une petite fille – n'aurait laissé un enfant rentrer à la maison par ses propres moyens.

Collard, cependant, avait un tout autre motif de se tenir devant la porte de la classe à travers laquelle lui parvenaient les sons indulgents des boyaux de chat caressés par les débutants. Il était revenu de Liège à la fin de l'après-midi, sans Jordan. L'audition s'était terminée par une catastrophe : Bérieux avait signifié au témoin son arrestation judiciaire pour une durée de vingt-quatre heures.

Il s'agissait maintenant de l'annoncer à Édith. Mission détestable, pour sûr. Collard imaginait bien le choc qu'il allait lui provoquer. Bérieux avait proposé de laisser Lipsky donner un coup de téléphone officiel. « Surtout pas ! Je m'en occupe », avait rétorqué Collard aussi sec.

Tout au long du trajet de retour, il s'était représenté le visage d'Édith ravagé par les larmes. La pitié lui navrait le cœur. Il se demandait comment il allait s'y prendre. Lui saisirait-il les mains ? Lui ouvrirait-il les bras, lui offrirait-il sa poitrine, pour un moment du moins ?

Plus l'instant de la rencontre approchait, plus il découvrait au fond de lui une fébrilité quasi allègre qui se distançait insensiblement de la compassion. Au milieu du désastre, en effet, il allait devenir l'unique recours d'Édith. À qui s'en remettrait-elle, la pauvre, sinon à lui ? Le temps que le sac de nœuds où s'était empêtré Jordan se débrouille d'une façon ou d'une autre, il se ferait le bouclier d'une femme qui jusqu'alors le subjuguait. C'était un peu grisant.

En même temps, cet opportunisme n'était pas franchement reluisant. Qu'est-ce que sa conscience en pensait ? Elle restait muette... Tout bien considéré, la conscience n'est peut-être qu'une simple lubie de littérateur. Collard, lui, n'était pas chargé de raconter cette page, il la vivait.

À dix-neuf heures, une sonnerie électrique retentit. Une à une, toutes les portes du couloir s'ouvrirent, livrant passage aux élèves, une housse sous le bras le plus souvent. Ils décrochaient leur manteau, les petits en piaillant, les grands avec le geste dégagé déjà des artistes après le récital. Amandine et son violon apparurent à leur tour.

« Va m'attendre dans la voiture, lui enjoignit Collard, je dois dire un mot à Mme Nowak.

— Pas trop longtemps, s'il te plaît, papa !

— Non, non… Allez, file ! »

Il la regarda s'éloigner et frappa à la porte de la classe. À côté de l'estrade, Édith était occupée à ranger des feuilles – des partitions sans doute – dans une armoire métallique. Elle se retourna vers lui. Tout de suite, elle dut sentir que quelque chose allait de travers, car elle ne prit pas la peine de prononcer un « bonsoir » ni un quelconque mot d'accueil. Collard, d'ailleurs, lui-même, restait muet.

« Quoi ? demanda-t-elle dans un cri étouffé.

— Un contretemps, madame Nowak.

— Quel contretemps ?

— Ceux de Liège souhaitent encore interroger Jordan.

— Mais c'est incroyable. C'est de l'acharnement. Quand Jordan doit-il y retourner ?

— Il ne doit pas y retourner, il y est toujours.

— Que voulez-vous dire ?

— Ils l'ont gardé.

— Hein ? Jusqu'à quelle heure ?

— Ils ont décidé d'une garde à vue. Pour vingt-quatre heures.

— Vingt-quatre heures ?

— Normalement pas plus.

— Ce n'est pas vrai… »

Elle porta sa main droite à son cœur. Ses ongles soigneusement teints en rouge s'étalaient en éventail sur son polo blanc. Elle fit un pas en avant et, de son autre main, elle agrippa le dossier d'une chaise au premier rang, puis s'assit devant le lutrin.

Dans cette position et comme ses doigts continuaient à contenir sa poitrine soulevée par l'émotion, il était exclu que Collard mette à exécution le scénario de réconfort rapproché qu'il avait échafaudé dans la voiture. Tout de même, il s'avança, il ne pouvait décemment rester à distance, ni même debout, si bien qu'il saisit un siège lui aussi et le tira de l'autre côté du lutrin dans la disposition où se met le maître devant l'élève. Il s'attendait qu'Édith fonde en larmes comme escompté mais, quand il eut pris place, elle se ressaisit. Elle laissa glisser ses ongles peints jusqu'à son jean, redressa le buste et esquissa un sourire, comme un malade soulagé que l'attaque soit passée.

« Le motif de l'arrestation, qu'est-ce que c'est ? demanda-t-elle en contenant le battement de ses paupières.

— Jordan a menti... enfin, pas menti vraiment... il n'a pas dit toute la vérité, ce qui le rend suspect évidemment.

— Qu'est-ce qu'il n'a pas dit ?

— En réalité, il n'a pas déposé cette personne à la gare le soir même, il l'a déposée le lendemain matin.

— Et... entre-temps ?

— Il a passé la nuit avec elle.

— Avec elle ? Où ça ?

— À l'hôtel, dans sa chambre.

— Ah... »

Le regard d'Édith se détacha de Collard. Il se réfugia quelque part dans un coin au bout du local. Elle avait honte, bien sûr. Même si le seul qui aurait dû avoir honte était Jordan, elle avait honte pour les deux parce qu'il lui avait caché la vérité et que, de ce fait, elle était contrainte devant Collard de représenter la moitié d'un couple boiteux.

Soudain, elle releva la tête.

« Mais pour eux, pour vous, la police, qu'est-ce que ça change au fond ? Rien ! Qu'il ait passé une heure, deux ou dix avec elle avant de la déposer à la gare, c'est du pareil au même. »

Elle avait adopté un ton bravache qui devait signifier que ce qui leur arrivait, à Jordan et à elle, ne regardait personne. Collard pas plus que les autres. Il essuya cette brusque rebuffade comme une gifle. Une cruauté qu'il n'aurait pas soupçonnée se cabra aussitôt en lui.

« Les enquêteurs envisagent l'hypothèse d'une relation avec une femme qui se prostituait.

— Quoi ! Une prostituée ? Jordan avec une putain ! »

Dans la bouche de Mme Nowak, le mot sonnait aussi faux qu'une invraisemblable fausse note.

« Ce n'est qu'une piste.

— Une piste ? Dites plutôt que c'est n'importe quoi. Une plaisanterie, oui ! De mauvais goût ! Enfin, vous êtes des amis d'enfance. Est-ce que vous imaginez un seul instant Jordan avec une putain ?

— Non, non, bien sûr… A priori, en tout cas… Cependant…

— Il n'y a pas de “cependant”, monsieur Collard. Vous savez parfaitement que ça ne tient pas debout. Vous avez protesté, je suppose.

— Eh bien… oui, il me semble. C'est-à-dire que, sur le moment, j'étais moi-même tellement choqué… »

Au vrai, il n'avait pas protesté du tout. Il avait assisté à la mise au pilori de Jordan sans ouvrir le bec. Pas besoin d'insister. Édith se leva d'un bond au point de bousculer le lutrin qui s'abattit sur les genoux de Collard.

« Excusez-moi. Je dois passer rapidement à la maison prévenir mes garçons, puis je file à Liège.

— Cela ne servira à rien, madame Nowak, vous ne pourrez pas parler à Jordan.

— C'est ce que j'aimerais bien voir !

— Le temps de la garde à vue, on ne peut pas s'entretenir avec le témoin.

— Alors là, c'est le comble !

— C'est la loi, madame. Il n'y a rien à faire. Rentrez plutôt chez vous, contactez un avocat. Jordan va être présenté à un juge d'instruction certainement, il faudra assurer sa défense.

— Mais la défense contre quoi, au nom du Ciel ? Est-ce un crime d'avoir passé la nuit avec une supposée putain ? Combien d'hommes ont fait la même chose cette nuit-là à Liège ? Est-ce leur faute après ça si la fille s'évapore dans la nature ?

— Elles ne s'évaporent pas toutes, vous savez. Nous sommes en présence d'une disparition très inquiétante. Il faut vérifier que Jordan n'y est vraiment pour rien.

— Et comment y serait-il pour quelque chose, je vous le demande ?

— Je ne sais pas… Dans ces situations sordides, il peut se produire des événements imprévus, des dérapages. En général, on considère cela comme des accidents. “Violences ayant entraîné la mort sans intention de la donner". On peut se demander si…

— Assez ! Assez, monsieur Collard ! Taisez-vous ! Je vous prie de quitter immédiatement ma classe. »

Collard se leva, blême. Ce qui se produisait, c'était exactement l'inverse de ce qu'il avait gambergé sur l'autoroute. Édith le congédiait comme un malpropre. Sans doute avait-elle même pénétré ses intentions, son minable projet de la faire passer sous sa coupe en profitant de sa détresse. Dans ses yeux, il lisait maintenant une lueur de profond mépris, la lueur même qu'il avait tellement redoutée quand il était venu lui demander de prendre Amandine à son cours. L'humble père y avait échappé, le flic présomptueux ne l'avait pas volée.

Il se dirigea vers la sortie, avec la tête basse d'un élève exclu de la classe. Il se détestait. Il aurait donné cher pour recommencer l'entrevue à zéro. Mais c'était trop tard. On ne rattrape pas les mots quand ils sont sortis de la bouche.

Malgré tout, sur le pas de la porte, il se retourna et prononça d'un air contrit : « Si vous avez besoin de moi, appelez-moi. Je ferai tout pour vous aider. »

Dès que ses pas s'éloignèrent dans le couloir, Édith sentit tout son corps ployer. Elle fit un pas vers l'armoire restée ouverte, la referma et resta agrippée à la poignée. Son front vint cogner sur le métal froid. Elle n'aurait pas pu mettre bout à bout deux idées. Le sang à ses tempes battait à les rompre. En présence de Collard, elle s'était torturée pour étouffer ses larmes et, maintenant qu'elle aurait voulu les laisser couler, elles se refusaient à elle. Un gémissement s'échappa de ses lèvres, presque chantonnant, pareil à celui des enfants qui cherchent à se faire pleurer. Alors, elle se musela et alla reprendre son manteau à la patère près de l'estrade.

À la maison, les deux garçons étaient dans le séjour devant la télé, scotchés à une série américaine. Ils avaient dressé la table à la cuisine. Elle enleva le couvert de Jordan, réchauffa le repas qu'elle avait préparé avant de partir à l'académie et les appela.

« Une minute, maman, c'est presque fini ! »

Les rires enregistrés qui ponctuaient la fin de l'épisode parvenaient à ses oreilles. Elle aussi était entourée d'observateurs invisibles qui sans doute s'amusaient de son malheur. En temps normal, elle aurait houspillé les enfants, mais elle n'en avait pas la force.

« Et papa ? demanda Frank en entrant dans la cuisine, étonné déjà qu'elle les ait laissés en paix jusqu'au bout du programme.

— Il est retenu à Liège.

— Zut ! Si on avait su, tu nous aurais fait des gaufres à la cassonade. »

Ça, c'était Lucas, toujours affamé depuis qu'il s'était mis à pousser presque à vue d'œil. Il se jeta sur le bœuf carottes comme la pauvreté sur le monde.

« Tu ne manges pas, maman ? demanda Frank.

— Je n'ai pas faim. »

Quelque chose ne tournait pas rond chez les parents, Frank et Lucas le voyaient bien, mais ils ne comprenaient rien aux bouderies des adultes.

Eux, s'il y avait de l'eau dans le gaz, ils ne se l'envoyaient pas dire. Les insultes fusaient aussi sec et, si ça ne suffisait pas, ils se fichaient une bonne trempe. Après, ils n'y pensaient plus, ils redevenaient ce qu'ils avaient toujours été, les deux doigts de la main, qu'ils seraient toujours, ils en étaient certains.

Édith les dispensa de la vaisselle, elle les envoya dans leur chambre, sans quitter sa place devant son assiette vide.

« Ça va, maman ? murmura Frank en l'embrassant.

— Mais oui, ça va... Je viendrai te dire bonsoir tout à l'heure. »

Pour un bref instant, elle s'avisa de leur désarroi, mais elle avait trop de son tourment pour se préoccuper de celui de ses enfants.

Elle débarrassa la table machinalement, puis passa dans le bureau, devant le téléphone.

Elle devait s'occuper de l'avocat. Le seul qu'elle connaissait, c'était Mangin, Jean-Baptiste Mangin, mélomane averti, qu'elle avait rencontré bien souvent aux cocktails qui suivaient les concerts du Juillet musical. Membre du même Rotary que Jordan. Un homme charmant, charmeur même.

Elle ouvrit l'annuaire, posa le doigt sur son nom. Dans l'autre main, elle tenait déjà l'appareil mais, après avoir enfoncé la première touche, elle s'arrêta, le reposa sur sa base. Qu'est-ce qu'elle allait pouvoir dire ? « Maître Mangin ? Je... voilà, j'ai un gros ennui... Jordan est en garde à vue... Pourquoi ?... Parce qu'il a pris en charge une femme perdue dans la neige, le 25 janvier... Non, non, je sais, ce n'est pas un crime, le problème, c'est qu'elle a disparu… elle a disparu après avoir passé la nuit avec lui. »

Comment expliquer à cet homme distingué qui lui baisait la main chaque été qu'elle était la femme d'un type qui emmenait la première venue à l'hôtel ? Car elle-même devait se rendre à l'évidence désormais. Même si elle s'était refusée à l'admettre, elle avait pressenti la vérité depuis longtemps. À cause du pare-soleil… Quand Jordan était à Liège, quelqu'un avait abaissé le pare-soleil du côté passager dans le Transporter, puis tiré le volet du miroir de courtoisie. Qui, sinon une femme ? Quand, sinon à la lumière du jour ? Donc le lendemain matin du 25 janvier, le 26.

Cette Éva Krauss était-elle une prostituée ainsi que Collard l'avait insinué ? Personne ne lui ferait avaler une énormité pareille. Jamais Jordan ne serait tombé si bas. Non. Il s'était occupé de cette femme sans arrière-pensée mais, au cours de la rencontre, quelque chose était arrivé qui l'avait si profondément marqué que, depuis son retour, et bien avant ses démêlés avec la police, sa vie était entièrement déréglée. Il ne dormait plus. Il se bourrait d'anxiolytiques.

Serait-ce qu'il avait fait du mal à l'inconnue ? Un accident ? Aurait-il été jusqu'à commettre l'irréparable, conformément au scénario malsain de Collard et des flics de Liège ? Dans ce cas, ces fins limiers devraient expliquer comment les cadavres abaissent les pare-soleil pour se refaire une beauté avant de quitter leur assassin.

Assez plaisanté. Au cours de cette nuit, il s'était passé autre chose. Un mystère qui effrayait Édith presque plus qu'un meurtre, un événement dont Jordan n'avait pas pu lui parler, non pas parce qu'il avait attenté à la vie d'Éva – sinon, il aurait été fou de se signaler à la police le soir de l'avis de disparition –, non pas même, peut-être, parce qu'il se serait agi d'un vulgaire coup de canif dans leur contrat, mais tout simplement parce qu'Édith, sa femme, sa « légitime épouse », comme on dit, était incapable de comprendre ce qui était arrivé.

Son silence n'avait pas d'autre raison que cette terrible raison. Édith était à cent lieues de savoir ce qui se passait en lui. Pour cela, il aurait fallu d'abord qu'elle admette que l'amour qui les avait enivrés dans ses débuts s'était éventé. Elle s'obstinait à se répéter qu'ils s'aimaient différemment, mais toujours autant. Qu'est-ce qu'il en était, au juste ?

Oh, bien sûr, ils étaient de bonne volonté, tous les deux. Jamais un mot plus haut que l'autre. Les bonnes manières, le baiser sur la joue à l'aller et au retour, le désir encore, par bouffées. Au total, néanmoins, il y avait dans tout cela de la routine, comme une glu qui s'attachait à la moindre de leurs émotions.

Jordan certainement était persuadé qu'elle n'avait pas conscience de l'usure de leur amour, alors que, sans se l'avouer, elle la ressentait tout aussi cruellement que lui. Seulement, ils n'en parlaient ni l'un ni l'autre, de peur de se faire du mal. Ils étaient résolus, chacun à part soi, à poursuivre la route ensemble, décemment, en se gardant des situations dangereuses, des groupies de Steinway, des complimenteurs d'après-concert.

Tout se passait pour le mieux, d'ailleurs, tout aurait continué tranquillement si le destin soufflant en tempête de neige n'avait enfermé Jordan avec une autre femme dans une chambre d'hôtel. Éva était jeune, bien sûr, désemparée naturellement, émouvante par conséquent. Dans l'espace de cette nuit, Jordan avait mesuré la platitude dans laquelle était tombé leur amour. Son cœur, soudain, avait secoué le joug de l'habitude, il avait retrouvé une légèreté oubliée, il avait vibré comme autrefois.

Il n'avait pas couché avec Éva. Ce n'aurait été qu'une passade ; de honte, il l'aurait chassée de son esprit. S'il s'était replié dans sa coquille depuis le 25 janvier, s'il ne dormait plus, c'est qu'il lui était arrivé quelque chose de bien plus essentiel. Quoi ?... Il avait compris, au contact de cette inconnue, qu'il avait raté sa vie avec Édith. Voilà tout.

Elle aurait donné cher pour conclure d'une autre manière. Mais la déduction qui venait de s'imposer à elle refusait désormais de lâcher prise. Est-ce qu'elle pouvait vraiment exposer ce tableau d'un désastre complet à Me Mangin ?

Elle referma l'annuaire. Demain soir, les flics auraient compris leur erreur, ils relâcheraient Jordan, ce n'était pas la peine de prendre un avocat. Au lieu de mordre aux mollets un innocent, maintenant qu'ils l'avaient mis à l'ombre, les enquêteurs allaient enfin se décider à pister la disparue. Cette fille allait réapparaître, c'est sûr. Jusqu'ici, elle ignorait qu'on la recherchait. Ou alors, si elle le savait, elle allait évidemment se manifester dès qu'elle apprendrait que l'homme qui l'avait recueillie était soupçonné de crime. Elle était dans une mauvaise passe, elle s'était retirée quelque part, le temps de se ressaisir. Le coup classique, le besoin de couper les ponts, de prendre de la distance pour quelques jours. Agatha Christie… Où pouvait-elle bien se cacher ?

Soudain, Édith se rappela l'entrevue avec Lipsky. Il avait demandé quelle destination Éva avait prise en train et Jordan, après avoir hésité, s'était souvenu : Eupen ! Est-ce que les flics avaient seulement entrepris des recherches à Eupen ? Et, d'abord, qu'est-ce qu'Éva avait à voir avec Eupen ?

Elle rouvrit fiévreusement l'annuaire et composa le numéro privé de Collard.

« Madame Nowak, ici.

— Bonsoir, madame. »

Une voix de femme, c'est vrai qu'il était marié, cet empoté.

« Je vous passe mon mari. »

Des pas qui s'éloignaient, un bruit de télévision, puis Collard qui s'était isolé.

« Dites-moi, monsieur Collard, y a-t-il un rapport entre Éva Krauss et Eupen ?

— Euh… oui. Sa mère. Lipsky m'a dit qu'il l'avait rencontrée sur place. Helga Krauss. Elle s'appelle Helga Krauss. Pourquoi ?… Allô ? Allô ? »

Elle avait raccroché.

12.

Tandis qu'Édith se rongeait les sangs à Monroche, à Liège, quai des Tanneurs, Lipsky se préparait à rejoindre Mme Brenu, sa logeuse, à la salle à manger du rez-de-chaussée où ils soupaient ensemble chaque soir, sauf le mardi. Il avait effectué son jogging quotidien sur la piste cyclable le long de la Meuse, trois quarts d'heure pendant lesquels il s'interdisait de penser à autre chose qu'à bien respirer, conformément à la méthode déjà exposée. De retour, il s'était douché et, à présent, il s'habillait pour le repas. Mme Brenu, en effet, avait émis le ferme souhait qu'il se présente toujours à table en complet-veston. Une question de savoir-vivre, selon elle, qui contribuait à l'agrément de leur tête-à-tête et, ajoutait-elle, susceptible de compenser la médiocrité de la cuisine, ce en quoi elle se calomniait ou espérait s'attirer de flatteuses protestations, car elle était un véritable cordon-bleu.

Dûment costumé et cravaté, Lipsky attendait qu'elle agite dans l'escalier la clochette par laquelle elle le priait de descendre. Il s'assit devant son PC, ouvrit le fichier « Affaire Éva Krauss » et tapa : « Entrevue avec Mme Helga Krauss, Eupen, 9 février. » Il se recula contre le dossier de sa chaise, face à la page blanche. Il s'agissait de réduire en formules aussi administratives que possible la visite à Helga dont Bérieux l'avait chargé l'après-midi, aussitôt après l'arrestation judiciaire de Jordan Nowak.

Sur le seuil, dès qu'elle lui avait ouvert, il avait été frappé par l'altération des traits d'Helga depuis leur première rencontre, seulement trois jours plus tôt. Elle avait une mine de déterré et, quand elle s'était trouvée face à lui, une lueur de crainte s'était allumée dans ses yeux. Ces impressions, naturellement, n'avaient rien à faire dans un rapport de police. Il pouvait passer tout de suite au résumé des propos qu'ils avaient échangés. La conversation était gravée dans son esprit, elle avait été suffisamment pénible.

« Je vous apporte quelques nouvelles, madame Krauss.

— Entrez. »

À la cuisine, ils avaient repris les mêmes places que mardi. Comme Lipsky ne l'avait pas avertie de sa venue, elle n'avait pas préparé de café. Maintenant, elle était trop inquiète pour s'en préoccuper.

« Nous avons arrêté un suspect.

— Un suspect ? Suspecté de quoi ?

— C'est l'homme dont je vous ai parlé, celui qui a pris Éva en stop et l'a mise au train.

— Le pianiste ?

— Il loue des pianos plus exactement.

— Qu'est-ce qu'il a fait, cet homme ?

— Eh bien, il n'a pas laissé Éva immédiatement à la gare, comme il l'avait sous-entendu. Il a passé la nuit avec elle.

— À la gare ?

— Non, pas à la gare, il l'a emmenée à l'hôtel, un hôtel à proximité où il devait loger, à deux pas. Il avait réservé une chambre quelques jours avant. Éva l'a accompagné.

— Vous voulez dire à l'hôtel ?

— Dans sa chambre.

— Ce soir-là ?

— Oui, ce soir-là, vers onze heures, minuit.

— Elle le connaissait, alors ?

— Non. Absolument pas.

— Et elle a suivi un inconnu, comme ça ?

— Il semble bien que ce soit tout à fait établi. Cet homme est passé aux aveux. Sur ce point, en tout cas. »

Helga tourna la tête, elle ne pouvait plus soutenir le regard de Lipsky. Ses yeux se replièrent sur la photo d'Éva dressée sur le buffet. Qu'est-ce qui était arrivé à la jeune fille rayonnante dans sa tenue de gymnaste, à qui la vie faisait miroiter les plus belles espérances ? À cette époque, certainement, elle devait songer à l'amour, au prince charmant. C'est nunuche, mais toutes les filles passent par là, même si elles ne l'avoueraient jamais. Pourtant, pas de flirt, pas de garçon au téléphone après la classe, pas de sortie même, il fallait la pousser dehors. Quand Helga, en mère consciencieuse, qui vivait avec son temps, s'était enquise, alors qu'elle avait dix-sept ans, si elle prenait ses précautions – « Quelles précautions ? » –, si elle avait parlé à un médecin – « Pour quoi faire ? » –, bref si elle prenait la pilule, elle lui avait carrément ri au nez. Un moment, Helga s'était demandé si Éva n'avait pas certaines tendances, qu'elle accepterait bien entendu, s'il le fallait vraiment, qui causaient son indifférence à l'autre sexe. Heureusement, tout de même, rien n'avait confirmé cette hypothèse.

L'explication à laquelle elle s'était finalement arrêtée, c'est la rupture avec Jean, son mari, qui la lui avait fournie. Le spectacle lamentable de la séparation de ses parents avait choqué Éva au point qu'elle avait renoncé à se lier avec personne. Il n'y avait pas à chercher plus loin. La résolution d'Éva ajoutait une espèce de volupté à la trahison qu'elle subissait. Comme beaucoup de gens confrontés à un malheur subit auquel ils ne peuvent remédier, elle se complaisait dans sa souffrance, elle jouissait de voir qu'elle faisait tache d'huile autour d'elle.

Ensuite, pour ne rien arranger, le mariage de Stany avec Ingrid avait frappé Éva comme un coup de massue. Elle adorait son frère, elle ne pouvait comprendre qu'il se soit mis le fil à la patte pour une espèce de garde-robe ambulante. Pour sa part, elle n'était pas près de tomber dans le panneau. Elle le répétait à qui voulait l'entendre lors de la réception que Stany donnait chaque année, le 25 janvier, pour son anniversaire, quand inévitablement de bonnes âmes s'étonnaient qu'elle soit toujours seule à trente ans passés.

À l'oreille de ceux qu'elle envoyait paître, Stany s'empressait de glisser avec un clin d'œil que sa sœur n'enfilait pas que des perles à l'abri de son petit appartement liégeois. Ces sous-entendus égrillards offusquaient apparemment Helga, encore qu'au fond elle se réjouissait qu'Éva se donne enfin du bon temps. Au moins, sur ce plan-là, sa fille, qu'elle avait du mal à comprendre sur tous les autres, pouvait désormais passer pour normale.

Elle-même, depuis que Jean l'avait laissée tomber, aurait pu envisager une petite folie. Un ténor de la chorale Der Frühling, d'ailleurs, lui avait fait des avances, qu'elle avait refusées sans doute, Dieu sait pourquoi, mais qui l'avaient touchée plus qu'elle n'aurait cru. Wolf aussi était toujours après elle. S'il avait été un peu plus jeune, un peu moins godiche...

Souvent, elle se prenait à imaginer une aventure comme elle en voyait dans les films récents et les romans à la mode. On rencontre quelqu'un, sa conversation nous plaît, on bavarde dans un café, on se revoit, on va au restaurant, puis arrive l'inévitable dernier verre à l'appartement. Ce n'est pas sérieux, ça durera autant qu'on y trouvera du plaisir, on se quittera bons amis.

Malgré tout, il y a une sorte de rituel, des manœuvres d'approche, des amorces, un peu de réticence – au moins feinte –, des préliminaires. Cela demande du temps. Comment Éva avait-elle pu accepter de suivre un inconnu dans sa chambre d'hôtel en moins d'une heure ? C'était absurde, ridicule, dangereux, certainement.

L'inventaire de la vie sentimentale d'Éva qu'Helga venait d'ouvrir et de refermer en un instant, Lipsky ne pouvait, bien sûr, en avoir la moindre idée. Il vit seulement les yeux d'Helga se détacher du portrait sur le buffet et revenir vers lui, remplis d'une terrible appréhension.

« Vous avez dit que cet individu était passé aux aveux "sur ce point, en tout cas". Vous soupçonnez autre chose ?

— Nous avons de bonnes raisons de penser qu'il y a eu une relation… intime entre cet homme et votre fille.

— Franchement, j'ai du mal à le croire.

— À votre connaissance, est-ce qu'Éva aurait pu s'autoriser, ne fût-ce qu'occasionnellement, des rencontres de cette sorte ? »

La vraie question était : « Est-ce que votre fille couchotte de temps à autre avec un type levé sur le trottoir, disons pour arrondir ses fins de mois ? » Mais comment la poser à une mère ?

« Ce n'est pas du tout le genre d'Éva. Cet homme a dû la forcer.

— Effectivement, nous envisageons sérieusement la possibilité d'un acte violent. »

Cette fois, les mains d'Helga, qu'elle étreignait l'une dans l'autre sur le rebord de la table, furent prises d'un léger tremblement.

« Un acte violent? Quel acte violent? Qu'est-ce que vous voulez dire ? Éva est très forte, vous savez, elle a été championne de gymnastique, elle saurait se défendre. Qu'est-ce qui vous fait penser… ?

— Éva a laissé un foulard dans la chambre. »

De sa poche intérieure, Lipsky tira le Polaroid du foulard qu'il avait photographié à l'hôtel de police.

« Vous le reconnaissez ?

— … Non. Non, pas du tout. Je n'ai jamais vu ce foulard à Éva.

— Elle venait de l'acquérir récemment, peut-être.

— C'est possible. Encore que… Éva n'a pas l'habitude d'acheter ce genre d'accessoire, elle n'est pas coquette pour deux sous. Puis, qu'est-ce que ça a à voir ?

— Il y a des taches de sang sur le foulard.

— Quoi ! ? »

Helga enfouit sa tête entre ses mains. Lipsky entendait sa respiration saccadée mais, tant pis, il devait conclure.

« Nous ne savons pas ce que signifie ce sang. Nous devons nous assurer qu'il s'agit bien du sang d'Éva. Pourriez-vous descendre à Liège – pas ce soir naturellement, demain – pour un prélèvement ADN par un médecin ? C'est anodin, un peu de salive, des cheveux. Si vous préférez, quelqu'un peut venir chez vous.

— Oui, oui, ce serait mieux », dit-elle après un moment, à travers ses doigts.

Le reste de l'entrevue, Lipsky préférait l'oublier. Il n'avait pas prévu l'émotion qu'il venait de déclencher. Embarrassé, il avait tenté de minimiser. Après tout, il ne s'agissait que de simples hypothèses, des pistes à exploiter, des « portes à refermer » comme aurait dit son chef. Aucune raison d'imaginer le pire.

En s'efforçant d'étouffer l'incendie qu'il avait allumé, il s'était aperçu qu'il perdait lui-même de sa belle assurance. Maintenant qu'il était occupé sur son PC à synthétiser leur tête-à-tête, il se demandait si Helga pouvait se tromper aussi complètement sur sa fille. Éva était peut-être une jeune femme naïve. Elle avait accompagné Nowak qui avait tout pour la rassurer. Un mouton, il faisait penser à un mouton, pas du tout à un bouc. Brusquement, le mouton, qui avait moutonné toute sa vie et qui se savait condamné à moutonner toujours, avait eu un coup de sang. L'occasion était trop belle. Elle ne se représenterait jamais. Il était seul avec une brebis dans son minuscule enclos. Il n'avait pu résister.

Tout de suite après, il avait pris conscience de l'horreur de son péché. Le mot vint à l'esprit de Lipsky par un reste d'impression sans doute de sa visite à Wallenborn. Dans son affolement, Nowak avait voulu gommer ce qui était arrivé et il avait dégommé Éva. Ensuite, ce qu'il avait dit à Wallenborn, que finalement il aurait mieux fait de se flinguer que de rester en vie, ou quelque chose d'approchant, c'étaient les paroles d'un pécheur accablé.

Lipsky tapa avec prudence : « Circonstances du meurtre à éclaircir » et, juste à ce moment, la sonnette de Mme Brenu tinta dans l'escalier.

Lipsky mit l'ordinateur en veille, resserra son nœud de cravate et descendit à la salle à manger. Sous le gros lustre en verroterie, la table était prête, nappe blanche, vaisselle étincelante. Alentour luisaient les meubles soigneusement cirés, une vitrine à travers laquelle s'apercevaient des volumes reliés en maroquin, un scriban, une horloge de parquet. Aux murs, deux tableaux, un grand Willoos de la période californienne et un portrait de vieillard par José Wolff. Près d'une des deux fenêtres, un fauteuil et une lampe sur pied où Mme Brenu aimait lire. Elle-même était tout à fait assortie au décor, elle portait un tailleur écru Chanel gansé bleu marine. Elle cuisinait en tablier, mais elle ne serait jamais passée à table sans s'habiller. Elle attendait Lipsky debout derrière sa chaise, une main ornée d'une bague à large chaton négligemment posée sur le dossier, comme une comédienne au lever du rideau.

« Bonsoir, Nathan », prononça-t-elle tandis que ses yeux inspectaient Lipsky de pied en cap. À son prénom – Nathanaël – dont il détestait le triple *a*, elle avait donné une forme abrégée qu'elle trouvait chic et qui le lui rendait acceptable.

« Bonsoir, madame Brenu, ça sent drôlement bon.

— Cailles au sirop de Liège. Une recette de ma mère. J'espère que ça te plaira.

— Certainement. »

Ils prirent place, lui sur un long côté, elle au haut bout. Elle garnit copieusement l'assiette de son hôte et, pendant qu'elle se servait, il versa le vin de la carafe.

Les rôles entre eux étaient réglés comme du papier à musique. Le déroulement de la soirée pas moins. Par exemple, la conversation, tandis qu'ils mangeaient, se limitait rigoureusement à commenter les plats. Si Lipsky ne l'avait pas questionnée sur la recette du jour, Mme Brenu aurait été vexée. Elle s'amusait à lui faire deviner les ingrédients. Il mettait systématiquement à côté de la plaque. Secrètement, elle exultait de voir que sa science de cuisinière faisait pièce à la philosophie de Lipsky qu'elle jugeait parfaitement inutile.

Le dessert fut constitué d'une tarte au riz façon verviétoise servie avec le café. Lipsky engloutit deux quartiers puis, repu, déposa la petite cuiller sur sa soucoupe, s'essuya les lèvres à la serviette marquée du chiffre de Mme Brenu, avant de conclure en hochant la tête : « C'était délicieux !

— Reprends un morceau.

— Ne me tentez pas ! Plus, ce serait de la gourmandise. »

Elle lui sourit, heureuse de son emploi de tentatrice.

« Alors, content de ta journée ? »

Par là elle entendait : « Content de ton repas ? » elle n'imaginait pas qu'il puisse avoir un autre sujet de contentement. Elle avait bien compris que ses premiers pas dans la police n'avaient rien d'exaltant. Un soir, croyant l'amuser, elle avait demandé : « Comment va notre Maigret ? » mais, en voyant qu'elle l'avait piqué au vif, elle s'était mordu la langue. Depuis, elle ne l'interrogeait que pour la forme et sans espérer vraiment de réponse.

« Très content. Je viens d'arrêter un type soupçonné de meurtre. »

Il observa avec plaisir un mouvement admiratif aux coins des lèvres de Mme Brenu. Pour une fois, elle était épatée.

« Eh bien, dis donc ! Et qui a-t-il estourbi, ce brigand ?

— La jeune femme qui a disparu, dont je vous ai parlé. »

La veille, il lui avait confié qu'il était chargé d'une affaire de disparition, mais Mme Brenu n'avait pas pris la peine de relever. Elle s'était figuré une fugue, sans doute, une histoire banale juste bonne pour un agent de quartier, indigne d'un Maigret. Si bien qu'il n'avait pas insisté et qu'il l'avait laissée déporter la conversation sur son dîner du mardi avec son premier mari, lequel s'était enrhumé à *La Vera Constanza* de Haydn sous la tente où se donnaient les spectacles pendant la restauration de l'opéra.

« Ah oui… La gamine qui se trouvait sur le pont-barrage ?

— C'est ça. Mais ce n'est pas une gamine, une jeune femme de trente-deux ans.

— Tuée ?

— L'homme qui l'a prise en charge m'a prétendu d'abord qu'il l'avait déposée immédiatement à la gare. En fait, il a menti. Il l'a emmenée à l'hôtel. C'est ce que j'ai découvert en fouinant à gauche et à droite. Je l'ai forcé à revenir sur sa déclaration.

— Il a avoué ?

— Pas encore. Mais après une bonne nuit à l'ombre, devant le juge d'instruction, je pense qu'il va cracher le morceau.

— C'est affreux. Tous ces monstres qui rôdent dans les rues… Pauvre fille. Jolie, je suppose ?

— Vous n'avez pas vu l'avis de recherche lundi, à la télévision ?

— Tu sais bien que la télé, je ne la regarde pour ainsi dire jamais. »

Elle avait un petit récepteur à la cuisine, qu'elle allumait parfois en faisant le ménage, qui suffisait à lui donner une idée de la médiocrité des programmes.

« Attendez, je vous la fais voir. »

Dans la poche de sa veste, il avait encore un exemplaire du signalement d'Éva qu'il avait emporté la veille pour le montrer à Mme Brenu, mais qu'il n'avait pas sorti, vu la manière dont elle avait sauté à pieds joints par-dessus son enquête pour retomber sur l'intéressant rhume de son ex. Il le glissa sous ses yeux.

Mme Brenu ne put réprimer une exclamation : « Mais c'est Mlle Krauss !

— ... Vous la connaissez ? »

Lipsky n'était pas moins stupéfait qu'elle.

« Bien sûr, elle travaille à la mutualité socialiste. C'est elle que je vais voir pour tous mes remboursements. Mon Dieu, ce n'est pas possible ! Pauvre Mlle Krauss, si aimable, si... Mais attends un peu ! "Disparue le 25 janvier" ? Ça alors ! »

Elle se leva, alla jusqu'au scriban, ouvrit un tiroir et revint avec un feuillet rose.

« Regarde. C'est l'attestation de remboursement de ma visite chez le dentiste. Datée du 25 janvier. J'ai vu Mlle Krauss le 25 janvier. Je me souviens très bien, j'y suis passée l'après-midi, tout de suite après le dentiste. »

Elle se rassit, bouleversée. Elle écarta sa tasse de café, avança son verre à vin.

« Remets-moi une larme, s'il te plaît... Je n'arrive pas à le croire. Pauvre fille. On bavardait bien souvent. Tiens, ça me revient, le 25, elle avait un gros bouquet de roses rouges dans un vase, sur une armoire derrière elle. Des roses en plein hiver, je ne pouvais pas les manquer. J'ai voulu la taquiner. Je lui ai demandé : "Un admirateur ?" Elle a souri, puis elle a rectifié : "Non, c'est moi qui vais les offrir. — Eh bien, il a de la chance", j'ai dit. Tu me connais, je ne peux pas m'empêcher d'asticoter les gens. "Ce n'est pas ce que vous pensez, madame Brenu, c'est pour quelqu'un qui n'a pas eu de chance, justement. — Ah, mon Dieu, quelqu'un de proche ? je lui demande. — Oui, très proche", m'a-t-elle murmuré et là, je n'ai pas insisté parce que je voyais bien qu'elle n'avait pas envie de me donner des détails.

— Elle parlait de son frère, certainement. Elle devait se rendre à son anniversaire, mais elle n'y est jamais allée.

— Son frère avait eu un problème, un accident ?

— Je ne sais pas. Ah si ! Sa mère m'a parlé d'une entorse, je m'en souviens.

— Et elle aurait offert des fleurs à son frère ?

— Je suppose.

— À un homme ? Ça se fait maintenant ?

— Je ne sais pas. »

Mme Brenu ne dérogeait jamais au manuel des *Convenances et bonnes manières* de Berthe Bernage, qui sans doute n'autorisait les fleurs que pour les offrir à une dame. Interloqué, Lipsky se souvint brusquement de ce que Nowak avait prétendu – qu'il n'avait pas cru sur le moment –, à savoir qu'Éva avait jeté un bouquet dans la Meuse.

« Je crois que finalement Mlle Krauss ne les a offertes à personne. D'après le suspect, elle les aurait balancées à l'eau, probablement parce qu'elle avait renoncé à se rendre à l'anniversaire de son frère.

— C'est curieux.

— Que voulez-vous dire ?

— D'abord offrir des roses à un homme, ensuite les jeter à l'eau… Elle aurait pu les garder pour elle si elle ne voulait pas les donner. Un bouquet tout frais et certainement très cher. Puis, à supposer qu'elle ait voulu s'en débarrasser, elle pouvait les mettre à la poubelle, comme on l'aurait tous fait. Tu ne crois pas ?

— Peut-être. »

Mme Brenu avala le reste de vin et, après avoir considéré son verre pensivement, elle leva les yeux vers Lipsky.

« Il y a une circonstance tout de même où l'on jette des fleurs à l'eau.

— Ah oui ? Laquelle ?

— Quand quelqu'un s'est noyé. À l'endroit où il a disparu. »

13.

Vendredi 10 février, huit heures et demie. La première répétition de l'orchestre pour *L'Auberge du Cheval blanc* devait avoir lieu au Kursaal de Limbourg à onze heures. Édith avait prévenu les garçons qu'elle partait pour la journée. Son violon reposait, dans son étui, sur les sièges arrière de la Golf. Irait-elle ou non à cette répétition, c'était le dernier de ses soucis. Si elle n'y arrivait pas, elle appellerait le chef – elle avait son portable – et se ferait porter pâle. Son absence n'allait pas mettre un chef-d'œuvre en péril. Un alto de plus ou de moins au milieu de ces flonflons, quelle importance ?

Sa vraie destination n'était pas Limbourg, mais Eupen. Un crochet d'une dizaine de kilomètres. Elle suivait les indications du GPS ventousé au pare-brise vers la Leopold-Allee où demeurait Helga Krauss. L'adresse, elle l'avait trouvée en ligne sur le site 1307 des téléphones. Elle prit une rue à gauche, dépassa le sens unique étourdiment proposé par la voix du gadget, qui lui servit aussi sec une circonvolution au bout de laquelle elle entendit : « Vous avez atteint la destination. »

Elle se trouvait à côté d'une villa en brique assez cossue. Dans l'allée, devant le garage stationnait une BMW immatriculée au Luxembourg. Elle se rangea derrière, coupa le moteur. Son cœur, resté raisonnable pendant le trajet depuis Monroche, se mit tout à coup à renâcler. Qu'est-ce qu'elle venait faire chez la mère de la disparue ? Elle allait lui claquer la porte au nez, non ?

N'empêche, elle n'aurait pu attendre chez elle à mordre son mouchoir jusqu'à la fin de la garde à vue de Jordan. Instinctivement, il lui semblait qu'elle avait une chance de s'entendre avec Helga. Entre femmes. Jusqu'ici, toute l'affaire était menée par des hommes, Lipsky, Collard, les deux pieds dans le même sabot. Mais qui trinquait ? Les femmes. Éva en premier lieu, puis elles, comme victimes collatérales des deux camps, celles qui comptent pour du beurre en général et qui n'ont d'autre ressource que de se soutenir mutuellement.

Par ailleurs, se trouver en présence de la mère d'Éva, lui parler, c'était le seul moyen d'entrevoir qui était cette fille qui avait embobiné Jordan. Toute la nuit, elle avait tourné et retourné le problème dans sa tête. Les allégations de Collard – prostitution, violences ayant entraîné la mort – ne méritaient pas la moindre attention. Pures divagations de flics qui vont à la pêche dans le caniveau. Elle voulait savoir qui était la seule Éva à laquelle ses cogitations s'étaient arrêtées, cette fille capable en quelques heures de faire regretter à Jordan un amour de dix-huit ans sans nuage.

Dehors, l'air coupait comme un rasoir. Elle releva le col de son manteau et s'appuya d'une main sur la carrosserie givrée. En se redressant, un étourdissement l'avait saisie. Depuis le matin, elle n'avait rien avalé que trois tasses de café qui stagnaient dans son estomac. Elle alla jusqu'à la porte d'entrée et sonna.

Des pas dans le hall, le clic-clac de la serrure. Un jeune type en complet, cravate rouge la dévisageait avec la mine qui devait lui servir pour accueillir les témoins de Jéhovah.

« Est-ce que je pourrais parler à Mme Krauss ?

— Qui êtes-vous ?

— Édith Nowak.

— Nowak !

— Oui, je suis l'épouse de Jordan Nowak, le... témoin de la disparition de la fille de Mme Krauss. »

L'expression du jeune homme se renfrogna encore.

« Qu'est-ce que vous lui voulez ?

— Rien. Parler. »

Le hall donnait sur plusieurs portes, dont celle de la cuisine qui était restée entrouverte. Helga apparut. Elle avait entendu.

« Laisse entrer madame, Stany », prononça-t-elle.

Il lui livra passage et ils se retrouvèrent tous les trois, debout, autour de la table. Quelques secondes s'écoulèrent, le temps pour Helga et Édith de s'accorder la première impression, sur laquelle le plus souvent se fondent les relations et qui prévaudra toujours quels que soient les échanges ultérieurs. Bilan : Édith, pâle comme un drap, n'avait pas la tête de la femme d'un meurtrier ; Helga, les yeux rouges et gonflés, aurait difficilement servi de mère à une nymphomane.

« Je voulais vous dire que mon mari n'avait pas fait de mal à votre fille.

— Vous lui avez parlé ?

— Non, je ne suis pas autorisée à le voir pour le moment. Mais je le connais. Il y a un malentendu. Il est incapable d'une mauvaise action, j'en suis certaine.

— Je l'espère, je l'espère de tout cœur.

— Qu'est-ce que je te disais, maman ? La police a noirci le tableau. »

Le visage de Stany avait perdu un peu de son allure rechignée. Il esquissa un demi-sourire à l'adresse d'Édith.

« Asseyons-nous. »

Édith accepta avec soulagement, ses genoux tremblaient.

« Une tasse de café ? »

Il désignait le Thermos à côté de l'évier.

« Non, non, merci. »

La seule évocation du breuvage faisait barboter celui dont son estomac se serait volontiers débarrassé.

Stany prit place à côté d'Helga. Sa main vint se placer doucement sur celle de sa mère. En fait, il venait à peine d'arriver. Helga l'avait appelé à son bureau de Luxembourg. Elle avait pensé téléphoner chez lui, la veille au soir déjà, toutefois elle avait craint de tomber sur Ingrid. Elle n'avait rien contre sa belle-fille mais, vu la bisbille entre elle et Éva, elle préférait la tenir à l'écart. Qui sait même si

Ingrid ne se réjouissait pas secrètement de ce qui arrivait à Éva ?

À Stany, Helga avait seulement eu la force de faire état de la visite de Lipsky venu lui annoncer l'arrestation de quelqu'un qui aurait pu... Les mots n'étaient pas sortis de sa bouche. Elle avait éclaté en sanglots, si bien que Stany, ébranlé tout autant, avait quitté son travail et était revenu dare-dare à Eupen.

Là, elle était tombée dans ses bras et, après avoir pleuré tout son soûl, elle avait pris sur elle. L'individu sous les verrous, lui avait-elle expliqué, était l'homme qui avait chargé Éva en stop, la nuit du 25 janvier, Nowak, un loueur de pianos. Dieu sait pourquoi, Stany s'était aussitôt senti un peu rassuré. Un pianiste l'aurait effrayé, mais un loueur de pianos ! Était-ce parce qu'un pianiste, qui exécute toutes sortes de musiques, pourrait très bien exécuter une jeune femme, tandis qu'un loueur n'aurait pu que se louer de l'avoir secourue ? La puissance des mots... Il venait de se mettre en devoir de réconforter Helga quand Édith avait sonné à la porte.

De la place où elle se trouvait, Édith apercevait en face d'elle, sur le buffet, la photo d'Éva en gymnaste.

« C'est elle ? C'est votre fille ? demanda-t-elle.

— Oui, dit Helga, en se tournant elle-même vers le portrait, si bien que leurs regards se réunirent sur Éva.

— Elle est très belle. Jamais Jordan n'aurait tourmenté une fille si belle, c'est sûr. »

Elle ne réfléchit pas qu'Éva avait une bonne quinzaine d'années de plus. Un visage si gracieux balayait définitivement l'abjecte suggestion de Collard mais, d'autre part, il exacerbait son pressentiment que Jordan avait rencontré un être qui la surclassait en tous points. Une apparition, une révélation, après quoi son monde lui avait semblé terne et désespérant.

« Ce que vous dites nous rassure, madame Nowak, admit Stany. Vous avez bien fait de venir. Je me méfie beaucoup de la police. Les enquêteurs échafaudent des théories, quand bien même ils ne disposent d'aucun élément matériel.

— Il y a le foulard, malgré tout, murmura Helga.

— Quel foulard ? demanda Stany.

— Un foulard qu'Éva portait, qu'ils ont trouvé dans la chambre d'hôtel. Il y avait des traces de sang dessus.

— Du sang ? articula Édith, la voix soudain étranglée.

— Oui, ils vont vérifier ce matin que c'est bien le sang d'Éva. Avec mon ADN.

— Il y avait des traces ailleurs dans la chambre ? insista Stany.

— Je ne crois pas. Sur le foulard seulement, d'après ce que j'ai compris. »

Les yeux de Stany et d'Helga se portèrent sur Édith comme s'ils réclamaient une explication.

« Mais… mais ça ne veut rien dire ! » protesta-t-elle. L'entaille qu'elle s'était faite avec la boîte de rollmops lui était revenue à l'esprit. Elle revoyait les gouttes rouges sur le chemisier qu'elle avait jeté dans la corbeille à linge. Donc, si elle-même avait disparu après ça, les flics en auraient conclu que Jordan l'avait saignée comme un poulet, lui qui supportait si peu la vue du sang qu'il avait tourné de l'œil dans la salle d'accouchement à la naissance de Lucas !

« Votre fille a pu s'accrocher quelque part, se couper, tout simplement.

— Je ne sais pas… »

Helga consulta silencieusement Stany, qui semblait tout à coup perplexe.

« Alors Éva portait un foulard ?

— Apparemment.

— Il était comment, ce foulard ?

— De la soie. Rose. Attends. »

Elle se leva, ouvrit un tiroir du buffet, en retira une photo.

« Le policier qui est venu hier l'a oubliée. C'est vrai que ce chiffon, ce n'est pas du tout le style d'Éva. Je le lui ai dit, à l'inspecteur. Qu'en penses-tu ? »

Il se pencha juste un instant sur le cliché.

« C'est le foulard d'Ingrid.

— D'Ingrid ?

— Oui, son cadeau à Éva pour les fêtes de fin d'année.

— Elles se sont réconciliées ?

— Ingrid le souhaitait en tout cas. Mais c'est moi qui ai apporté le foulard à Éva, de sa part. Ingrid, ma femme, précisa-t-il à l'intention d'Édith.

— Eh bien, eh bien… tu m'en apprends, des nouvelles. »

Stany aurait pu en apprendre pas mal d'autres à sa mère, mais lui comme Éva avaient évité depuis l'enfance qu'Helga, et le père en son temps, ne fourrent leur nez dans leurs affaires. Ils avaient toujours mené leur propre vie, parallèle à celle de leurs parents. Éva considérait que Stany, depuis sa naissance, lui appartenait. Une sorte de cadeau personnel qu'Helga avait fabriqué soigneusement dans son ventre à sa seule intention. Elle aurait pu lui acheter un chat ou un chien, mais un petit humain, c'était drôlement mieux. Helga était chargée de le nourrir, de l'habiller, de le toiletter. Pour le reste, Éva était la maîtresse de Stany. Elle tolérait à peine que les parents l'aiment. À quoi bon puisqu'elle l'adorait ? Cela suffisait. Elle le voulait tout entier pour elle.

À l'adolescence, inévitablement, leurs cœurs en suspension dans le même amour s'étaient peu à peu séparés. Cependant, en dépit de cette décantation, Éva n'avait pas renoncé à son emprise. Stany restait son bien, comme un jouet que l'on conserve précieusement de l'enfance, avec lequel on ne joue plus, mais que personne n'a le droit de toucher.

Elle n'avait pas supporté qu'Ingrid s'attache à Stany comme un parasite. La dernière fois qu'elle avait rencontré la femme de son frère, les échanges avaient carrément tourné au vinaigre.

C'était à l'anniversaire de Stany, pas celui de cette année auquel elle n'avait pas paru, le précédent, en 2011. Éva n'était pas bien. Elle avait sa mine des mauvais jours, personne n'osait lui demander pour quelle raison. Ingrid avait invité Helga, une dizaine de couples de leurs amis, plus un célibataire, cadre dans la firme pharmaceutique où elle travaillait, qu'elle avait placé à table à la gauche d'Éva. Ce Charles-Albert avait la réputation de savoir y faire avec les femmes.

Jusqu'au dessert, le bourreau des cœurs avait tenté de dérider Éva. Il se penchait à tout bout de champ vers son oreille, quand, sur un ultime aparté, brusquement, elle avait quitté la table en renversant son verre de vin sur son magnifique blazer Gucci. Silence général. Ingrid, en parfaite maîtresse de maison, capable de faire face avec élégance aux pires esclandres, avait d'un geste apaisant fait comprendre qu'elle s'en occupait.

Elle était allée retrouver Éva qui rendossait son duffel-coat dans le hall, elle l'avait attirée dans la petite pièce adjacente où était installé un billard. C'est là que s'étaient déroulés les échanges vinaigrés qu'Ingrid avait rapportés à Stany après la soirée.

« Qu'est-ce qui t'arrive, Éva ? Qu'est-ce qui ne va pas ? C'est Charles-Albert ?

— Oui, ce crétin et tous les autres. Je vais péter les plombs si je reste une minute de plus.

— Alors, là, c'est la meilleure ! On s'esquinte le tempérament pour te faire plaisir et voilà le résultat ! Qu'est-ce qu'il te faut à la fin ? Tu es insupportable. Tu vis dans quel monde, dis ?

— Je vis dans le vrai monde si tu veux le savoir, tandis que vous…

— Quoi, nous ?

— Ouvre un peu les yeux, Ingrid ! Ça ressemble à quoi ce club d'arrivistes pleins aux as ? Vous vivez pour quoi, hein, dis-le-moi ? Votre fric, vos bagnoles, vos vacances à Dubaï ! Tiens, il n'y aurait même pas un enfant pour apporter un peu de fraîcheur dans cet étouffoir.

— Les Konen et les Weber ont des enfants, je te fais remarquer.

— Ah oui ? On ne les voit jamais. Des petites Barbie et des petits Ken sûrement, qu'ils gardent dans leur maison de poupée avec le couvercle dessus. Je te parle de vrais enfants, moi. Des enfants qui courent dehors, qui s'inventent des jeux avec deux morceaux de bois quitte à se payer des plaies et des bosses. Il y en a même qui basculent dans l'eau quelquefois ou qui s'y jettent sans savoir nager pour repêcher celui qui est tombé.

— Qu'est-ce que c'est que ce charabia ? Tu en as, toi, des enfants ?

— Non, je ne pourrais pas.

— Pour quelle raison ?

— Parce que… parce que j'aurais trop peur de leur faire du mal.

— Bon. Dans ce cas, pourquoi voudrais-tu que Stany et moi, on en ait ?

— Tu as raison. Il vaut mieux que vous n'en ayez pas. Tu serais bien capable de les bousiller. Tu en ferais des lavettes, tu as déjà réussi ton coup avec Stany. »

Après ça, on peut comprendre qu'Ingrid avait coupé court. Elle était blessée. Elle n'avait plus rencontré Éva. Stany, non plus d'ailleurs, ne l'avait pas revue jusqu'au début de la nouvelle année, le 1er janvier. C'est Ingrid alors qui l'avait envoyé chez elle. Elle ne voulait pas être la cause d'une rupture entre le frère et la sœur. Elle sentait que Stany souffrait de n'avoir plus de contact avec Éva. Elle avait acheté le foulard en soie rose et l'avait chargé de le lui offrir en gage de réconciliation.

Éva l'avait à peine regardé. Sans même le déplier, elle l'avait déposé négligemment sur le rebord de la fenêtre. Stany ne venait que rarement dans son appartement. Il lui rappelait trop amèrement la chambre d'Eupen où, enfants, ils se repliaient et se confiaient tout. Dans ce studio sans âme, ils n'avaient plus rien à se dire.

« Ingrid aurait voulu te l'apporter elle-même, tu sais.

— Ah… »

Ce n'était pas vrai. Ils le savaient tous les deux.

« Elle aimerait vraiment s'entendre avec toi.

— S'entendre avec quelqu'un d'insupportable ! Elle est courageuse. »

Était-elle sincère ? Ironisait-elle ?

« Elle compte absolument que tu viennes le 25, pour mon anniversaire.

— C'est gentil.

— Tu viendras ?

— Je ne sais pas.

— Mais pourquoi ?

— Les anniversaires… Il y a toutes sortes d'anniversaires, Stan. Il faut choisir entre ceux qui valent le coup puis les autres.

— Quels autres ?

— Je ne peux pas t'expliquer. »

Ils avaient encore causé un peu, par bribes.

« À propos, avait-elle dit à un certain moment, tu sais qui j'ai rencontré à Noël ?

— Non.

— Wolf.

— Wolf? Et tu lui as parlé?

— Oui.»

Qu'elle ait causé à Wolf avec lequel elle n'avait plus de contact depuis une éternité lui avait paru de bon augure. Éva pouvait se montrer bonne fille quand elle le voulait.

Pourtant, ils l'avaient attendue en vain le 25. À table, Ingrid l'aurait placée à côté d'Helga. Finalement, elle avait enlevé son couvert qu'Helga ne quittait pas des yeux.

«C'est chic de la part d'Ingrid d'avoir acheté un foulard à Éva, reprit Helga. Quand je pense qu'Éva le portait cette nuit-là... Alors elle n'en voulait plus à Ingrid, hein, Stan?

— On dirait bien.

— Elles se sont rencontrées après le 2 janvier?

— Non, Ingrid me l'aurait dit.

— À Liège, peut-être?

— Ingrid n'est pas allée à Liège depuis des mois et tu sais bien qu'Éva n'a pas mis les pieds à Eupen en janvier ni chez toi ni chez moi.

— Elle y est venue le 26.»

D'un même mouvement, Helga et Stany se tournèrent vers Édith.

«Elle est venue où? demanda Stany.

— Ici, à Eupen. C'est ce qu'elle a annoncé à mon mari quand il l'a déposée à la gare. Jordan l'a déclaré aux policiers, en ma présence, je m'en souviens très bien. Ils ne vous l'ont pas rapporté?

— Maman?

— Non. Personne ne m'a jamais parlé de ça.

— Mais, bon sang, si c'est vrai, où est-ce qu'elle a bien pu passer ? »

Stany s'arracha à la table, le front sombre. Il se versa une tasse de café du Thermos, avala quelques gorgées, les yeux rivés au portrait d'Éva sur le buffet. Depuis les années qu'elle avait quitté Eupen, elle n'y avait plus aucune connaissance. Si elle avait débarqué à la gare sans l'intention de les rejoindre, sa mère ou lui, où se rendait-elle ? Il n'y avait qu'une personne chez qui elle aurait pu se présenter. Cet individu, il était le seul à le connaître véritablement. Nul autre que lui ne savait ce qui s'était passé entre lui et Éva.

Il renversa le fond de sa tasse dans l'évier.

« Je vais revenir.

— Où vas-tu ?

— J'arrive. »

Par-derrière sa chaise, il caressa de la main l'épaule d'Helga.

L'instant d'après, il était dehors. Son manteau se trouvait dans la BMW, il aurait pu le prendre au passage, mais il ne sentait pas le froid. Il remonta l'allée à la hâte, obliqua dans la rue et aussitôt pénétra dans la propriété de Wolf.

Il sonna à la porte. Pas de réponse. Il fit le tour vers l'arrière et frappa à la cuisine. Un mélange de peur et de rage lui tordait les entrailles. Il se mit à cogner de toutes ses forces, à poings fermés. Il pouvait entendre l'écho de ses coups à l'intérieur. Rien ne bougeait.

Il se recula sur la pelouse et, alors seulement, il s'aperçut que les persiennes étaient fermées sur toutes les fenêtres.

14.

Le vendredi, le commissaire Bérieux avait coutume de venir plus tôt à l'hôtel de police. Il réglait un maximum d'affaires dans la matinée afin de se libérer de midi à quinze heures. Une table lui était réservée de semaine en semaine à L'Amuse-bouche, rue des Mineurs. Il y rencontrait des magistrats avec lesquels il s'était lié au fil des années, le bourgmestre, tel échevin ou tel responsable des services sociaux.

Ce repas hebdomadaire lui procurait un intermède agréable, mais il considérait tout autant qu'il faisait partie de ses obligations professionnelles. Un homme chargé comme lui de la sécurité de ses concitoyens se devait de prendre régulièrement le pouls de la population. Les personnalités qu'il rencontrait constituaient une sorte de team médical dans lequel chacun, selon sa spécialité, contribuait à établir le bilan de santé d'un patient toujours exposé aux maux endémiques des grandes cités.

Lorsqu'il passa devant le bureau de Lipsky, la porte était ouverte. La chaleur tropicale accumulée au cours de la nuit par le radiateur à plein régime s'envolait dans le couloir ainsi qu'une brise printanière. En bras de chemise, Lipsky était occupé à transférer sur son PC le rapport qu'il avait complété chez lui après sa conversation avec Mme Brenu. Il leva les yeux sur Bérieux planté sur le seuil, comme un reproche vivant.

« Bonjour, monsieur. Je m'apprêtais à refermer la porte.

— Vous feriez mieux de fermer la vanne thermo avant de quitter votre bureau.

— J'y penserai, monsieur, mais, hier, je ne suis pas repassé après ma visite à Mme Krauss. »

Bérieux vint s'asseoir, il fit glisser le zip de son blouson d'aviateur.

« Comment a-t-elle pris les nouvelles ?

— Elle était choquée, évidemment.

— On le serait à moins. Apprendre que sa fille a peut-être été victime d'un détraqué... Ce qui reste une simple hypothèse d'ailleurs. Qui sait si nous ne la faisons pas souffrir pour rien ? Depuis hier, je rumine l'arrestation de Nowak. Je me demande si nous n'avons pas été un peu vite en besogne... »

Le regard de Bérieux s'enfuit un moment vers le coin de la pièce où étaient accrochées la canadienne et la veste de Lipsky.

« Vous savez la différence entre vous et moi, Lipsky ? demanda-t-il gravement.

— Euh... non.

— La différence, c'est que vous, vous espérez que Nowak soit coupable, tandis que moi, j'espère qu'il est innocent.

— Ce que je souhaite, c'est résoudre cette affaire, rien de plus.

— Sans doute, mais vous êtes un jeune flic. L'odeur du sang vous excite. Moi, elle m'écœure. En trente ans, j'ai eu mon compte d'horreurs. »

Une moue désabusée crispa le coin de ses lèvres.

« Je suis comme un vieil auteur de thriller, soupira-t-il, les lecteurs veulent un crime, moi, j'ai déjà tellement refroidi de personnages que, pour une fois, je voudrais écrire une bluette. »

Il prit le temps de juger de l'effet de cette digression incongrue, puis conclut au risque d'ajouter encore à l'embarras de Lipsky : « Mon vœu le plus cher serait que cette fille réapparaisse saine et sauve, le plus vite possible, et qu'on se soit totalement plantés à propos de Nowak.

— Ne croyez pas que je ne me pose pas de questions, monsieur.

— Ah oui ? Lesquelles ? »

Déjà, il avait renfourché son ton ironique, comme s'il regrettait de s'être épanché.

« Le foulard, d'abord. Mme Krauss n'a jamais vu ce foulard à sa fille. Ni aucun autre d'ailleurs. Ce n'est pas son genre, d'après elle.

— Ah ? Eh bien, dans ce cas, le foulard devait appartenir à Nowak.

— Un foulard de femme ?

— Disons un foulard qu'il venait d'acheter pour sa femme, puis qu'il a offert à Éva. Un cadeau destiné à la bourgeoise qui atterrit chez la maîtresse, ça arrive, c'est même banal, dans les vaudevilles du moins. On peut comprendre que, devant nous, Nowak n'ait pas jugé bon de préciser. De toute façon, ça ne change rien. Restent les taches de sang, et ça, c'est drôlement plus gênant.

— Justement, sur ce point-là aussi, je m'interroge.

— Dites-moi. »

Bérieux croisa les bras, tout disposé à offrir à un jeune poulet son expérience de vieux renard.

« Nowak nous a dit qu'Éva s'était blessée aux épines d'un bouquet de roses.

— Oui, il ne manque pas d'à-propos. Mais, là, on pourrait dire que c'est la plus belle rose à son chapeau !

— En fait, il se pourrait bien qu'il ait dit la vérité.

— Sans blague !

— Il se fait que ma logeuse, à qui je touchais un mot de mon enquête hier soir, connaît Éva. Un hasard extraordinaire ! Elle lui a parlé le jour de sa disparition, le 25, elle allait se faire rembourser une visite médicale à la mutuelle où Éva travaille. Et, tenez-vous bien, il y avait un gros bouquet de roses rouges dans son bureau.

— Vous m'en direz tant !

— Quand Mme Brenu – ma logeuse – s'est mise à la chambrer comme si Éva avait un admirateur, elle lui a dit que le bouquet était pour quelqu'un de très proche.

— Alors, c'était pour son frère, naturellement, pour son anniversaire.

— Auquel elle n'est pas allée !

— Elle pensait y aller, puis elle a renoncé pour une raison ou une autre et elle a balancé le bouquet à la flotte.

— Et, ce faisant, elle a pu s'égratigner comme Nowak nous l'a prétendu, à condition, bien entendu, de renoncer à votre suggestion.

— Quelle suggestion ?

— Que Nowak lui ait offert le foulard, puisqu'elle l'aurait déjà eu sur le pont. »

Bérieux avala sa salive, tiquant comme un joueur qui s'est fait damer un pion étourdiment avancé.

« En attendant, répliqua-t-il plus sèchement qu'il n'aurait voulu, vous me tendez le bâton pour vous battre. Ce sang, c'était votre seul indice véritable de la culpabilité de Nowak. On a l'air de quoi maintenant ?

— N'allons pas trop vite, monsieur. Depuis le début, Nowak nous a menti sur sa nuit tout de même. Il s'est arrangé à l'hôtel pour que le portier n'aperçoive pas Éva. C'est quelqu'un qui n'était pas droit dans ses bottes.

— Forcément, un type marié qui couche avec une bonne femme qu'il vient de croiser n'est pas droit dans ses bottes, du moins si je me réfère à ma génération. Ça ne fait pas de lui un meurtrier pour autant. Ah, j'ai l'impression qu'on est en plein bide, Lipsky. »

Bérieux se redressa. Il toisait son subordonné comme un maître qui rend sa copie à un cancre.

« Bon. Le juge d'instruction a été désigné. Encore heureux, c'est Barthélemy, une bonne pâte. Je vais le voir ce midi justement. Je lui ferai le topo. Ça m'étonnerait qu'il ne relâche pas Nowak avant ce soir. Tâchez de vous concentrer sur la disparue maintenant.

— J'ai déjà commencé, monsieur. J'ai pas mal réfléchi à ce bouquet qu'Éva a jeté à l'eau. Il y a peut-être une explication plus subtile.

— Plus subtile que quoi ?

— Mon idée, c'est qu'elle ne s'en est pas nécessairement débarrassée parce qu'elle avait fait faux bond à son frère. Le bouquet était pour quelqu'un de très proche, mais elle n'a pas précisé pour qui. Ça pouvait être pour quelqu'un d'autre que son frère, une relation quelconque.

— Vous allez chercher midi à quatorze heures.

— Réfléchissez, monsieur ! On peut très bien offrir des fleurs en les jetant à l'eau.

— Là, il faut m'expliquer, Lipsky !

— Je comprends que ça ne vous vienne pas directement à l'esprit. Si j'y ai pensé, c'est que moi, j'ai eu le temps d'y réfléchir toute la nuit. On abandonne des fleurs sur l'eau à l'endroit où quelqu'un s'est noyé. »

Bérieux fit un mouvement pour se rasseoir. Mais c'était sans doute accréditer trop rapidement une piste qui risquait de tourner aussi court que les autres. Il se contenta de poser les mains sur le dossier.

« Astucieux, astucieux, je l'admets. Effectivement, on repêche régulièrement des noyés – des suicidés presque toujours – au pont-barrage. Les corps dérivent jusque-là. Ils sont arrêtés par la structure. Est-ce que quelqu'un se serait noyé dans son entourage ?

— C'est la question que je me pose. Je ne sais pas si cela peut être d'une quelconque utilité dans l'enquête, mais…

— C'est une porte à refermer.

— Vous m'ôtez les mots de la bouche.

— Interrogez la mère. De mon côté, je vais demander au juge de sonder Nowak. Il a dû trouver ça bizarre qu'elle bazarde ses fleurs. Éva lui a peut-être expliqué. Ils ont eu toute la nuit pour en parler. »

Une fois seul, Lipsky tenta de rassembler ses esprits. Il avança les doigts sur la barre d'espacement de son clavier. Il était tenté d'ajouter quelques lignes à son rapport, mais il se rendit aussitôt compte qu'il ne se serait agi que d'états d'âme, alors qu'il s'efforçait de s'en tenir aux faits. Allait-il acter que sa belle assurance en avait pris un coup ? Ce n'aurait pas été très professionnel. Pourtant, perturbé, il l'était, et bien plus qu'il ne l'avait laissé paraître à Bérieux.

La nuit, plusieurs fois, il s'était réveillé en nage. Au déjeuner, Mme Brenu, pas peu fière d'avoir innocemment chambardé ses investigations, s'était donné le plaisir de l'appeler de nouveau son « petit Maigret » et lui avait servi des œufs brouillés. « De circonstance », avait-elle plaisanté. Il les avait encore sur l'estomac.

Il ne cessait de penser à l'homme qu'il avait fait boucler. Bien sûr, Nowak avait menti mais, selon toute vraisemblance, seulement par omission. Il avait voulu faire l'impasse sur sa nuit avec Éva, rien de plus. Ce qu'il avait affirmé, en revanche, le foulard, les fleurs, tout cela qui avait l'air tellement invraisemblable, était maintenant bel et bien avéré.

Si encore Bérieux était resté circonspect sur l'implication du prévenu, Lipsky aurait pu mettre ses scrupules en sourdine. Mais Bérieux semblait déjà acquis à son innocence et, comme de juste, il ne s'était pas privé de se défausser de leur cafouillage sur son subalterne.

Quand il lui avait insinué qu'en tant que jeune flic il s'était laissé griser par l'odeur du sang, Bérieux avait mis dans le mille. Inutile de le nier, Lipsky avait ressenti une certaine jouissance lorsqu'il avait mis Nowak sur la sellette jusqu'à le faire craquer. Jamais il n'aurait cru qu'il prendrait plaisir à écraser quelqu'un de cette façon. Sur le moment, il s'était donné bonne conscience ; après tout, il faisait déguster un sale type qui avait trucidé une pauvre fille. À présent, obligé qu'il était d'envisager l'éventualité, pour ne pas dire la quasi-certitude que Nowak était disculpé, sa conscience avait drôlement changé de ton.

Sa nuit avait été pénible, mais que penser de celle de Nowak ? Ce bonhomme timide, maladroit, effarouché par les trois flics qui l'avaient cuisiné s'était retrouvé dans une cellule, isolé, abandonné, désespéré. À l'heure qu'il était, soupçonné de meurtre, il attendait sa comparution devant le juge d'instruction, assis sur le châlit de sa couchette, les mains vides, l'esprit hagard. Personne n'était en mesure de lui préciser quand on viendrait le chercher. Les minutes s'allongeaient comme des heures. À son angoisse s'ajoutait celle de sa femme, de ses enfants, qui lui était plus insupportable encore. Et ce traquenard, c'est lui, Lipsky, qui le lui avait tendu avec la férocité d'un rabatteur qui pousse le gibier vers la bouche des fusils. Mais quoi ? Aller le trouver, le rassurer, le délivrer ? Trop tard. Ou trop tôt ? Qui sait ? Il ne restait qu'à laisser le juge Barthélemy décider, en espérant qu'il soit plus clairvoyant que lui.

Il se secoua. S'il voulait rattraper le coup et sortir Nowak d'affaire, la seule solution, c'était de retrouver Éva. À supposer qu'elle fût en vie le matin du 26 janvier, où était-elle passée ? L'hypothèse d'un noyé dans son entourage pouvait peut-être le remettre sur rail. L'instinct de Lipsky l'incitait à le croire, mais n'était-ce pas le même instinct déjà qui l'avait poussé à charger les épaules de Nowak d'un crime ?

Il se rendit dans le hall. Il avait l'intention de faire prévenir le médecin chargé du prélèvement en vue de l'analyse d'ADN qu'il l'accompagnerait chez Helga. En attendant, il allait s'informer auprès de l'administration du pont-barrage de l'île Monsin d'un éventuel noyé dans les dernières semaines.

À la réception, un homme en complet, sans manteau, s'adressait à la policière qui accueillait le public. Quand elle aperçut Lipsky, elle leva les yeux et il devina sur ses lèvres qu'elle prononçait : « Tiens, le voilà justement ! » L'homme se retourna.

« Ce monsieur voudrait te parler.

— Monsieur ?

— Stanislas Krauss. Je suis le frère d'Éva. J'ai des choses à vous dire. »

De retour au bureau, il le fit asseoir à la place que Bérieux avait occupée. Il proposa un café, que l'autre refusa d'un air étonné, presque choqué, comme s'il lui avait offert un œuf ou quelque chose de plus incongru encore au vu de la tragédie familiale qu'il vivait.

« Je viens de chez ma mère à Eupen.

— J'allais aller la voir moi-même d'ici quelques minutes. Nous aurions pu…

— Je préfère vous parler hors de sa présence.

— Bien. Je vous écoute.

— Ce matin, j'ai appris que ma sœur avait déclaré à l'homme qu'elle a rencontré la nuit du 25 janvier qu'elle prenait le train pour Eupen.

— Eh bien… c'est exact, en effet. »

Lipsky sentit un feu monter de son échine et venir lécher son cou. Les supposés propos d'Éva à Nowak devant la gare, il les avait consignés dans son rapport, mais ils lui étaient complètement sortis de l'esprit. Ils étaient sans intérêt vu qu'elle n'avait pu partir à Eupen le soir du 25 janvier. Ensuite, conformément à sa fulgurante intuition qu'au cours de la nuit Nowak l'avait envoyée dans un monde où l'on ne se rend pas par les chemins de fer, Éva n'avait pu les prononcer le 26 au matin.

« Vous avez enquêté à Eupen, je suppose ?

— Euh… non. »

Le feu gagna ses joues et ses oreilles.

« Eh bien, j'ai une idée de l'endroit où elle s'est rendue.

— Bien, bien ! Où ça ?

— Je pense qu'elle est venue chez Wolf Weiler, notre voisin, le voisin de ma mère, plus exactement.

— Qu'est-ce qui vous fait penser cela, monsieur Krauss ?

— C'est une longue histoire. Ça a commencé quand Éva était adolescente. Elle était très, très belle. Je ne dis pas ça parce que c'est ma sœur, croyez-moi. Elle faisait partie du club de gymnastique artistique, elle participait à toutes les compétitions. C'est comme ça qu'elle a rencontré Wolf. Sinon on ne se parlait pas entre voisins. Mon père n'aimait pas Wolf et sa femme à lui, une mégère, lui interdisait de causer avec qui que ce soit. Wolf fréquentait le centre sportif. Éva s'est aperçue qu'il la matait. Alors, elle a voulu s'amuser. Moi, je savais tout. Je n'avais que onze ou douze ans, mais Éva et moi, on était très complices. Elle a toujours essayé de m'épater, me montrer ce que pouvaient faire les filles. Vous comprenez ?

— Soyez plus précis.

— Eh bien, elle excitait Wolf. Il s'est mis à lui payer des limonades à la cafétéria du club. Elle bronzait en bikini sur la pelouse derrière la maison pendant que Wolf se rinçait l'œil à la fenêtre de sa chambre de l'autre côté de la haie. Un jeu dangereux, naturellement. Elle ne s'en rendait pas compte. Ce qui devait arriver est arrivé. Un jour que nos parents étaient absents, elle est partie pour la journée avec lui à la campagne et il l'a… agressée. Elle n'en a jamais dit un mot à personne, sauf à moi. On ne se cachait rien. C'était notre secret. Après ça, bien entendu, elle a cessé de voir Wolf.

— Dans ce cas, pourquoi serait-elle venue chez lui, tout à coup ? Chez son… agresseur ?

— Ce genre de drame, c'est toujours plus compliqué qu'on ne l'imagine. Wolf était bourré de remords. En tout cas, c'est ce qu'il tentait de faire savoir à Éva. Il lui écrivait des lettres pour s'excuser – d'une maison à l'autre, c'était ridicule. Elle ne répondait pas. Malgré tout, il n'a jamais lâché le morceau. C'est devenu l'affaire de sa vie, je crois. Depuis que sa femme est morte, il y a un an, il a commencé à s'empresser autour de ma mère. Il lui rend service, il est aux petits soins mais, en réalité, c'est Éva qu'il voulait amadouer en la chouchoutant. Et il y est arrivé.

— Ah oui ?

— Je suis allé chez ma sœur le jour de l'An. Elle m'a dit qu'elle avait rencontré Wolf récemment. À mon avis, ils avaient renoué.

— Et vous pensez qu'elle s'est rendue chez cet individu le 26 janvier plutôt que chez votre mère ou chez vous ?

— Vous savez, elle devait venir à ma soirée d'anniversaire, la veille. Elle nous a snobés. Ma mère lui en voulait beaucoup, elle le savait, elle n'avait pas envie de se faire laver la tête. »

Lipsky se leva, alla jusqu'à la fenêtre, dos à son visiteur. Son regard se perdait sans lui prêter vraiment attention dans le crachin hésitant entre pluie et neige qui commençait à humecter la ville. Déjà, il ne songeait plus à Nowak. Il l'avait laissé tomber, comme un chien qui a perdu la voie du gibier qu'il poursuivait et qui soudain évente une nouvelle proie. Ses idées, en ordre dispersé l'instant d'avant, tentaient de se rallier autour de la piste inattendue que lui suggérait le frère d'Éva.

« À propos, monsieur Krauss, avança-t-il à tout hasard en revenant à son bureau, quelqu'un de vos connaissances se serait-il noyé récemment ?

— Noyé ? Non, absolument pas.

— Quelqu'un à qui Éva tenait beaucoup ?

— Non, non, je ne vois pas... Enfin, autrefois, une amie à elle s'est noyée, elles étaient ensemble à un camp de guides.

— Ah, très intéressant ! Elle s'est noyée dans la Meuse ?

— Franchement, je ne sais plus. Dans la Meuse, c'est bien possible, en effet.

— Très bien, très bien. »

Comment il allait emboîter les pièces du puzzle, Lipsky l'ignorait encore, mais il lui semblait qu'il arrivait peu à peu à leur assigner le secteur où elles trouveraient leur place. Il attrapa sa canadienne, l'endossa et, d'un air qu'il croyait aussi intelligent que déterminé, il annonça : « Eh bien, nous allons nous transporter jusqu'à la tanière de ce *Wolf* solitaire, monsieur Krauss, nous verrons ce qu'il a à nous dire.

— Ce sera difficile, inspecteur. Je suis allé chez lui tout à l'heure. Tout est fermé. Il a disparu. »

15.

À quatorze heures trente un peu passées, Lipsky fut de retour à l'hôtel de police. Il retira deux gros cartons du coffre de la Renault et les transporta l'un après l'autre à l'intérieur. Au passage, il demanda à la policière de l'accueil si Bérieux était dans son bureau. Non, le patron n'était pas encore rentré de L'Amuse-bouche.

« À propos, Laetitia, tu as téléphoné à l'administration du pont-barrage ? »

Avant de partir à Eupen, il lui avait demandé de s'informer si on avait repêché des noyés récemment.

« Oui, c'est fait.

— Et alors ?

— Aucun noyé depuis des mois.

— Aucun ?

— Non, pas un seul. »

Laetitia lui remit le mandat de perquisition établi par le juge d'instruction Barthélemy. En principe, il aurait dû attendre d'entrer en sa possession avant de partir à Eupen, mais comme Wolf Weiler était censé avoir pris la clé des champs, il ne risquait pas de demander à voir l'ordre du juge sur le pas de la porte. Lipsky avait la bénédiction de Bérieux qu'il avait mis au courant de la nouvelle piste suscitée par l'irruption du frère de la disparue. Le commissaire s'était chargé du mandat. Pour procéder à la visite, il avait envoyé sur place deux autres flics, dont un petit gros surnommé Fric-frac qui aurait pu donner des leçons de crochetage au roi des cambrioleurs.

Fric-frac conseilla de passer par l'arrière de la villa, les issues y étant en général moins bien protégées. Et, en effet, la porte de la cuisine n'était même pas pourvue d'une serrure Yale. Fric-frac l'ouvrit en moins de temps qu'il ne faut pour le dire.

Bérieux avait enjoint à Lipsky qu'il le tienne informé aussitôt le premier examen des lieux effectué. S'il y avait le moindre indice de séquestration, il enverrait la police scientifique.

Après avoir fait un rapide tour du sous-sol au grenier, Lipsky sortit son portable.

« Rien qui donne à penser qu'il l'ait retenue, monsieur.

— Il y a des caves ?

— Oui, plusieurs, mais elles n'ont même pas de porte.

— Bien, bien… Passez tout au peigne fin.

— On s'en occupe, soyez tranquille.

— Rapportez son ordinateur, Lipsky. Grégory y jettera un coup d'œil. »

Grégory, le spécialiste maison, pouvait tirer les vers du nez à un ordinateur qui se serait curé les narines jusqu'au sang. Lipsky, toutefois, ne trouva pas de quoi exercer ses talents : le bureau de Wolf aurait pu servir de décor à une série vintage qui se serait passée dans les années soixante, le matériel le plus moderne consistait en une machine à écrire électronique Brother et une calculette Casio Fx-15.

Lipsky entassa les papiers de l'unique armoire métallique dans les cartons qu'il avait emportés afin de les examiner à tête reposée à Liège. Puis il laissa Fric-frac et son collègue continuer la perquisition, convaincu qu'ils ne repéreraient rien d'intéressant.

Avant de redémarrer, il était passé chez Helga. Stany était prêt à repartir, son département à la banque le rappelait d'heure en heure avec une insistance croissante. Il avait émis le souhait d'accompagner Lipsky chez Wolf, mais c'était impossible, Lipsky avait refusé. Maintenant, il n'attendait que lui pour filer à Luxembourg.

« Alors ? demanda-t-il.

— Aucune trace d'Éva à première vue. Mes hommes n'ont pas terminé la besogne. »

Il avait dit « mes hommes » d'un air crâne, comme si les deux autres étaient sous ses ordres.

« De toute façon, je ne pense pas qu'ils découvriront grand-chose.

— Vous continuez à penser malgré tout qu'Éva est venue chez Wolf le 26 janvier ? C'est bien ce que tu m'as dit, Stany ?

— Il y a de bonnes chances, madame Krauss, confirma Lipsky, tandis que Stany acquiesçait. Éva a indiqué à Nowak qu'elle se rendait ici, à Eupen, quand il l'a déposée à la gare.

— Vous n'en aviez jamais parlé

— Euh... non. Mais je l'avais bien en mémoire.

— Et toi, Stany, pourquoi ne m'avais-tu pas dit qu'elle avait rencontré Wolf à Noël ? Vraiment, tu aurais pu me mettre au courant.

— Je n'y ai pas pensé, maman. Quelle importance est-ce que ça avait? Avant, je veux dire. Maintenant...

— Vous me cachez des choses, je le sens bien. »

Elle soupira, inclina son front sur ses mains jointes, accablée. Stany, posant son index sur ses lèvres, fit comprendre à Lipsky qu'il lui avait tu les anciens déboires d'Éva avec Wolf.

« Je vous assure que je m'efforce de vous tenir informée de mon mieux. »

Helga releva la tête.

« Donc, l'homme que vous avez arrêté, finalement, il avait laissé Éva repartir ?

— Nos investigations, en effet, vont dans ce sens à présent.

— Et le foulard ? Le sang ?

— Nous verrons. Peut-être une simple égratignure.

— Et l'ADN dans ce cas ?

— Pour le principe. Un médecin passera. »

Bien obligé une fois de plus d'avaler son chapeau, Lipsky sentait qu'il allait piquer un nouveau fard. Pour couper court, il s'empressa d'ajouter : « Nous envisageons de libérer M. Nowak avant la fin de la journée.

— S'il n'a rien fait...

— Il reste suspect malgré tout.

— Sa femme était ici, il y a un instant.

— Ah oui ?

— Quelle épreuve pour elle aussi, n'est-ce pas ?

— Inévitable dans ce genre de situation, malheureusement. »

Le regard d'Helga semblait lui demander s'il avait conscience des ravages qu'il provoquait. Il ramena prestement la discussion sur Wolf, convaincu que cette fois il ne risquait pas d'ajouter bientôt sa nouvelle proie à la liste des victimes.

« Quand avez-vous vu votre voisin pour la dernière fois ?

— Wolf? Hier... non, avant-hier. Nous avons parlé un peu, devant le garage.

— Quelle impression vous a-t-il faite ?

— Normale.

— Il a mentionné Éva ?

— Oui...

— Sans émotion particulière ?

— Il était inquiet, inquiet pour elle, inquiet pour moi. Wolf est peut-être un peu collant, mais c'est un type très bien, vous savez. Je ne peux pas croire qu'il soit mêlé en quoi que ce soit à la disparition d'Éva.

— Nous ne pouvons négliger cette piste, madame Krauss, même si elle vous semble improbable. Avez-vous une idée de l'endroit où Wolf pourrait se trouver ?

— Aucune.

— Nous allons lancer un avis de recherche. »

C'est ce qu'il avait fait non seulement pour le territoire du royaume, mais par une notice rouge d'Interpol, avant de se mettre à dépouiller les documents des boîtes en carton.

À l'évidence, Wolf était une personne très méticuleuse. Ses papiers étaient triés et rangés par catégorie dans des classeurs, des chemises plastifiées, des enveloppes. Il y avait un certain nombre de dossiers relatifs à sa fonction d'huissier. Sur le dernier était collée l'étiquette « 2002 », date probable de sa retraite. Lipsky passa rapidement sur les factures, contrats d'assurance, extraits bancaires et autres paperasses si importantes au moment même et si dérisoires à distance, jusqu'à ce qu'il tombe sur une enveloppe matelassée qui portait, en lettres capitales au marqueur noir, les mots : « Dette caduque ». Il présuma qu'il s'agissait de termes techniques applicables au recouvrement de créances dont Wolf avait eu à s'occuper. Pas la peine de l'ouvrir. Il la replaça dans la boîte dont il avait versé le contenu devant lui, qu'il remplissait à mesure qu'il avait examiné chaque pièce.

C'est seulement quand il s'apprêta à poser le carton à nouveau rempli à côté de son bureau, lorsqu'il se pencha vers le sol, que l'adjectif « caduque », mal assimilé apparemment, lui remonta à l'esprit. Au fond, qu'est-ce que cela signifiait « caduque » ? Est caduc ce qui tombe ou qui est tombé, révolu. Précisément, d'après ce que le frère d'Éva lui avait raconté, Wolf n'avait-il pas une ancienne dette vis-à-vis d'elle ?

Il reprit la boîte, fourragea, retira la grosse enveloppe. Il fit sauter le rabat et secoua le contenu. Quelques documents en sortirent, une poignée de photos surtout, qu'il releva aussitôt. Tout de suite, il reconnut, au-dessus des autres, le portrait d'Éva qu'il avait aperçu sur le buffet d'Helga. Elle posait en tenue de gymnaste, radieuse, respirant la douceur et l'intelligence. Il passa en revue les autres clichés. Mieux encore que le premier, ils témoignaient de son corps parfait, sublimé par toutes les figures de la gymnastique artistique.

Malgré lui, son cœur s'agitait dans sa poitrine. La seule femme qu'il fréquentait assidûment, c'était Mme Brenu. Sinon, il était chaste, autant que le vicaire Wallenborn sans doute, à la différence que Wallenborn avait choisi son état d'« eunuque pour le royaume de Dieu », tandis que lui le subissait. Les filles de son âge ne lui manifestaient pas le moindre intérêt ou alors, seulement d'un air complètement désabusé, comme si c'était lui qui ne pouvait s'intéresser à elles. Pourquoi ? Sa figure taillée à la serpe ? Il avait remis à plus tard de s'occuper du problème, quand il serait un bon flic. Pourtant, à cet instant, s'il avait pu être en présence d'Éva telle que son image venait de lui sauter aux yeux au sortir de l'enveloppe, nul doute qu'il se serait attelé à la tâche sans plus attendre.

Évidemment, cette Éva-là n'existait plus. Elle n'avait existé que pour Wolf, bien des années déjà auparavant. Dès qu'il l'avait vue moulée dans son étroite tenue, il en était devenu bleu. Chaque soir, probablement, tandis que sa junon absorbait la dose universelle de télé, il prétextait du travail pour s'en repaître les yeux. Sa passion s'attisait de jour en jour jusqu'au moment où il n'avait plus été capable de la contenir. Ses mains qui brûlaient de caresser l'adolescente l'avaient écrabouillée. Faut-il que la nature humaine soit pervertie… La beauté, dirait-on, lui est insupportable. Les hommes n'ont de cesse qu'ils ne l'aient détruite.

Lipsky rassembla les photos, les tassa et les poussa sur un coin du bureau. Devant lui, il restait une enveloppe ordinaire à l'adresse de Wolf et une carte postale affranchie avec un des derniers Baudouin à quinze francs. Lipsky examina la carte d'abord. Elle venait d'Éva. Le texte se résumait à quelques banalités à propos d'un camp de vacances. Un paysage agreste légendé : « Belgique authentique, l'Ourthe » tenait lieu d'illustration. S'agissait-il du camp dont son frère lui avait parlé, au cours duquel une guide s'était noyée ? L'accident, semblait-il, ne s'était pas encore produit et quand il était arrivé, alors, c'était dans l'Ourthe, pas dans la Meuse. Curieux… Il y réfléchirait plus tard.

Il ouvrit la petite enveloppe. Même écriture, à l'encre noire cependant, plus heurtée peut-être.

Liège, le 23 décembre 2011

Wolf,

Après toutes ces fichues années, après avoir tenu bon sans répondre à aucune de tes lettres, je me tourne vers toi. Tu n'es plus qu'un vieillard maintenant et moi, je suis presque aussi amortie que toi. On peut passer l'éponge, non ? J'ai besoin de toi. J'ai besoin du Wolf qui m'a tenue à bout de bras avant de se laisser aller à l'horreur que tu sais. Il faut que je te parle. Je ne saurais venir chez toi, maman pourrait m'apercevoir. Peux-tu descendre à Liège ? J'habite boulevard Frère-Orban au 515/2. Tu es déjà venu rôder dans les parages sans doute. Mon téléphone : 0499 333 111. Fais vite, je n'en peux plus.

Éva

Machinalement, Lipsky retourna le feuillet. Le verso était la partie supérieure d'une page de calendrier mural, celle de décembre 2011. Éva n'avait même pas de papier à lettres. Elle avait détaché le dernier mois et y avait découpé un carré. On était le 23, elle n'en avait plus besoin ; après, c'était la semaine de congé jusqu'en janvier. Le 1er, elle avait confié à son frère qu'elle s'était réconciliée avec Wolf. Donc, il avait répondu à son appel puisque aussi bien c'était elle qui avait réclamé qu'il vienne, et non Wolf qui avait fini par la faire céder, comme Lipsky lui-même et le frère l'avaient imaginé spontanément.

Elle se disait au désespoir. Elle implorait l'homme qui l'avait soutenue, un temps du moins, avant de la ravager, si Lipsky lisait bien entre les lignes. Wolf l'aurait-il réconfortée à la suite de la noyade de sa camarade chez les guides ? La patte de velours n'avait pu se retenir de sortir ses griffes, mais Éva voulait l'oublier. Sans doute n'avait-elle personne d'autre à qui se confier.

Qu'est-ce qui lui arrivait ? Fallait-il imaginer une relation avec le bouquet de roses jeté dans la Meuse un mois plus tard ? L'hypothèse d'un noyé parmi ses proches suggérée par madame je-sais-tout, sa logeuse, ne tenait plus du tout la route. Pas de mort de ce genre chez ses proches, aucun noyé au pont-barrage. Alors quoi d'autre ?

Un chagrin d'amour ? « Je suis amortie », disait-elle. N'était-ce pas une allusion à une déception irrémédiable ? Accablée, Éva s'était rabattue sur sa première expérience amoureuse, celle qui avait enrayé toutes les autres sans doute. C'est là qu'il fallait porter le fer si elle voulait soigner la plaie.

Wolf était accouru. Il avait repris du poil de la bête. Il s'était remis à rêver d'emmener Éva comme il l'avait fait autrefois en l'absence de ses parents, de tout recommencer à zéro, de tout réparer, malgré son âge. Et, une nouvelle fois, l'aventure avait mal tourné. Éva l'avait rembarré, alors...

Stop ! Stop ! Inutile de s'emballer. D'abord en savoir plus long sur la rencontre de Wolf et Éva. Préparer le terrain pour le moment qui ne saurait tarder où la Passat de Wolf serait interceptée et qu'il pourrait l'interroger en lui fourrant quelques détails embarrassants sous le nez.

Une heure plus tard, Lipsky se trouvait devant le 515, boulevard Frère-Orban. Il sonna à la loge. La concierge, si réticente à sa première visite, l'accueillit à bras ouverts. Mais il comprit tout de suite que son amabilité n'avait rien à voir avec sa personne. Au premier coup d'œil à sa silhouette, il constata qu'elle avait accouché.

Dans ce genre de situation, qu'est-ce qu'un flic est censé dire ? Féliciter l'heureuse mère ? S'informer du sexe de l'enfant, de son poids, de sa santé ? Heureusement, la concierge elle-même abrégea ses hésitations.

« Ah, commissaire Rosti !

— Inspecteur... Inspecteur Lipsky, madame.

— Pardon, pardon ! Au fait, moi, c'est Leila.

— D'accord. Voilà ce qui m'amène, Leila. J'aimerais...

— Vous permettez une minute ? »

L'index en l'air, la bouche en calice, elle attira son attention sur de légers ronchonnements, à peine audibles, qui venaient de la pièce voisine où elle s'éclipsa illico. Elle réapparut avec un paquet sur les bras, emballé dans un plaid à carreaux, et elle vint le coller latéralement contre lui. De la couverture émergeait, barrée d'un bonnet jusqu'aux yeux, la figure d'un bébé aussi veloutée que celle de sa mère.

« Qu'est-ce que vous dites de ça, inspecteur ?

— Je... Absolument magnifique... », bafouilla-t-il en rassemblant toute la force de conviction qu'il pouvait. Comme la plupart des individus de genre masculin, il se demandait où pouvait bien se nicher la beauté d'un bébé.

« Vous étiez à peine parti lundi que ce petit monsieur s'est présenté. Le choc de la police ?

— Vous exagérez !

— Je plaisante. Vous avez de la chance de me trouver. Je viens de rentrer de la maternité ce matin. Toujours Éva ?

— Oui.

— Pas de nouvelles pendant mon absence ?

— Non, rien. Nous la cherchons toujours.

— Sa boîte aux lettres était à nouveau bourrée de publicités. »

Elle s'assit. Lipsky redouta qu'elle ne se mette à allaiter la petite chose, mais elle se contenta de la bercer lentement, les yeux tournés alternativement vers le minuscule visage et vers sa tête à lui qui bénéficiait du même coup de son regard adorateur.

« Je suis sûre que vous vous faites de la bile inutilement, inspecteur. Il n'est rien arrivé à Éva. »

Sans doute une femme qui vient de donner la vie ne peut-elle imaginer qu'une autre la galvaude.

« J'aimerais que vous examiniez ceci », dit-il.

De sa canadienne, il tira la photo de Wolf qu'il avait téléchargée sur le registre national.

« Vous connaissez cet homme ? »

Leila inclina la tête de côté.

« Ça me dit quelque chose.

— Cet individu est venu voir Éva entre Noël et le Nouvel An.

— Je dirais plutôt en janvier. Vous permettez une minute ? »

Elle lui tendit si promptement son précieux fardeau qu'il ne put qu'ouvrir les bras. Il le reçut contre lui, léger comme un polochon rempli de duvet, envoyant à ses narines l'odeur onctueuse de la chair des nourrissons.

Dans un angle de la pièce, il y avait un petit bureau couleur acajou. Leila en tira un grand agenda, tourna quelques pages en se mouillant les doigts et posa finalement l'index sur une date.

« Ce monsieur s'appelle Wolf Weiler. Il s'est présenté à ma loge le 16 janvier. Il m'a chargée de remettre un bouquet de roses à Éva quand elle rentrerait de son travail. Des roses rouges, je m'en souviens parfaitement, je les ai gardées dans un vase. J'ai noté son nom, Wolf Weiler, pour le transmettre à Éva.

— Le 16 janvier ? Vous êtes sûre ?

— Absolument.

— Ce n'était pas le 25 janvier plutôt ?

— Je l'ai noté le 16, c'est le 16 », répéta-t-elle en récupérant son poupard qui non seulement ne s'était pas alarmé de se trouver entre les mains de la police, mais venait de se rendormir.

16.

« *Oh no!* Pas de téléphone! *Per l'amor di Dio!* Je l'ai demandé cent fois! *Dov' è questo telefonino ?* »

Le chef Emilio Gallonato trépignait sur son estrade. Il avait déposé en la faisant claquer sa baguette sur son pupitre et, les bras croisés, il fusillait les musiciens du regard. Le téléphone d'Édith continuait néanmoins à émettre effrontément les quatre premières notes de la *Cinquième* de Beethoven qui lui servaient de sonnerie d'appel, mais dissonaient du tout au tout avec l'ouverture de *L'Auberge du Cheval blanc* que répétait l'orchestre du Kursaal de Limbourg. Édith avait abandonné par terre son archet et son violon, elle fouillait dans son sac. Elle finit par extirper l'appareil et poussa sur la bonne touche, clouant le bec à Beethoven.

« Excusez-moi, maître, j'attendais une communication urgente de mon mari, bredouilla-t-elle.

— Encore vous! s'exclama Emilio. *Adesso, il marito! Il marito!*

— Mon mari est... en danger. Je... Pardon. »

Elle sortit, le portable à l'oreille, murmurant : « Voilà, voilà, j'arrive, j'arrive! » Elle fit quelques pas dans le couloir du sous-sol jusqu'à une loge dont la porte bâillait. Elle s'y engouffra.

« Jordan, tu m'entends ?

— Oui, oui, Édith, enfin !

— Où es-tu ?

— À l'hôtel de police, on m'a libéré, rassure-toi.

— Ah ! Dieu merci !

— Le juge n'a rien retenu contre moi. C'est un malentendu.

— J'accours, je viens tout de suite !

— Ne te presse pas. Je dois encore voir l'inspecteur Lipsky, il doit me poser quelques questions, puis je pourrai partir. Je te retrouve au Delft, place Cockerill, d'accord ?

— J'y serai... Je... je t'aime, Jordan.

— Moi aussi, Édith. C'est fini, tu sais, c'est fini maintenant. »

Il avait raccroché. Elle était debout, ses jambes tremblaient. Elle se laissa tomber sur le siège face à la glace de maquillage. Son visage était si pâle, si défait, si vieux tout à coup que les larmes lui montèrent aux yeux. La pitié l'envahit comme si elle avait devant elle une femme qu'elle avait fréquentée heureuse autrefois, devenue méconnaissable.

La complaisance, cependant, ricocha, pour ainsi dire, sur le miroir et lui revint en pleine figure. Comment pouvait-elle se lamenter sur elle-même alors que Jordan venait de passer une nuit sous les verrous ? Ce genre d'apitoiement, c'est tout ce qu'elle détestait. Déjà, le matin, les geignements d'Helga auraient fini par l'agacer lorsqu'elles étaient restées seules toutes les deux tandis que son fils descendait chez les flics à Liège.

«Je n'arrive pas à croire qu'Éva soit venue chez Wolf plutôt que chez moi. Chez Wolf, c'est insensé, complètement insensé, non ? répétait-elle comme si elle attendait qu'Édith l'approuve.

— Vous vous entendez bien avec votre fille ?

— Oui, oui, il me semble. C'est compliqué, bien sûr. Une mère et sa fille, c'est toujours difficile, je suppose. C'est vrai, je lui en voulais de ne pas être passée au moins quelques minutes à l'anniversaire de Stany. Le 25 janvier, Stany fêtait son anniversaire, je vous l'ai dit ?

— Non. Il y avait un différend entre eux ?

— Entre Stan et Éva ? Jamais de la vie ! Avec Ingrid, ça n'allait pas trop, mais elle lui avait offert un foulard tout de même...

— Votre fils habite Eupen ?

— Oui.

— Elle n'est pas venue chez lui non plus.

— Elle se doutait bien qu'il n'était pas à la maison. Il part travailler très tôt le matin à Luxembourg. Mais moi, j'étais là, elle le savait... Vous avez des enfants, madame Nowak ?

— Oui, deux garçons.

— Quel âge ont-ils ?

— Douze et quatorze ans.

— Quelle chance... Quand ils sont petits, c'est merveilleux. Après, tout va tellement vite. On dirait qu'ils veulent s'arracher à nous d'un seul coup, comme un sparadrap. Tant pis si ça fait mal. Les garçons avec leur mère, ce n'est peut-être pas pareil, ils ont compris depuis longtemps qu'elle ne serait jamais à eux, mais les filles... Éva, c'était terrible... Pour tout arranger, il y a eu un drame, une copine de son camp de guides s'est noyée. Vous le saviez ?

— Non, je ne sais rien de tout cela.

— Un malheureux accident. J'ai essayé de la réconforter. Elle ne voulait rien entendre. Elle était en colère contre tout, contre la vie, contre Dieu. Elle a retourné sa rage contre moi. Une fille de quatorze ans pleine de vie, avalée par une rivière en un instant, comment est-ce que je justifiais ça, hein ? Il fallait qu'elle s'en prenne à quelqu'un. À la moindre remarque que je risquais, elle s'emportait. Elle hurlait : "Tu es méchante, je te déteste, je te déteste !" et bien d'autres choses que je n'oserais pas répéter. Quand mon mari m'a laissée en plan, j'avais espéré qu'elle au moins me soutiendrait. Pensez-vous ! Rien, rien du tout. Presque comme si c'était de ma faute, que je n'avais eu que la monnaie de ma pièce. Maintenant, je me demande si ce n'est pas pour me briser définitivement qu'elle a décidé de disparaître. »

Elle s'était mise à pleurer. Entre femmes, on est censé se laisser aller, n'est-ce pas ? Édith aurait dû être touchée, elle n'y arrivait pas. Elle s'était fendue de quelques encouragements. Éva allait revenir, qui sait si elle ne tomberait pas dans ses bras après cette crise ?

Dès qu'Helga avait commencé à étancher ses larmes, elle avait pris congé en s'excusant. La répétition de son orchestre l'attendait à Limbourg.

Dans la voiture, elle s'était sentie presque joyeuse. Elle avait voulu rencontrer Helga pour savoir quel genre de fille était Éva. Eh bien, elle avait compris. Éva était une originale, une espèce de sauvage en pétard avec toute la famille. Édith préférait cent fois cette Calamity Jane à la petite chose fragile qu'elle s'était fourrée dans la tête, la sublime madone qui lui était d'abord apparue sur la photo du buffet, qui aurait ravi Jordan au septième ciel, au point de lui faire renier dix-huit ans de mariage. Si vraiment Éva se cachait pour faire trinquer sa mère, la sauvage se doublait d'une vicieuse. Jamais, jamais Jordan ne se serait entiché d'une vicieuse !

La Golf obéissait machinalement au GPS qui la dirigeait vers Limbourg. Après tout, avait-elle résolu, autant se rendre à la répétition plutôt que de poireauter en attendant la fin de la garde à vue de Jordan. Elle s'était présentée avec une demi-heure de retard, elle s'était déjà fait moucher par le bouillant Emilio Gallonato.

Et maintenant, allait-elle affronter une nouvelle fois son courroux en reprenant place dans l'orchestre ? Elle entendait que la répétition avait repris. Le mieux aurait été de filer directement à Liège, d'aller attendre Jordan au Delft. Malheureusement, elle avait abandonné son violon et son sac dans la fosse. Si elle se faufilait parmi les musiciens, Emilio allait une fois de plus tout stopper et lui servir une sérénade italo-française de son cru. Il fallait patienter jusqu'à une interruption.

Elle se posta en coulisse, à proximité du percussionniste, qui lui adressa un clin d'œil. Quelques mesures plus tard, il attaqua un roulement de timbale à contretemps. Aussi sec, Emilio infligea une volée de baguette au pupitre.

« *Ma che cosa succede ?*

— Pardon, maestro, une distraction… »

Édith était en train de regagner sa place.

« Ah, Édith, content de vous revoir de temps en temps ! Et votre mari ? *Come sta ? Bene ?*

— Oui, merci, merci, maître !

— *Meno male !* »

Il la tenait à l'œil. Elle n'osa plus bouger avant la fin de la répétition.

De ce fait, au Delft, avant que Jordan n'arrive, elle eut juste le temps d'avaler un café et les deux gaufres qu'elle avait emportées du panier de friandises que le Kursaal mettait à la disposition des musiciens. La table était couverte de miettes, elle commençait à les rassembler au creux de sa main, quand il poussa la porte. Aussitôt elle se leva, les laissa dégringoler sur son pull.

Jordan ne se précipita pas. Il s'avança lentement puis, brusquement, brutalement presque, il la prit dans ses bras. Sûrement, le barman, derrière le comptoir, crut voir des amants qui s'étaient donné rendez-vous. Jamais des gens mariés ne se seraient étreints de cette façon. Il attendit que Jordan fasse rasseoir Édith avant de s'approcher. Jordan demanda un café. À présent, il avait aussi quelques débris de gaufre sur lui.

Le barman apporta la commande, Jordan but une gorgée, reposa la tasse et avança les mains à la rencontre de celles d'Édith. Elle n'avait pas encore prononcé un seul mot.

« Je te dois des explications, Édith. »

Elle esquissa un maigre sourire.

« Si tu veux, Jordan.

— Je ne t'ai pas dit qu'Éva était restée avec moi toute la nuit. J'avais peur que tu ne comprennes pas. Je ne voulais pas te faire du mal. Il ne s'est rien passé entre elle et moi. Je te le jure. »

Sous-entendu : « pas de sexe », naturellement. Pour la rassurer. Était-ce tellement rassurant ? N'était-ce pas justement cette réserve qu'elle s'était mise à appréhender plus que tout depuis la veille ? Supposé, comme elle l'avait décidé en sortant de chez sa mère, qu'Éva n'était qu'une espèce de pétroleuse, tant pis s'il avait couché avec elle ! Un dérapage avec une évaporée, n'en parlons plus. Mais cette nuit chaste à laquelle Jordan la ramenait, c'était plus redoutable. Peut-être Éva s'était-elle emparée de son âme plutôt que de son corps.

« Comme je te l'ai expliqué, je l'ai aperçue sur le pont-barrage, en pleine nuit, en pleine tempête de neige. Elle était penchée sur le parapet. J'ai cru qu'elle allait se jeter à l'eau. Je me suis arrêté, ça va de soi, je l'ai appelée. Je suis allé la chercher. Elle avait du sang sur le visage. Tu imagines le choc ? Après, elle m'a raconté qu'elle venait de jeter un bouquet de roses à l'eau, elle avait embrassé les fleurs, elle s'était égratignée aux épines.

— C'était pourquoi, ces fleurs ?

— Je vais te le dire, attends. Écoute la suite d'abord. Quand elle a été dans le Transporter, je lui ai demandé où elle voulait que je la dépose. Pas moyen d'en tirer un mot. Elle était complètement dans le cirage, j'ai même pensé qu'elle était droguée. À l'hôtel, j'ai proposé de lui prendre une chambre, puis, finalement, je l'ai emmenée dans la mienne, j'avais peur de la laisser seule. Tu comprends, Édith ? »

En posant la question, il pencha la tête de côté, comme on fait involontairement dans l'espoir de s'attirer la confiance quand on commence à trafiquer la vérité. Édith sentit son cœur frémir. Est-ce qu'on emmène une jeune femme dans sa chambre seulement pour la protéger d'elle-même ? Néanmoins, elle répondit : « Je comprends, je comprends très bien, Jordan.

— Ah, tant mieux, c'est tellement particulier. J'avais peur que tu n'ailles imaginer… je ne sais quoi…

— Je t'ai toujours fait confiance, assura-t-elle et elle aussi dut pencher la tête. Mais comment vous êtes-vous arrangés ?

— Arrangés ? Qu'est-ce que tu veux dire ?

— Eh bien, pour la nuit, pour dormir ?

— Pour dormir ? Moi ? Je suis resté dans le fauteuil. Il y avait un grand fauteuil, genre relax. Et Éva s'est étendue sur le lit. Comme ça, tout habillée. »

Il scrutait la mine d'Édith, qui clignait des paupières à chaque détail qu'il ajoutait, comme pour avaliser ses arguments.

« On n'a pas beaucoup dormi de toute façon, tu sais. Elle s'est séché les cheveux dans la salle de bains. Ça allait mieux. Alors, on a parlé. Je lui ai demandé ce qu'elle faisait sur le pont, puis pour quelle raison elle avait jeté ses fleurs. Elle m'a dit que c'était un hommage qu'elle voulait rendre à un plongeur, un pompier plongeur qui s'était noyé à cet endroit, l'année dernière, le 25 janvier justement. C'était l'anniversaire de l'accident.

— Elle connaissait ce pompier ?

— Non, pas du tout.

— Mais alors, pourquoi ?

— Cet homme cherchait les corps de deux fillettes qui étaient tombées dans la Meuse quelques jours auparavant.

— Non ! Quelle horreur ! C'est les fillettes alors qu'elle connaissait ?

— Non plus, Édith, non plus ! C'est plus compliqué que ça. Je t'explique. Quand Éva avait quatorze ans, elle était dans un camp de guides et une amie à elle s'est noyée.

— Je sais. Sa mère me l'a appris tout à l'heure.

— Tu as rencontré la mère d'Éva ?

— Ce matin. Et le frère d'Éva aussi.

— Comment ça ?

— Comme ça. Je voulais que sa mère sache qu'on était tous des victimes dans cette affaire, elle et nous deux tout autant.

— C'est vrai. De toute façon, dans cette histoire, il n'y a que des victimes, du début à la fin. À commencer par la première, la guide qui s'est noyée, qui a entraîné toutes les autres jusqu'aujourd'hui. Tu imagines le traumatisme pour Éva quand c'est arrivé ? Avec les années, bien sûr, elle avait dû se faire une raison. Mais voilà que, l'année dernière, deux pauvres gamines disparaissent dans la Meuse. Tous les journaux en parlent. La blessure s'est rouverte, forcément. Et, quelques jours plus tard, un pompier perd la vie pendant les recherches.

— D'accord, mais ça faisait un an déjà.

— Oui, une année entière pendant laquelle Éva n'a pensé qu'à ça, tu vas comprendre pourquoi. Quand les deux fillettes sont tombées à l'eau, c'est d'abord la petite qui a glissé en jouant et alors l'autre, la plus grande, s'y est jetée à son tour, pour la sauver. Elle ne savait même pas nager. Elles se sont noyées toutes les deux.

— Mon Dieu, pauvres gosses, c'est affreux...

— Et, pour Éva, plus affreux encore parce que, quand elle avait assisté à la noyade de son amie, elle était restée complètement paralysée, sans pouvoir réagir. Elle ne lui avait pas porté secours.

— Ça se comprend, on ne s'improvise pas sauveteur. La preuve : les deux petites !

— Sûrement, c'est ce que je lui ai dit, tu imagines. Mais elle, elle ne pouvait pas s'empêcher de s'accuser de n'avoir rien fait, même si elle avait dû en mourir. L'héroïsme de la grande sœur, le sacrifice du plongeur, c'étaient des reproches insupportables à ses yeux. Plusieurs fois au cours de l'année passée, elle s'est rendue au bord de la Meuse pour aller les retrouver, elle avait toujours renoncé. "Trop lâche !" elle me disait. Le 25, elle était décidée à rejoindre le pompier après avoir jeté ses fleurs. C'est moi qui l'en ai empêchée en m'arrêtant à sa hauteur, sur le pont. »

Édith baissa les yeux, tourna un instant le visage de côté. Elle aurait eu besoin d'un peu de temps pour encaisser la volée de révélations que Jordan venait de lui assener. Une chose, déjà, était certaine en tout cas. C'est qu'elle pouvait faire une croix sur l'écervelée Éva avec laquelle elle avait voulu se rassurer un moment. Face à elle, il y avait une femme cruellement blessée à l'adolescence, qui vivait depuis sur la corde raide, dans le remords et l'exaltation. Tout le contraire d'une violoniste de province, juste bonne à jouer docilement la partition élémentaire écrite par un autre. Une adversaire redoutable, une écorchée qui n'avait montré ses blessures à personne depuis des années. À personne, sauf à Jordan…

« Et c'est à toi qu'elle a raconté tout ça…

— Oui.

— Pourquoi à toi ? Un inconnu.

— Je ne sais pas. Elle avait besoin de parler sûrement, depuis longtemps. Justement, c'est peut-être plus facile de se confier à un inconnu. »

Elle hocha la tête, elle ne voyait que trop bien la complicité qui s'était établie entre Éva et lui. Il prit enfin le temps de boire son café. Il grimaça, il devait être froid, mais il l'avala. Il reposa la tasse vide qui choqua la soucoupe avec la netteté d'un coup de marteau de commissaire-priseur quand l'affaire est conclue. Il avait l'air soulagé, peut-être parce que, de son côté, elle semblait avoir avalé ce qu'il lui avait raconté sans la moindre objection.

« Tout ça, tu l'as expliqué au juge ?

— Non, pas vraiment, il ne m'a rien demandé. Mon arrestation ne tenait qu'au sang trouvé sur un foulard qu'Éva avait oublié dans la chambre. Les policiers n'avaient pas voulu me croire quand je leur disais qu'elle s'était égratignée avec son bouquet de roses. Maintenant, ils ont recoupé l'information, je n'ai pas voulu savoir comment. Le juge était pressé de me laisser aller, pour ne pas aggraver leur bévue sans doute. En plus, il n'avait pas l'air du tout dans son assiette. Il m'a invité à rester à leur disposition, mais pour la forme, sans insister. Tu es au courant pour ce foulard ?

— La mère d'Éva m'en a parlé ce matin.

— Avant ça, quelqu'un de l'hôtel ne t'avait pas appelée ? Ils pensaient que le foulard était à moi.

— Non, personne. »

Au léger froncement de ses sourcils, elle devina qu'il avait du mal à la croire. Pourtant, elle disait la vérité. Est-ce qu'ils étaient entrés l'un et l'autre dans une nouvelle ère de leurs relations ? Une ère incertaine où la vérité pourrait passer pour le mensonge et le mensonge pour la vérité ?

« Et Lipsky, qu'est-ce qu'il te voulait ?

— D'abord s'excuser de m'avoir soupçonné à tort. Enfin, du bout des lèvres. Il a dit : "À tort, probablement." Puis il a tout de suite ajouté que, si j'avais été plus clair dès le début, évidemment, ça ne serait pas arrivé.

— Ces gens-là ont toujours raison.

— Il voulait seulement savoir si Éva m'avait parlé d'un certain Wolf Weiler.

— Le voisin de sa mère à Eupen.

— Ça aussi, tu le sais ?

— Oui. Et alors ? Elle t'en a parlé ?

— Mais non, pas du tout. Il pensait que c'était ce Weiler qui avait offert les roses à Éva. Je n'ai pas eu la force de lui expliquer toute l'histoire du bouquet. C'était trop compliqué. Je voyais bien que, de toute façon, il n'avait pas envie d'entendre une autre version que la sienne.

— L'idée du frère d'Éva, et de la police sans doute, si j'ai bien compris, c'est que Weiler est lié à la disparition de sa sœur.

— Quoi… ? »

Elle lui aurait donné un coup de couteau qu'il ne se serait pas récrié plus douloureusement.

17.

Malgré tout, Bérieux était d'assez bonne humeur. Il avait dû expliquer au juge Barthélemy que l'indice qui avait provoqué l'arrestation judiciaire de Nowak – le sang sur le foulard de la disparue – n'en était finalement pas un. Certes, le suspect avait menti à propos de son emploi du temps mais, s'il y avait un mandat contre lui, le premier commis d'office devant la chambre du conseil obtiendrait sa remise en liberté immédiate.

Le juge l'avait écouté d'un air plus narquois que contrarié tout en sirotant le verre d'elbling qu'ils avaient commandé pour l'apéritif. Sans doute le vin blanc, bien frais, atténuait-il le désagrément qu'allait lui causer ce pas de clerc quand il ouvrirait l'instruction en présence de Nowak.

Bérieux s'empressa de s'exonérer sur le dos de son jeune enquêteur, puis entreprit de replâtrer l'affaire en affirmant qu'on tenait maintenant une piste prometteuse. Le voisin de la disparue à Eupen, un certain Wolf Wiener… Walder… ou quelque chose de ce genre, avait subitement pris la clé des champs, alors qu'on disposait de sérieuses raisons de penser qu'Éva Krauss était venue chez lui avant de s'évanouir dans la nature.

Cela, ajouté à la choucroute au jambonneau fumé et à la bouteille de gewurztraminer, avait achevé de détendre Barthélemy. Discrètement – mais pas assez pour échapper à l'œil de lynx de Bérieux – il avait libéré le bouton de ceinture de son pantalon en vue de caser le kouglof glacé au kirsch qui parachevait le repas. Bérieux y perçut la préfiguration de la libération de Nowak.

Il était soulagé. Depuis son entrevue du matin avec Lipsky, la conviction que Nowak était blanc comme neige s'était renforcée en lui. Un accordeur de piano meurtrier, ça ne collait pas. Pour harmoniser une à une les touches d'un clavier en ajustant les deux ou trois cordes correspondantes, une maîtrise de soi absolue est indispensable. Que Nowak ait perdu les pédales et cafouillé jusqu'à commettre un pareil couac était décidément inconcevable. Il fallait le relâcher au plus vite et cesser de l'importuner.

Et donc, inutile, par-dessus le marché, de demander au juge, comme il en avait eu le projet, de l'interroger sur ce qu'Éva avait pu lui confier à propos du bouquet jeté à l'eau. Il chargerait Lipsky de s'en enquérir brièvement quand il le réceptionnerait après sa relaxation. À part cela, qu'on fiche la paix à ce pauvre type, qu'on le laisse regagner son Ardenne profonde et paisible, avec de plates excuses. Celles de Lipsky, s'entend, pas les siennes.

En rentrant de L'Amuse-bouche, il apprit par Laetitia, à l'accueil, qu'il était sorti pour se rendre boulevard Frère-Orban.

« Dès qu'il revient, envoyez-le-moi.

— Bien, monsieur.

— Autre chose, Laetitia. La garde à vue de M. Nowak se termine. J'aimerais bien que vous vous occupiez de lui. Faites-le patienter un peu. Lipsky doit lui toucher deux mots.

— J'y veillerai, monsieur.

— Offrez-lui du café, hein, et des spéculoos, des pralines si vous en avez. Soyez gentille. D'accord ?

— Comptez sur moi », dit-elle avec un sourire sur les lèvres et dans les yeux un éclair de malice qui lui firent presque envier le sort de Nowak.

Vers seize heures, la sonnerie de son bureau le tira de la sieste digestive qu'il s'était octroyée. Il redressa prestement son fauteuil relax et appuya sur le bouton « Entrez ». C'était Lipsky. Il brûlait de lui rapporter ce qu'il avait appris au boulevard Frère-Orban, mais Bérieux l'expédia d'abord auprès de Nowak, si bien qu'il était quasiment dix-huit heures quand ils se retrouvèrent pour le débriefing. Lipsky s'était fait accompagner de Fric-frac. Bérieux leur désigna les sièges devant son bureau. Une demi-cafetière de Rioba Dessert lui avait rendu toute sa vivacité d'esprit.

« Eh bien, où en sommes-nous avec ce Wolf Werner ?

— Weiler, monsieur, rectifia Lipsky. Le signalement de sa voiture a été diffusé en notice rouge par Interpol, on devrait le retrouver sans tarder. Je suis sûr que nous sommes sur la bonne piste.

— Espérons.

— Comme je vous l'ai expliqué rapidement ce matin, le frère d'Éva croit savoir qu'elle avait renoué avec Wolf malgré ce qui s'était passé entre eux autrefois. Grâce à notre perquisition, hein, Grosjean (il se tourna vers Fric-frac qui opina du bonnet, un peu surpris lui-même d'être appelé par son patronyme), nous disposons d'un élément corroborant à ce sujet : une lettre de la fin décembre dans laquelle Éva demande à Wolf de venir la voir chez elle.

— Curieux tout de même, non? Vu leur mésaventure.

— Une sorte de syndrome de Stockholm, je suppose. Le prédateur reste fascinant pour la victime. À mon avis, Éva venait de connaître une déception amoureuse. Elle s'est retournée vers Wolf. Tous ses déboires sentimentaux avaient commencé avec lui, elle s'imaginait qu'elle n'en sortirait que par lui.

— Donc, il serait allé la voir?

— C'est pour ainsi dire certain. De plus, j'ai interrogé la concierge de l'immeuble où habite Éva. Wolf est passé à sa loge pour déposer des fleurs à l'intention d'Éva en janvier.

— Les fleurs qu'elle a jetées dans la Meuse?

— Non, chez la concierge, il est venu le 16 janvier. Mais je pense bien que les fleurs du 25 janvier, c'est lui aussi qui les lui avait fait parvenir.

— Et celles-là, elle les a balancées par-dessus le pont. Pourquoi? Vous pensiez à une histoire de noyé ce matin, non?

— Fausse direction, monsieur. Laetitia a vérifié : pas de noyé dernièrement à cet endroit. Il faut nous en tenir à Wolf, il n'y a rien en dehors de lui.

— Vous avez posé la question à Nowak tout à l'heure?

— Jamais entendu parler de Wolf. Je m'y attendais. Éva n'allait pas étaler sa vie sentimentale devant un inconnu. Je ne sais pas ce qu'elle lui a raconté au juste à propos de ses fleurs, elle a dû dire n'importe quoi. En fait de noyé, elle a seulement noyé le poisson en somme !

— Et vous, votre explication ?

— Je pense qu'après leur rencontre de décembre, Wolf a cru qu'il avait à nouveau ses chances. Il a apporté des fleurs à Éva le 16 janvier, mais elle l'a envoyé paître. Il a remis ça le 25. Quand ma logeuse a vu le bouquet à la mutualité, Éva lui a dit qu'elle comptait l'offrir à son frère. À ce moment, elle avait l'intention de se rendre à son anniversaire. Elle avait un cadeau tout trouvé.

— Mais elle n'y est pas allée, à cet anniversaire.

— Non. Parce qu'elle a été retardée. À toi, Grosjean… »

Lipsky posa la main sur le bras de Fric-frac qui n'avait pas encore ouvert la bouche, mais qui n'avait cessé de hocher la tête à toutes ses assertions. Venant d'un visage maigre, les mêmes hochements auraient pu exprimer une certaine réserve. Dans la bonne bouille de Fric-frac, qui débordait sur le col de sa chemise ainsi qu'une pâte échappée de son moule, ils se succédaient à l'adresse de Bérieux comme les mimiques qu'on adresse aux malades pour leur faire avaler la potion.

« Oui, voilà, chef », commença Fric-frac. Il avait fait ses débuts dans la police en même temps que Bérieux et n'avait jamais cédé à sa manie du « monsieur ».

« En fouillant la villa du bonhomme tout à l'heure avec Lipsky, je suis tombé sur un rameur installé dans une cave. Un rameur, je te parle d'un instrument pour la musculation, hein !

— J'avais compris.

— La cave était bien équipée, il y a une douche, plus une armoire de rangement. Je l'ai crochetée et j'ai trouvé un abonnement pour dix séances à un club de fitness. Et ce fitness, tiens-toi bien, c'est celui du club de gym de Jupille, à deux pas du pont-barrage de l'île Monsin !

— Intéressant, en effet, acquiesça Bérieux.

— N'est-ce pas ? renchérit Lipsky, triomphant. Je me trompe fort ou Wolf avait donné rendez-vous à Éva à cet endroit, histoire de reconstituer l'ambiance où il l'avait connue adolescente au club d'Eupen. Elle est venue avec l'intention de faire cesser une fois pour toutes ses ridicules tentatives de reconquête. Elle avait les fleurs avec elle, elle lui a proposé de les reprendre, mais elle savait parfaitement qu'il refuserait, qu'elle pourrait les recycler chez son frère. La discussion s'est prolongée parce qu'il tentait de s'accrocher à elle par tous les moyens. Pour finir, elle a dû claquer la porte. Il a voulu la rattraper en voiture. Le temps qu'il la reprenne au parking, Éva est passée sur le pont dans l'idée de lui échapper en changeant de rive. À ce moment-là, c'était trop tard pour l'anniversaire, elle a balancé le bouquet à la flotte en passant.

— C'est alors qu'elle a rencontré Nowak.

— Oui. Elle devait être excédée, à bout de nerfs. Perdue dans la tempête, elle aurait suivi un chat avec un chapeau. Elle a eu de la chance. Elle est tombée sur un type heureusement inoffensif. Elle l'a tout de suite compris. Ils ont passé la nuit ensemble. Il ne faudrait pas trop vite la prendre pour une vierge effarouchée. D'après son frère, elle avait sérieusement allumé Wolf autrefois avant de s'y brûler les ailes. D'une façon ou d'une autre, cette nuit lui a ouvert de nouvelles perspectives. Le lendemain matin, elle est allée chez Wolf qui ressassait son infortune. Pourquoi ? Lui river son clou, une bonne fois pour toutes ? Ou, au contraire, s'excuser parce qu'elle avait été trop loin ? Souvent, femme varie… Ce qui est arrivé au juste, nous ne le savons pas encore. Peut-être Wolf en a-t-il eu assez qu'elle lui souffle le chaud et le froid. En tout cas, je suis sûr que c'est là, chez Wolf, à ce moment-là, que se situe la clé de toute l'affaire. »

Bérieux quitta son fauteuil. Il fit quelques pas en long et en large derrière son bureau, tête baissée, deux doigts pressés contre sa lèvre supérieure. Lipsky et Fric-frac s'adressaient silencieusement des moues satisfaites de potaches qui viennent d'épater le professeur. Quand il s'arrêta, Bérieux opina du menton et revint s'appuyer des deux bras sur le sous-main.

« Eh bien, je suppose qu'il ne reste qu'à attendre que ce *Wolf* sorte du bois ! » prononça-t-il, trait d'esprit qui mit le point final à l'entrevue. Lipsky et Fric-frac quittèrent la place, certains de tenir le bon bout. De ce fait, ils ne purent voir, lorsqu'ils s'éloignèrent, comment le visage apparemment satisfait de Bérieux se rembrunit aussitôt.

Le commissaire s'assit. Il ouvrit le tiroir latéral droit de son bureau et en retira le petit calepin à couverture de cuir jaune dans lequel il reportait ses réflexions sur les enquêtes en cours. Il avait bien un PC à sa disposition, il pouvait même faire semblant quelquefois de l'utiliser, mais il était incapable de réfléchir devant un écran. Le texte encaqué à gauche et à droite entre ses marges impeccables lui faisait l'effet d'un plat surgelé. Pour digérer ses informations, il avait besoin de poser le pouce sur la tranche du carnet, de sentir la caresse des feuillets jusqu'à la bonne page, où sa main retrouvait la tiédeur du papier qu'il noircissait de la petite écriture serrée de son Parker, les narines picotées par les effluves de l'encre qu'il pompait encore à l'ancienne dans un flacon Quink.

Il traça quelques mots mais, à peine au bout de la ligne, il s'arrêta, le stylo en suspens. Quelque chose le chiffonnait. Il humecta son pouce à sa lèvre inférieure et rebroussa deux ou trois pages jusqu'à ses premières notes sur la disparition d'Éva. Il les relut. Alors, brusquement, il remit le carnet dans son tiroir, quitta la pièce et s'engouffra dans le couloir vers le bureau de Lipsky tout en enfilant les manches de son blouson d'aviateur.

« Ah ! vous êtes encore là ! s'exclama-t-il, légèrement hors de souffle.

— Je terminais mon rapport. »

Étonné, Lipsky écarquillait les yeux par-dessus l'écran de son ordinateur.

« Je craignais que vous ne soyez déjà parti. Il y a un détail qui cloche, me semble-t-il, dans votre scénario.

— Lequel, monsieur ?

— Le chauffeur de bus qui s'est fait connaître lundi soir a bien déclaré qu'il avait déposé Éva à Prévers ou à Interbrew vers vingt-deux heures trente ?

— Euh… oui, c'est ça.

— Dans ce cas, Éva n'a pas pu passer la soirée avec Wolf comme vous le supposez. Elle a dû se rendre pour ainsi dire directement sur le pont où Nowak l'a trouvée aux environs de onze heures. »

Lipsky fronça les sourcils. À l'évidence, il avait perdu de vue la déposition du chauffeur.

« Eh bien… il s'est peut-être trompé d'heure.

— Allons ! S'il y a bien une chose sur laquelle un chauffeur de bus ne peut pas faire d'erreur, c'est sur son horaire.

— Vous savez, il avait aussi affirmé qu'il avait vu Éva le 23 ou le 24 janvier. Il s'emberlificotait déjà dans ses souvenirs. On ne peut pas trop se fier à son témoignage. »

Bérieux secoua la tête avec l'assurance de quelqu'un qui ne prendra pas la peine de fendre les cheveux en quatre, vu qu'il lui reste un argument massue.

« Le chauffeur, est-ce qu'il a signalé le bouquet de roses ?

— Le bouquet de roses ?

— Ben, oui, une femme avec un bouquet de roses, ce n'est pas ordinaire, ça n'aurait pas pu lui échapper.

— Vous avez sans doute raison. Il n'a pas mentionné ce bouquet, non… Mais elle l'avait peut-être mis dans un sachet, pour le protéger de la neige.

— Ça en fait des "peut-être", dites donc !

— En effet... La solution la plus simple, tout compte fait, ce pourrait être que la femme qu'il a débarquée de son bus, emmitouflée dans un manteau certainement, la tête couverte, il a cru que c'était Éva, mais ce n'était pas elle. »

Jusque-là, Bérieux était resté debout, les mains sur le dossier de la chaise en face de Lipsky. Il retourna le siège, s'y installa à califourchon et, sans lui prêter la moindre attention, il retira un paquet de Belga et un briquet de la poche de son blouson. Lipsky ne savait même pas qu'il fumait. L'interdiction était en vigueur dans tous les locaux de l'hôtel de police depuis quelques années, bien avant son arrivée. Pour téter leur clope, les accros attendaient de partir en mission. Les voitures de service empestaient.

Bérieux poussa la mollette d'un Bic orné d'une pin-up à la renverse dont les longues jambes nues montaient jusqu'au poussoir. Il prit du feu sans se préoccuper davantage de Lipsky. Quand ses yeux se détachèrent de la flamme, ils se posèrent quelque part, loin de lui, au bout de la pièce, comme s'il inspectait les plinthes. Il aspira quelques bouffées avec une application qui, dans d'autres domaines, aurait tenu de la conscience professionnelle. Après chaque inhalation, il rouvrait les lèvres et happait un supplément d'air afin d'envoyer la nicotine goudronner les replis les plus lointains de ses poumons. Il laissait la fumée agir longuement avant de la ressortir par le nez et par la bouche en vigoureux jets croisés qui se dissipaient comme un brouillard sous la lampe de bureau.

Lipsky, de son côté, ne savait quelle contenance adopter. Il avait interrompu son rapport au milieu d'une phrase. Se remettre à taper? Pas vraiment convenable... Relancer la discussion? Ce fichu chauffeur lui mettait des bâtons dans les roues, mais qu'est-ce qu'il aurait pu proposer d'autre à Bérieux que de faire une croix sur son témoignage? Il ne pouvait que ronger son frein, il attendait que le commissaire lui livre les considérations qu'il était occupé à pêcher au fond de lui-même et qu'il saurissait comme du hareng suivant la méthode des flics d'autrefois, quand les nuages des cigarettes et le smog des pipes, accessoires indispensables aux fonctions principales, saturaient l'atmosphère des commissariats.

Soudain, Bérieux sembla se demander ce qu'il allait faire de la cendre qui ployait dangereusement au bout de sa Belga. Il releva les yeux vers le bureau de Lipsky comme s'il cherchait un de ces cendriers circulaires Ricard ou Suze à trois encoches qu'on trouvait naguère dans tous les locaux. La cendre tomba à ses pieds sur le lino.

« Désolé, je... j'espère que la fumée ne vous dérange pas.

— Non, monsieur, mentit Lipsky.

— Bien, bien... Une sale habitude... Autrefois, je pensais que ça m'aidait à réfléchir. Finalement, on ne sait pas trop comment ça fonctionne. La réflexion, je veux dire. On s'évertue à comprendre ce qui fait que les gens qu'on poursuit agissent comme ils agissent. On s'imagine qu'on peut les démasquer. Et comment s'y prend-on? On se sert de nos propres idées, forcément, de notre logique.

Il nous faut quelque chose qui tienne la route. En fait, ce n'est jamais que *notre* route. La route des autres, personne ne la connaît. Se mettre dans la peau de quelqu'un, la bonne blague ! Rien que l'expression, c'est tellement absurde. Vous voyez ça, entrer dans la peau de votre voisin ? Ce qu'on s'imagine des sentiments d'autrui, en définitive, ça n'a pas plus de consistance que la fumée de cette cigarette. »

Là-dessus, il aspira de nouveau quelques longues goulées. À présent, une petite nappe bleue auréolait Lipsky.

« Vous voyez, Lipsky, votre hypothèse concernant Wolf, je ne dis pas qu'elle est fausse, elle est peut-être tout à fait pertinente. N'empêche qu'elle vous oblige à escamoter le témoignage du chauffeur de bus.

— Mais ce témoignage…

— Ne protestez pas ! On pratique tous de la même façon. Si la réalité ne correspond pas à la théorie, on aime mieux faire l'impasse sur la réalité. Il n'y a pas que nous. Même les scientifiques. Mendel, vous connaissez bien sûr ?

— Le père de la génétique.

— Il observait comment les petits pois de son jardin se reproduisaient d'une génération à l'autre. Ça lui donne l'idée de sa théorie. Le problème, c'est que les petits pois n'obéissent pas toujours aux règles. Qu'est-ce qu'il a fait ? Il a traficoté les résultats pour garder sa théorie.

— N'empêche, sauf votre respect, qu'elle s'est avérée juste.

— Parce qu'il a eu de la chance. C'est pour ça que je vous dis que votre hypothèse est peut-être correcte. On ne sait pas.

— Je vérifierai le témoignage du chauffeur, monsieur.

— Faites-le. Et restez prudent avec Wolf. Vous êtes jeune, Lipsky, vous êtes confiant. Mais vous commettrez des erreurs, je vous le dis. C'est inévitable. Tous les flics ont quelque chose sur la conscience. »

Il tira encore un long coup sur sa cigarette. Un peu plus, il entamait le filtre. Il alla à la fenêtre, l'entrouvrit et, d'une chiquenaude, il balança le mégot dehors. Puis il resta là accoudé, à respirer le froid de l'arrière-cour. Lipsky avait fait pivoter son siège dans sa direction. Le courant d'air venait jusqu'à lui. Enfin, Bérieux referma.

« Vous vous dites que je vous fais la morale, que je veux me présenter comme un modèle ? Je ne suis pas un modèle, Lipsky. J'essaie plutôt de vous prévenir pour que vous ne fassiez pas les mêmes gaffes que moi. Vous vous rappelez le dossier Duchâteau ?

— Euh non… Je ne vois pas.

— J'oublie tout le temps que vous êtes si jeune. Ça remonte à une dizaine d'années. Les esprits, à l'époque, étaient complètement intoxiqués par l'affaire Dutroux. Duchâteau était accusé d'attouchements, de viol peut-être, par une gamine de treize ans. C'est moi qui l'ai arrêté. Chez lui, il y avait tout ce qu'il fallait pour le charger, revues pornos, photos, ce qu'on trouverait chez des dizaines de célibataires complexés évidemment, si on cherchait. Il clamait son innocence. Nous, après le cafouillage dans l'enquête sur Dutroux, on avait besoin de résultats, alors on l'a un peu mis sous pression, un peu trop sûrement, puisqu'on l'a retrouvé pendu dans sa cellule. Vous saviez qu'on peut se pendre avec un caleçon ? La tête dans une jambe, l'autre jambe attachée au plafonnier. Ce n'est pas beau à voir, je vous assure, un corps déculotté qui se balance au-dessus de vous. Après, on a établi que la gamine avait tout inventé. »

Bérieux grimaça un sourire. Il se rapprocha de Lipsky et lui donna un coup de poing amical sur l'épaule.

« Que ça ne vous décourage pas, hein ! »

À ce moment, le téléphone sur le bureau sonna. Lipsky décrocha, articula quelques mots : « Oui... D'accord... Où ça ?... Bien, j'arrive » puis il reposa le combiné et annonça : « On a retrouvé Wolf. »

18.

Quand la Passat grise de Wolf s'avança vers la porte de son garage, la lumière des phares réfléchit aussitôt le fluo des bandelettes de police attachées à la poignée. Intrigué, il stoppa net. Il sortit de la voiture, s'approcha du ruban, le prit en main comme s'il devait s'assurer de sa réalité, puis se mit à regarder alentour, s'attendant presque qu'un commando de flics cagoulés surgisse de l'ombre et fonde sur lui, armé jusqu'aux dents. Mais tout était tranquille. Du côté de la maison d'Helga, il pouvait voir la fenêtre de la cuisine paisiblement éclairée par ses néons.

Il hésita un moment, puis dénoua le ruban, chercha la clé dans sa poche, ouvrit la porte et la leva avec précaution. Peut-être le commando était-il embusqué à l'intérieur. Il alluma. Pas un chat…

Il revint à la Passat, la remisa. Monté au rez-de-chaussée, tout de suite il constata qu'on avait visité la maison. Aucun désordre, mais des objets déplacés, à commencer, dans la cuisine, par le petit meuble sur roulettes où il rangeait les journaux, son bonnet, ses gants de jardin, qui se trouvait à gauche de la porte vers l'extérieur, alors que sa place était à droite depuis toujours. Dans la salle à manger, rien de particulier. En revanche, dans le bureau, l'armoire métallique était ouverte, la plupart des rayons étaient vides.

Son sang cognait à ses tempes. Pris d'un vertige, il s'assit. Qu'est-ce qui lui arrivait ? Il fallait que quelqu'un lui explique. Le téléphone était devant lui, un vieux modèle avec un cordon en spirale. Il souleva le récepteur, la tonalité retentit, mais qui appeler ? Le poste de police de la zone ? Non, pas les flics tout de même ! Pas tout de suite. Il restait sous l'impression qu'ils allaient lui mettre aussitôt la main au collet. Il raccrocha, il venait de penser à Helga. Évidemment, Helga avait assisté à l'intrusion.

Il sortit par le hall, arrachant du même coup les rubans que les enquêteurs avaient apposés par l'autre côté. De nouveau, il examina les environs. Le quartier tout entier était plongé dans son ordinaire torpeur de la nuit. L'éclairage public bordait la rue d'un jaune paisible. Il se hâta vers l'allée d'Helga, vaguement inquiet de faire crisser le laitier qu'il avait répandu lui-même l'avant-veille et passa par l'arrière comme il en avait l'habitude. Dès qu'il frappa, elle ouvrit.

« Je peux entrer ? »

Il n'était pas trop sûr qu'elle le laisserait pénétrer dans sa cuisine.

« Naturellement ! Viens ! »

Elle était occupée à repasser du linge. Sur la planche qu'elle avait dressée à portée de la prise électrique du plan de travail, une chemise de nuit décolletée était étendue.

« Assieds-toi », dit-elle et, rapidement, elle replia le frêle vêtement auquel Wolf avait jeté un regard gêné, puis le déposa dans la corbeille.

Il tira la chaise sur laquelle il prenait toujours place. Ses genoux flageolaient.

« Je viens de rentrer chez moi. Qu'est-ce qui s'est passé ? demanda-t-il.

— La police a perquisitionné après midi.

— Perquisitionné ? Mais pour quelle raison ?

— Ils te soupçonnent de je ne sais pas trop quoi avec Éva.

— Moi ? Avec Éva ? Bon sang, qu'est-ce que c'est que cette embrouille ?

— Ils pensent qu'elle est venue te voir le 26 janvier avant de disparaître. »

Wolf planta un coude sur la table, serra le poing et y posa le front. Il se donna quelques coups avant de relever la tête.

« Helga, peux-tu imaginer un seul instant que j'aie fait du mal à ta fille ?

— Non, bien sûr ! Je leur ai dit, tu sais, que c'était impossible. Qu'est-ce qu'Éva serait venue faire chez toi, sans passer me voir, à deux pas ? C'est ridicule, hein ? Tout ça parce que tu l'aurais rencontrée au moment de Noël. C'est ce que Stany m'a dit. Et alors ? Liège n'est pas si grand. On finit toujours par tomber sur quelqu'un de connu, non ?

— Ben, oui. »

Elle était restée debout derrière sa planche à repasser, les mains posées sur la housse qu'elle caressait machinalement. Dans ses yeux, il n'y avait pas la moindre lueur de défiance, un profond abattement seulement. Elle devait penser qu'il avait rencontré Éva sur le marché de Noël ou quelque chose de ce genre.

« Tu sais ce que je faisais, Wolf ?

— Non.

— Ce n'est pas mon linge, tu sais. C'est du linge d'Éva, du linge d'autrefois qu'elle a laissé ici dans sa chambre. Je l'ai lessivé tout à l'heure et maintenant je le repasse.

— Ah… C'est bien…

— Il faut que je fasse quelque chose pour elle, tu comprends ? Même si ça ne sert à rien.

— Je comprends. Je comprends tout à fait. Moi aussi, je suis inquiet maintenant, je voudrais… j'aimerais… Tu le sais, hein ?

— J'en suis sûre. »

Elle s'efforça de lui sourire, puis, comme s'il lui avait manqué : « Où étais-tu passé depuis ce matin ?

— Où ? J'étais parti pour la journée. C'est tout… Je devais voir quelqu'un.

— Excuse-moi, ça ne me regarde pas.

— Il n'y a pas de quoi… Qu'est-ce que je dois faire maintenant ?

— Appelle la police. Le mieux, c'est que tu t'expliques avec eux, non ?

— Tu as raison.

— Tu peux appeler d'ici si tu veux. J'ai le numéro de l'inspecteur Lipsky, celui qui s'occupe de l'enquête.

— Pourquoi pas. »

Elle prit son portable et le lui tendit.

« Tu veux bien faire le numéro, Helga ? Je ne sais pas me servir de ces machins. »

Elle prépara le numéro.

« Tu pousses là, sur l'icône du téléphone. »

Wolf empoigna l'appareil, examina l'écran, puis finalement dit : « Appelle-le, toi, s'il te plaît. »

Un quart d'heure plus tard, un véhicule de la Polizeizone Weser-Göhl jetait sur la façade de Wolf l'éclat bleu de ses feux clignotants. Wolf ne voulait pas embarrasser Helga, il était rentré chez lui. Avant d'arriver en personne, Lipsky avait pris ses précautions. Il avait averti les collègues d'Eupen de mettre le grappin tout de suite sur le suspect.

Quand il débarqua, les deux flics achevaient tranquillement une Bitburger dans la cuisine. Wolf l'invita à prendre place à la table. D'office, il lui avança le même breuvage et poussa deux nouvelles bouteilles devant les autres. On aurait dit quatre amis réunis pour une soirée de whist. Il ne manquait que les cartes. Lipsky fit mine de refuser la bière mais, à l'évidence, il avait hâte d'entrer dans le vif du sujet, il n'avait pas de temps à perdre avec les règles de service.

« Monsieur Weiler, vous savez que nous vous recherchons.

— Non, je ne le savais pas.

— Où étiez-vous ?

— Je suis allé voir un ami.

— Où ça ?

— En Suisse.

— Vous n'avez subi aucun contrôle ?

— Non.

— On ne vous a pas arrêté à la frontière ?

— Non. Je commande la vignette autoroute chez Touring, en Belgique. Je passe sans m'arrêter. »

Voilà qui devait donner à Lipsky une idée de l'efficacité d'Interpol. Il afficha une moue contrariée, comme si c'était la faute de Wolf qu'on ne l'ait pas intercepté avant qu'il revienne peinard au seul endroit où on ne l'attendait pas : chez lui.

« Qu'est-ce que vous faisiez en Suisse ?

— Je viens de vous le dire, je suis allé voir un ami à La Chaux-de-Fonds. C'est interdit ?

— Non, ce n'est pas interdit… Monsieur Weiler, vous avez rencontré Éva Krauss le matin du 26 janvier. Elle est venue ici, chez vous.

— … Oui.

— Ah ! Et qu'est-ce qui s'est passé ?

— Eh bien, je lui ai fait du café. Elle a mangé, elle n'avait rien avalé depuis qu'elle était debout. On a causé.

— Et ensuite ?

— Ensuite ? Elle est partie.

— Elle est partie ? Où ça ?

— Je n'en sais rien, elle ne me l'a pas dit.

— Vraiment ?

— Plus exactement, j'ai bien compris qu'elle n'allait pas rentrer à Liège. Elle voulait prendre un peu de repos. "Un peu de recul", c'est ce qu'elle a dit.

— Vous n'avez pas signalé cette visite à la police.

— Pourquoi l'aurais-je fait ? Le 26, elle n'avait pas disparu.

— Après, quand il y a eu un avis de recherche.

— Cela vous aurait avancés à quoi, puisqu'elle ne m'avait pas dit où elle comptait se rendre ?

— Vous auriez pu le dire à sa mère au moins. Pour la rassurer.

— Qu'Éva ait disparu le 25 au soir ou le 26 au matin, pour sa mère, ça revenait au même. »

Wolf se recala contre son dossier. Il tourna les yeux vers les deux flics d'Eupen comme pour faire appel au bon sens local face aux manières soupçonneuses du Liégeois. Ils opinèrent parallèlement. Un peu réconforté, Wolf huma une gorgée de bière, puis s'essuya les lèvres avant d'ajouter : « En plus, elle avait bien insisté pour que je ne mette pas sa mère au courant ni de son passage ni de ses projets.

— Ah ? Pour quel motif ?

— Entre Éva et sa mère, ça ne va pas depuis longtemps. Bien sûr, Éva a trente-deux ans, pas mariée, un caractère pas possible. Sa mère se fait du mauvais sang, c'est normal. Mais, d'un autre côté, Éva ne supporte pas qu'elle fourre tout le temps son nez dans ses affaires.

— Conclusion : vous avez laissé cette pauvre femme dans les transes.

— Pas du tout. Depuis lundi, quand elle m'a dit qu'elle se demandait où était passée Éva, je lui ai répété cent fois qu'elle était en vacances. Et aujourd'hui, pour tout vous dire, vu la tournure des événements, j'avais décidé d'agir. Ce matin, j'ai lu dans *Grenzecho* qu'une personne était arrêtée dans le cadre de sa disparition, qu'on allait la présenter à un juge d'instruction. Un innocent, évidemment.

— Rassurez-vous, on l'a libéré.

— Ah, tant mieux. Mais, moi, sur le moment, j'ai trouvé que ça passait les bornes. Je suis parti à la recherche d'Éva.

— Tiens donc ! Vous venez de dire que vous ne saviez pas où elle se trouvait.

— Non, mais j'avais une idée. J'ai repensé au 26. Éva avait vraiment beaucoup insisté pour que je ne parle pas à Helga. Pourquoi ? Peut-être parce qu'elle avait l'intention de se rendre à un endroit qui n'aurait pas plu du tout à sa mère.

— Où ça ?

— Chez son père ! »

Là, Lipsky quitta Wolf des yeux, la nuque de travers, le bec cloué. Parfois, quand on change trop brusquement de position, on a l'impression que le monde bascule, les sens s'embrouillent. Il faut un moment pour se rétablir. C'est ce qui arrivait sans doute à Lipsky, sauf qu'il ne s'agissait pas de son corps, mais de son esprit. Visiblement, le père d'Éva ne faisait pas partie de son système. Qu'est-ce que cet intrus venait fiche dans le jeu de quilles ? Il releva la tête et, à son tour, il jeta un œil sur les deux régionaux de l'étape pour juger de l'effet que leur faisait cette irruption. Manifestement, elle ne les étranglait pas, ils étaient occupés à assécher tranquillement leur deuxième verre de bière.

« Vous dites son père ? reprit-il enfin.

— Oui, son père habite en Suisse, à La Chaux-de-Fonds. Il n'a plus aucun contact avec Helga depuis des années. Éva, par contre, va le voir de temps en temps, sans le dire à sa mère, bien sûr. Elle le prendrait comme un affront vu qu'elle considère Jean comme un salaud infréquentable. Jean, son ex-mari.

— C'est cet homme que vous êtes allé voir à La-Chaux-de-Fonds ?

— Oui. Ce matin, après avoir lu le journal, j'ai voulu lui téléphoner. Il ne répondait pas. J'ai pensé qu'il était parti pour la journée avec Éva faire du ski, une excursion. Je ne pouvais pas rester à transir ici. Je suis allé jusque là-bas.

— Et alors ?

— Si Éva avait été chez son père, je vous l'aurais déjà dit. Elle n'est jamais venue chez lui. Ça fait un an que Jean ne l'a pas vue. »

Cette fois, Lipsky rejeta la tête en arrière. Était-ce le dépit que lui causait cette fausse piste ou le signe qu'il repoussait en bloc les explications de Wolf ? Est-ce qu'il l'avait cru ?

« Vous pouvez nous donner les coordonnées du père ?

— Oui, bien sûr.

— Nous devons vérifier.

— Si vous voulez… Mais, excusez-moi, inspecteur, je ne comprends toujours pas ce qui m'arrive. Vous retournez mon domicile, vous emportez mes papiers sans que je sois informé de quoi que ce soit. Qu'est-ce qui se passe ? Je n'imagine pas que vous ayez agi sans mandat. Que me reproche-t-on au juste ? »

Lipsky n'avait pas encore touché à sa bière. Il l'avait laissée là, dans un premier mouvement, pour éviter toute compromission. La mousse était retombée. Maintenant, le liquide ressemblait plutôt à un innocent jus de pomme. Il le porta à ses lèvres et avala une gorgée sous l'œil déjà compromis des deux autres gardiens de l'ordre public. Puis il grimaça le sourire supérieur du maître qui va se livrer à une démonstration en règle.

« Monsieur Weiler, avez-vous rencontré Éva ces derniers temps, je veux dire avant le 26 janvier ?

— Oui, en effet, on s'est vus une fois.

— Une seule fois ?

— Oui.

— Quand exactement ?

— Fin décembre, le jour de Noël.

— Vous avez l'habitude de rencontrer Éva ?

— Non, pas du tout. En fait, cela faisait des années qu'on ne s'était pas contactés.

— Pourquoi ces retrouvailles, alors ?

— Eh bien, c'est compliqué... »

Allait-il vraiment se déboutonner devant ce blanc-bec ? Comment espérer qu'il comprenne ce qui le liait depuis si longtemps à Éva ? Qu'est-ce que ce gamin ou même un vieux routier auraient jamais pu saisir de sa vie ? La seule chose qui intéresse les flics, c'est le mal. Le reste, ils s'en fichent. Ils le laissent à l'avocat qui, le moment venu, plaidera les circonstances atténuantes. Pourtant, ce qu'on appelle les « circonstances », justement, ce pourrait bien être l'essentiel, la chair du fruit autour du noyau, dans laquelle ces fouineurs ne cherchent que le minuscule ver qui s'y est fourvoyé un jour et qu'ils s'acharneront à extraire de la pointe de leur couteau à éplucher.

« Quand Éva était adolescente, se mit-il à expliquer à contrecœur, il y a eu un drame dans sa vie. Elle se trouvait dans un camp de guides et une amie à elle s'est noyée. Ç'a été affreux pour elle. À l'époque, je me suis efforcé de l'aider. Avec le temps, elle avait fini par se faire une raison. On s'est perdus de vue. Mais, l'année dernière, deux petites filles se sont noyées dans la Meuse. Un accident tragique qui a fait la une des journaux populaires. Vous vous en souvenez ?

— Vaguement.

— Pour Éva, vous imaginez le choc. Tout le passé est remonté. En fait, elle n'avait jamais réglé cette histoire. Elle s'est payé une terrible déprime, des mois durant. Elle n'arrivait pas à reprendre sur elle. Alors, elle m'a appelé.

— Et vous l'avez réconfortée.

— J'ai essayé.

— Vous avez réussi ?

— Pas vraiment…

— Ce qui vous a permis de la relancer.

— Qu'est-ce que vous voulez dire ? Je n'ai jamais voulu la relancer !

— Allons, monsieur Weiler ! Vous lui avez fait remettre des fleurs par la concierge de son immeuble, le 16 janvier. Vrai ou faux ?

— … Vrai.

— Eh bien, si ce n'est pas une manœuvre pour amadouer une femme qui selon toute vraisemblance ne voulait pas vous voir, je n'y comprends rien ! »

Wolf soupira. Il sentait un poids s'appesantir de plus en plus lourdement sur ses épaules et sur sa poitrine. Lipsky ne s'imaginait pas un seul instant qu'en effet, il ne comprenait rien. Il n'aurait pas pu mieux dire. Cela ne l'empêchait pas de se croire le plus fin. Il roulait des yeux victorieux devant les deux muets qu'il aurait voulu se rallier. Eux évitaient son regard. Ils se concentraient sur leur verre vide dont ils faisaient pivoter machinalement la base sur la table. Wolf se secoua.

« Ces fleurs, ce n'était pas pour Éva elle-même. J'étais sûr qu'elle le comprendrait. Elle devait les jeter dans la Meuse pour l'anniversaire de la mort des deux petites filles. Le 16 janvier, ça faisait juste un an qu'elles s'étaient noyées. Je voulais qu'elle pose un geste, un geste de deuil. Quand on broie du noir, il n'y a rien de pire que de ne rien faire. Vous comprenez ?

— ... Non, franchement, pas vraiment. Et le 25 janvier ? Vous lui avez une nouvelle fois envoyé des fleurs à son travail. Pour un autre anniversaire, sans doute !

— Le 25, à son travail ? Non, je ne lui ai rien envoyé. Je ne sais pas de quoi vous parlez.

— Ce soir-là, Éva a jeté des fleurs du haut du pont-barrage de l'île Monsin.

— Ah... Je l'ignorais.

— Vous l'ignoriez ou vous préférez ne pas le savoir. Ne sortez pas votre version des faits à un cheval de bois, il vous retournera une ruade ! Vous voulez que je vous dise comment je vois les choses, moi, hein ?

— Je... je ne sais pas.

— C'est beaucoup plus simple que votre histoire à dormir debout. Vous avez revu Éva en décembre. Vous ne l'espériez plus depuis des années. Vous avez cru que l'affaire était dans le sac, que vous alliez pouvoir renouer avec elle. D'où vos fleurs du 16 janvier, puis du 25. Des roses, monsieur Weiler, pas des chrysanthèmes ! Le 25 janvier, vous avez donné rendez-vous à Éva à la cafétéria du club de gym de Jupille.

— Mais pas du tout !

— Vous avez bien un abonnement à ce club ?

— Oui...

— Pourquoi vous déplacer à Jupille alors que vous pouvez vous entraîner ici, à Eupen ?

— Parce que... parce que je n'ai pas envie qu'on me voie ici.

— Ben voyons ! Pour quelle raison ?

— Je vais sur mes septante ans... Le fitness à mon âge, ça peut passer pour ridicule.

— Je ne vous le fais pas dire ! Un vieux barbon qui relance une jeune femme de trente-deux ans, c'est en effet parfaitement ridicule. Et insupportable pour la jeune femme. Voilà ce qu'elle est venue vous dire ce soir-là. Elle a cherché à vous humilier à cause de votre âge. Ça s'est mal passé. Mais, le pire, ç'a été le lendemain matin.

— Comment ça ?

— Elle est venue vous annoncer qu'elle avait passé la nuit avec un type à l'hôtel Marcachou. La goutte, la goutte imbuvable qui a fait déborder le vase. Vous avez vu rouge, vous avez...

— Arrêtez ! Vous dites n'importe quoi ! Il n'y a pas un mot de vrai dans votre boniment. Enfin, je reviens de Suisse, je suis allé à la recherche d'Éva, je suis mort d'inquiétude !

— Très habile, en effet, cet aller et retour ! Une belle couverture !

— Mais je ne vous permets pas ! Tout ce que j'ai fait, je l'ai fait pour secourir Éva. Je n'ai jamais eu d'autre intention que de la sortir de la dépression que lui avait causée la mort des deux enfants.

— Vraiment, quel homme dévoué ! Quel saint ! Quel converti, plutôt ! »

Une sueur froide se répandit dans le dos de Wolf. Une lueur mauvaise s'était allumée au fond des yeux de Lipsky. Wolf pressentait quel venin l'inspecteur avait sur le bout de la langue. Il allait le cracher, le frapper au cœur, alors que son cœur déjà n'en pouvait plus. Une douleur horizontale s'était fichée dans sa poitrine et irradiait jusqu'à son bras.

« Vous voulez me faire avaler que vous avez changé, monsieur Weiler, depuis l'époque où vous draguiez une certaine adolescente dans son beau justaucorps de gymnaste, quand vous la matiez sur la pelouse de ses parents, quand vous l'emmeniez en balade à la campagne pour… »

Lipsky s'arrêta avant de finir sa phrase. Devant lui, Wolf venait de ployer mollement sur la droite, il s'effondrait. En un instant, il se retrouva au sol tandis que sa chaise se renversait et heurtait les pieds de l'un des agents stupéfaits.

19.

Ce que Wolf attendait depuis le petit jour se produisit seulement vers dix heures. Son voisin de chambre se décida à quitter son lit, à chausser ses pantoufles et, poussant d'une main la perche de son goutte-à-goutte, il prit la sortie. Au passage, il se courba vers lui qui avait entrouvert les yeux et chuchota, un doigt sur les lèvres : «Je te laisse un quart d'heure, faut que j'aille en griller une.» Wolf acquiesça d'un déplacement oblique des sourcils, tandis que sa tête se renfonçait dans les deux oreillers que l'infirmière avait calés sous sa nuque.

Il laissa retomber les paupières. Enfin seul. L'autre, qui, l'avant-veille, avait été opéré d'une hernie à l'aine, était aussi bien portant que Wolf l'était mal. Il avait décidé d'annoncer la bonne nouvelle au répertoire entier de son portable. «Coucou, c'est moi!» gazouillait-il bêtement et, après avoir raconté pour la centième fois son affaire, il terminait par la même plaisanterie douteuse à propos d'une autre excroissance entre ses jambes que le chirurgien avait heureusement épargnée.

Il ne s'était interrompu qu'un moment, lorsque l'interne était entré dans leur chambre. Pour toute intimité, l'infirmière avait tiré le rideau entre les deux lits. Le jeune docteur apportait le résultat des examens que Wolf avait subis depuis son arrivée au cours de la nuit. En résumé, Wolf avait compris que ses artères étaient fichues. Il fallait pratiquer quelques rafistolages à son cœur. On n'allait pas l'opérer sur-le-champ – c'était samedi pour tout le monde –, il passerait lundi sur le billard. En attendant, il pouvait profiter d'un dernier week-end tranquille dans son lit, dorloté par les stagiaires. C'était le docteur Bruck (ou Busch, il n'était pas sûr d'avoir bien compris) qui s'occuperait de lui, un as du triple voire quadruple pontage, il n'avait aucun souci à se faire.

À peine l'interne et l'infirmière repartis, son voisin avait rouvert le rideau de lui-même et avait entrepris de le requinquer à son tour. La médecine faisait des miracles, la preuve sa hernie que Wolf aurait dû voir, une vraie éponge de toilette, eh bien plus rien, disparue en un clin d'œil ! Après quoi il avait repris ses coups de fil, en marmottant de temps en temps à voix basse, une main en coquille devant sa bouche, que le pauvre type à côté était drôlement mal barré.

Wolf lui aurait souhaité une autre tuméfaction, en travers de la gorge. Mais, quand l'autre fut parti et qu'il put réfléchir à l'aise à son sort, il l'aurait presque rappelé. Une terrible appréhension lui était tombée dessus. Il avait la quasi-certitude que l'opération allait échouer. Il voyait déjà le docteur Brock penché sur son thorax écartelé au fond duquel son cœur raplati gisait comme un ballon crevé. Un affreux juron traversait le masque du chirurgien qui s'éloignait en jetant en l'air ses gants couverts de sang. Lundi midi, c'est sûr, il coucherait à la morgue.

Son corps du moins y coucherait, cet ingrat dont il avait pris tant de soin dans les salles de fitness. Mais lui – enfin sa conscience, son « âme » comme on disait autrefois –, qu'en serait-il ? Depuis des années, il avait décidé que la mort le renverrait séance tenante au néant d'avant la naissance. Cela, toutefois, c'était avant qu'il se trouve à deux jours de la chambre froide. Maintenant, il avait peur.

Tout à coup, il se prit à marmonner : « Mon Dieu, je Vous en prie, je Vous en supplie, je... » Il freina des quatre fers. Pourquoi ne pas appeler un prêtre, pendant qu'il y était ? Il était au St.Nikolaus-Hospital, il devait y avoir un aumônier. Allons, un peu de dignité ! En tant qu'huissier, il avait assigné des tas de gens à rendre des comptes. C'était son tour. Il n'allait pas se dégonfler.

Il avait eu septante ans à sa disposition. Un bail ! Et qu'est-ce qu'il en avait fait ? La vie, au départ, n'avait pas été chiche avec lui. Il était né pendant la guerre, pas de père dans les pattes, parti à la conquête de l'Est dans les rangs de la Wehrmacht, englouti par la Russie. En conséquence, il n'avait été élevé que par des femmes, sa mère, ses deux sœurs aînées. Le seul homme de la famille. Aimé, adulé. Même après le retour du père en 1949, qui n'était plus qu'une ombre indifférente et muette, il était resté l'idole du foyer. La mère tenait une petite ferme isolée qui suffisait à les faire vivre avec ses douze vaches rousses qu'il aimait traire, le front appuyé contre leur flanchet si tiède, tandis que, sous la giclée des mamelles, le parfum onctueux du lait montait du seau calé entre ses genoux.

Mais, bien sûr, il n'aurait pas fallu qu'il s'abîme les mains. Maman l'avait envoyé au collège. Il avait fait des études afin de devenir un monsieur à chemise amidonnée avec cravate à épingle. Conséquemment, le parti idéal. Il avait épousé Mariette, l'oie la plus blanche du canton, innocente comme pouvaient l'être les filles à l'époque, qui espéraient secrètement une révélation éblouissante entre les draps de la couche conjugale. Son front de l'Est à lui ! La débandade... Pas même un enfant pour donner un sens à cette gymnastique obscène qui avait bientôt écœuré Mariette et l'avait poussé de son côté vers les salles de vraie gymnastique où il se prouvait qu'il était malgré tout un homme.

C'est là, au bout d'un interminable cortège de mornes années, qu'enfin le soleil de sa vie s'était levé. Éva avait embrasé son cœur d'un feu si dévorant qu'il avait failli la détruire. Il avait battu en retraite, une nouvelle fois, il avait fait de son mieux pour éteindre l'incendie, il l'avait cru définitivement étouffé jusqu'à Noël dernier, quand Éva soudain l'avait rappelé. Un terrible retour de flamme.

Son seul espoir à présent, c'était qu'il ne soit rien arrivé à Éva. Mais, si elle n'était pas chez son père, où était-elle passée ? Un affreux pressentiment l'oppressait. Ils allaient périr tous les deux ou se sauver tous les deux. Son esprit s'était arrêté à cette logique absurde, il n'y avait plus aucune place en lui pour la raison ordinaire.

Tout à coup, il entendit des pas dans le couloir. Pas les pantoufles traînantes de son voisin accompagnées des roulettes de sa perfusion, pas les sabots élastiques de l'infirmière, des talons de femme qui claquaient en cadence sur le sol ! Éva ! Il aurait reconnu son pas entre mille. Il se dressa sur ses oreillers, certain qu'elle arrivait. Et Helga entra dans la chambre.

Sa nuque retomba lourdement. Les larmes accumulées derrière ses paupières dévalèrent comme si le choc les avait secouées. Helga s'approcha, elle lui prit la main, l'étreignit, émue évidemment par ces pleurs qu'elle pensait pour elle.

« Mon pauvre Wolf, murmura-t-elle avec une pression ardente de ses doigts, mon pauvre ami, qu'est-ce qui t'arrive ? »

Il leva ses yeux luisants et, d'une voix étranglée, articula : « Ah, Helga ! Si tu savais ! Si tu savais ! »

Elle avisa une chaise contre le mur, la tira à son chevet.

« J'ai entendu l'ambulance arriver chez toi hier soir. Je t'ai aperçu sur la civière, de ma fenêtre. Tu peux te vanter de m'avoir fait une belle peur ! »

Elle prenait sur elle pour se donner l'air de le gronder gentiment.

« Ce matin, j'ai téléphoné aux urgences. Ils m'ont dit que je pouvais venir te voir quelques minutes. Comment te sens-tu ?

— Tu as des nouvelles d'Éva ?

— Non, non, toujours rien. »

Son visage s'assombrit, elle s'efforçait de faire bonne figure malgré tout.

« Mais toi ?

— Le cœur. On m'opère lundi. Où est-elle, je me le demande. J'espère qu'il ne lui est rien arrivé.

— La police continue les recherches, il faut espérer. Excuse-moi de te le demander : qu'est-ce qu'ils te voulaient finalement ? »

Allait-il éluder la question de la même façon que la veille, une fois de plus ? Il sentait comme une seconde pensée qui se frayait un chemin derrière sa pensée ordinaire, une sorte de spectateur qui observait la scène. Ce spectateur, curieusement, ne souffrait pas de la situation, il l'évaluait seulement, il prétendait lui trouver une place dans l'histoire de sa vie qu'il se repassait avant l'arrivée d'Helga. Ce ne serait pas mal, opinait-il, pour la séquence finale, ce plan rapproché avec Helga, façon cinéma, quand le héros va expirer et qu'il confie enfin son secret à une femme qui le recueille pieusement sur ses lèvres. Si Éva était perdue, comme il en était certain désormais, la promesse qu'il lui avait faite de ne rien dire à sa mère ne tenait plus. Il pouvait finir en beauté, se confier à la seule personne qui se souciait encore de lui.

« Je ne t'ai pas avoué toute la vérité, Helga, répondit-il humblement. Éva est bien venue chez moi, le 26 janvier au matin.

— Chez toi ? Alors là ! Enfin, Wolf, pourquoi ne me l'as-tu pas dit ?

— Elle m'avait demandé de ne pas t'en parler.

— Mais... mais pourquoi ?

— Ne le prends pas mal. Elle voulait être tranquille. Elle avait décidé d'aller se reposer quelque temps.

— Elle t'a dit où ?

— Non. En fait, je pensais que j'avais deviné. C'est pour ça que je suis allé en Suisse hier.

— En Suisse ?

— Oui. Je croyais qu'elle était chez son père. Jean est en Suisse, je suppose que tu es au courant.

— Non, pas du tout. On a coupé les ponts depuis le divorce. Je me fichais bien de savoir où il créchait avec sa poule.

— Eh bien, il est à La Chaux-de-Fonds.

— Et Éva est là-bas, avec lui ?

— C'est ce que j'avais imaginé, mais non, elle n'y est pas.

— Évidemment ! Qu'est-ce qu'elle ferait chez lui ? Un moment, j'y ai pensé, qu'elle était chez son père, j'en ai même parlé à Stany. Il n'y croyait pas plus que moi. Jean ne s'est jamais préoccupé des enfants. Ils n'ont aucun contact avec lui.

— Éva lui rend visite régulièrement, depuis plusieurs années.

— Quoi ! Eh bien, j'en apprends, dis donc ! Et toi, tu le savais ? Elle t'avait mis dans la confidence, parce que je suppose que toi aussi tu la fréquentes derrière mon dos.

— Non, non, pas du tout. C'est Jean qui m'en a fait part, il y a pas mal de temps, il était tellement heureux.

— Ne me dis pas que tu es en relation avec Jean !

— Si. Un jour, il m'a téléphoné pour avoir de tes nouvelles, vu que toi, tu lui raccrochais au nez. Depuis, il m'appelle tous les mois pour savoir comment tu vas. Il m'a même invité à La Chaux-de-Fonds. J'y suis allé plusieurs fois. Tu sais, ce n'est pas un mauvais diable.

— Et tu ne m'en as jamais touché le moindre mot !

— Tu te serais fâchée si je te l'avais avoué. »

Helga ouvrit le sac à main qu'elle avait posé sur ses genoux, fourragea jusqu'à ce qu'elle déniche un petit paquet de Kleenex dans l'intention de réprimer ses larmes. Mais ses yeux étaient secs. À défaut, elle se moucha, puis se mit à triturer le papier entre ses doigts.

Wolf l'observait du coin de l'œil. Quel coup de voir surgir son ex-mari dans son drame ! Elle devait se demander ce qu'Éva trafiquait avec ce salaud. Et Wolf ? Les services qu'il lui rendait, était-ce seulement pour en faire mention fièrement à Jean, histoire de lui montrer comme il s'occupait bien d'elle à sa place ? Peut-être avait-elle espéré, ne fût-ce qu'un peu, sans se l'avouer, qu'il faisait ça pour elle, pour lui plaire ?

Elle sembla s'apercevoir que le mouchoir n'était plus qu'un minuscule bouchon dont elle ne savait comment se débarrasser. Dans la chambre, pas de poubelle. Elle finit par le fourrer dans son sac.

« Et Éva, elle venait chez toi le 26, comme ça, en passant ? demanda-t-elle avec une ironie forcée.

— Je l'avais rencontrée à Liège, à Noël. Je te l'ai dit hier, tu sais.

— D'accord, mais qu'est-ce que tu veux dire exactement par "rencontrée" ?

— On a parlé. Elle était mal dans sa peau, déprimée. J'ai essayé de lui remonter le moral. Elle voyait bien que je me faisais du souci. C'est pour ça qu'elle s'est arrêtée chez moi le 26. Pour me rassurer, parce qu'elle allait beaucoup mieux. »

L'intention qu'il avait de tout dire à Helga commençait à s'effilocher. Il entrevoyait maintenant de longues explications dont le premier résultat aurait été de lui montrer qu'elle n'avait jamais rien compris à sa fille. Pouvait-il vraiment lui représenter Éva comme il l'avait vue dans son appartement du boulevard Frère-Orban le jour de Noël, complètement effondrée ? Plus de quinze ans qu'ils n'avaient pas été en présence l'un de l'autre, lui, réduit au vieillard inoffensif qu'elle avait prévu dans la lettre où elle le suppliait de venir ; elle, dans sa beauté de femme, sans plus aucune affectation, voilée par la souffrance.

Pas d'embrassade, juste un sourire triste, puis son bras lui avait indiqué le canapé, et elle s'était posée en face de lui, sur un pouf repose-pieds qui l'obligeait à lever des yeux plus implorants encore.

Elle était au bout d'une année horrible. En janvier, deux petites filles s'étaient noyées dans la Meuse, ensuite un plongeur qui cherchait les corps avait sombré au pont-barrage de l'île Monsin. Ces disparitions avaient rouvert brutalement la plaie de la mort de son amie autrefois chez les guides. Elle avait lutté, lutté contre la chape de chagrin qui s'était abattue sur elle mais, là, tout à coup, avec les fêtes de fin d'année, elle n'en pouvait plus. Cette atmosphère de liesse obligée, ces chants niais, cette odeur de vin chaud, d'oignon, de boudin noir, ce ramassis de vulgarités où se vautraient les gens lui levaient le cœur. Alors, c'était ça le sel de l'existence ? Mais qu'une fillette qui ne savait même pas nager se soit jetée à l'eau pour sauver sa petite sœur qui venait d'y tomber, puis qu'un jeune homme se soit perdu pour rendre leurs corps aux parents anéantis, cela ne comptait déjà plus pour personne ?

Et ce qui la torturait le plus cruellement depuis des mois – « Tu comprends, Wolf ? » –, c'est que la grande sœur et le pompier avaient accompli ce qu'elle avait été incapable de faire pour son amie. Elle avait eu peur. Elle la voyait se débattre dans le tourbillon qui s'était formé au milieu de la rivière grossie par de fortes pluies, elle savait nager, elle avait même suivi des cours de sauvetage, mais elle était restée sur la berge, muette, paralysée, avant de courir jusqu'au camp pour appeler au secours. Trop tard.

À l'époque, elle n'avait trouvé que lui, Wolf, à qui confier son malheur et sa honte. Ses parents – sa mère en particulier –, à cause de ses succès à l'école et en gymnastique, l'avaient dressée sur un piédestal. Ils n'auraient pas supporté qu'elle s'accuse de quoi que ce soit qui l'en aurait fait descendre. Wolf, en revanche, qu'elle aguichait depuis des mois, avait tout ce qu'il fallait pour la réconforter. D'abord, lui non plus n'était pas un héros. Mariette le traitait comme un paillasson. Ensuite, il crevait de soif d'amour, il était prêt à tout pour sa lolita. Suprême lâcheté, il avait profité du désarroi d'Éva pour tenter de s'emparer d'elle.

Après, bien entendu, elle n'avait plus voulu le voir, elle n'avait jamais répondu à ses lettres d'excuses. Il fallait qu'elle soit au bout du rouleau, le jour de Noël, pour l'avoir fait accourir en lui affirmant qu'elle passait l'éponge sur le passé. Qu'est-ce qu'elle s'imaginait ? Qu'elle allait redevenir la nymphette qui se blottissait dans ses bras sans risquer que cela dérape désormais ?

Les consolations de Wolf n'avaient été qu'une variation sur le jeu de séduction auquel ils se livraient alors. Fini l'ensorcellement, à présent. Wolf, assis du bout des fesses sur le canapé, ne trouvait que des mots creux pour l'encourager. Quand il s'apprêta à repartir sur quelques bonnes paroles, elle s'approcha de lui, il la prit dans ses bras, mais sans effusion, comme s'il se méfiait de lui-même. Il lui avait donné une espèce d'accolade, plus raide qu'un piquet.

Ensuite, accablé du regret de n'avoir pu l'aider, il avait eu l'idée, le 16 janvier, de lui faire parvenir un bouquet de roses. Il l'avait déposé à la loge de l'immeuble dans l'après-midi, quand il était sûr qu'elle n'était pas là. Il ne voulait recommencer le dérisoire baratin de Noël. Il savait qu'elle comprendrait.

C'était un bouquet identique à celui qu'il lui avait remis le 28 août 1993. Ce jour-là, Helga et Jean étaient partis avec Stany au parc d'attractions de Brühl. Murée dans son chagrin, Éva avait refusé de les accompagner. Mariette, par une heureuse coïncidence, avait pris le car affrété par l'Association royaliste des cantons de l'Est pour aller rendre hommage à feu le roi Baudouin dans la crypte royale de Laeken.

Il avait emmené Éva sur les lieux où elle avait campé quelques semaines plus tôt, au bord de l'Ourthe, afin de jeter le bouquet à l'endroit où son amie s'était noyée. En posant ce geste concret, elle compenserait peut-être, pensait-il, les reproches qu'elle s'adressait et mettrait un peu de baume à sa peine.

Éva prit les fleurs, s'approcha de la rivière, mais elle hésita à abandonner le bouquet si près de la berge. Alors, tout à coup, elle entra dans l'eau qui était bien moins profonde que le jour du drame – août avait été aride. Elle s'avança jusqu'au moment où le courant lui vint à la ceinture, embrassa les fleurs, se griffant d'ailleurs aux épines, et les laissa partir doucement. Puis elle revint vers lui, médusé sur la rive, lui souriant un peu pour la première fois depuis longtemps. Il la dévorait des yeux, bouche bée. Sa robe trempée collait à ses hanches et à ses cuisses. Quand elle fut au sec, elle la retroussa et la ramassa devant elle pour la tordre à la façon d'une serpillière.

Alors l'inconcevable se produisit. Il se précipita sur elle, la bascula dans l'herbe, s'écrasa contre son corps qui gigotait comme un poisson ferré. Une rage subite l'avait saisi, qui lui ordonnait d'arracher sa robe, de la déchirer, de la terrasser. Il se démenait comme un possédé. Simultanément, cependant, il sentait l'ignominie de son agression, une voix mauvaise en lui tentait de rameuter tout ce qu'elle trouvait de violence, de perversité, de barbarie qu'il avait si bien réprimé jusqu'alors. Éva se débattait, elle hurlait : « Arrête ! Arrête ! », elle griffait, cognait, mordait. Comment aurait-il pu espérer autre chose d'elle ? Il avait beau faire, il se rendait compte peu à peu qu'il n'arriverait à rien, il ne serait pas le loup dont il portait le nom absurde. Son esprit détraqué lâcha prise, son corps d'ailleurs était déjà aussi inerte qu'au contact de Mariette.

Il roula sur le côté et se retrouva comme un gisant, sur le dos, les yeux brouillés de larmes sous l'azur de plomb, tandis qu'Éva courait vers le chemin forestier où était stationnée la Passat.

Voilà ce qu'elle devait retrouver dans le bouquet qu'il avait confié à la concierge le 16 janvier. Elle devinerait qu'il était pour les deux petites filles disparues le 16 janvier de l'année précédente. Et peut-être qu'en même temps, il pourrait réparer les dégâts du premier.

Ce soir-là, elle avait lancé les fleurs dans la Meuse. Elle avait recommencé le 25, pour l'anniversaire de la mort du pompier, d'elle-même, car ce n'était pas lui qui lui avait fourni le bouquet à son travail, comme Lipsky l'avait affirmé. Il ne savait rien de cet autre bouquet. Entre Noël et le 26 janvier, ils n'avaient plus eu aucun contact.

Aussi, quelle surprise quand elle s'était présentée ce matin-là à sa porte ! Elle était si sereine. Elle voulait le remercier pour le bouquet à son appartement, puis pour tout ce qu'il avait fait pour elle. Elle lui demandait pardon ; adolescente, elle avait joué un jeu stupide à ses dépens. Le passé ne comptait plus. Elle allait s'éloigner un peu, partir vers une autre vie.

« Cet homme, Nowak, reprit Helga, avec qui elle a passé la nuit, paraît-il, elle t'en a parlé ?

— Non, elle ne m'a rien dit. Ce type, je l'ai découvert dans le journal, hier matin.

— C'est bizarre.

— Tu sais, Helga, Éva n'était pas obligée de me raconter sa vie. On a tous nos secrets. »

De cette façon, il eut un peu l'impression de se dédouaner de tout ce qu'il venait de passer sous silence.

« En tout cas, ce type ne lui avait fait aucun mal. Elle semblait si tranquille. J'étais tout à fait rassuré. Je pensais qu'elle allait prendre quelques jours de repos, en Suisse, ou ailleurs. C'est pour ça que je ne t'ai rien dit, d'autant qu'elle avait insisté, il n'y avait aucune raison de s'inquiéter. »

Il pensa : « Aucune raison de s'inquiéter à ce moment-là. » Mais maintenant il réfléchissait que la sérénité soudaine qu'elle avait affichée, le pardon étonnant qu'elle avait demandé et même l'autre vie qu'elle avait évoquée, c'était le comportement caractéristique de ceux qui ont décidé de mettre fin à leurs jours. Elle lui avait fait ses adieux et il n'avait rien compris !

Helga resta muette un long moment. Elle ne le regardait plus. Ses yeux s'étaient posés sur le linoléum où un rayon de soleil venait de pénétrer comme une lame. Puis elle murmura : « Je finirais par croire que tout le monde en sait plus long sur ma fille que moi, sa propre mère. » Et, à l'adresse de Wolf : « Si tu savais comme je l'aimais, comme je l'aimais quand elle était petite. »

Enfin, des larmes consentirent à venir à ses yeux. Celles-là, elle ne chercha pas à les essuyer. Elle fit claquer le fermoir de son sac à main. Dans le couloir, le roulement du goutte-à-goutte du voisin se rapprochait. L'homme rentra et, remarquant le visage d'Helga, il s'exclama : « Eh ben, quoi ! Vous en faites une figure, ma petite dame ! Allez, allez, soyez tranquille ! Il va s'en tirer, votre bonhomme ! »

20.

Il n'était pas tout à fait huit heures quand Jordan arriva en vue de Trèves. Il avait compté sur huit heures trente mais, le samedi, les autoroutes du Luxembourg étaient débarrassées de la ruée quotidienne des frontaliers qui viennent travailler dans les banques. Toutefois, sur le Kaiser-Wilhelm-Brücke, il y eut un ralentissement. Il resta quelques instants immobilisé au milieu du pont. Un jeune soleil perçait le ciel brumeux. La surface de la Moselle se fragmentait en une multitude de minuscules tessons qui scintillaient dans la lumière.

Comme on l'imagine, Jordan ne pouvait se trouver à l'arrêt sur un pont sans songer à celui de l'île Monsin où sa vie avait basculé, la nuit du 25 janvier, exactement dix-huit jours auparavant. Dix-huit jours dans une existence, qu'est-ce que cela représente ? Un petit paragraphe perdu sur une page au milieu d'un livre. Un seul paragraphe peut-il changer le sens de l'histoire ? Oui, il le savait à présent.

Ce soir-là, la silhouette de la Meuse qu'il avait entrevue n'était qu'une masse sombre qui rampait en silence dans les ténèbres. La Moselle, au contraire, roulait gaiement ses vaguelettes blanches comme si elle les avait puisées à une source toute neuve, spectacle allègre qui instilla un instant d'apaisement dans son cœur tourmenté.

Quelqu'un donna un bref coup d'avertisseur derrière lui, discrètement, à la façon allemande, avec un geste d'excuse qu'il aperçut dans le rétroviseur. Il n'avait pas remarqué que la circulation avait repris. Il redémarra et tourna vers le Katharinenufer.

Édith lui avait demandé s'il passerait chez son vieux maître, Höffner, à Luxembourg avant l'expertise aux Antiquitäten Kottmeier à Trèves, histoire de se changer les idées, après les émotions des deux derniers jours. Elle se faisait du souci pour lui. Il avait répondu qu'il s'arrêterait probablement au retour, qu'elle ne l'attende pas trop tôt en tout cas.

Les beaux bâtiments peints aux tons pastel ravivés par la clarté croissante défilaient rapidement sur sa gauche. Il prit la Südallee puis les quelques rues qui le séparaient du parking de la Konstantinstraße. Cinq minutes plus tard, il pénétrait sous un porche baroque dont l'anse brune était agrémentée de griffons dorés. Il entra dans le hall et appuya sur la sonnette d'un appartement au premier étage.

Pas de réponse. Il patienta un peu, vu l'heure matinale, avant d'essayer une nouvelle fois. Sans succès. À ce moment, une petite vieille enveloppée dans un châle au crochet déboucha de la cage d'escalier et, avec un air malicieux, le renseigna aussitôt : « *Sie ist nicht da.* » Avant que Jordan ait pu répliquer, elle ajouta que sa voisine de palier – elle avait entendu la sonnerie en sortant de chez elle –

était partie au marché, juste à côté, sur le Hauptmarkt.

« *Kommen Sie mit, wenn Sie wollen.* »

Jordan remercia, il n'avait pas envie de l'accompagner au risque de mettre son mauvais allemand à l'épreuve. Il la suivit à quelque distance. Arrivé sur la place du marché, il vit qu'elle tenait déjà sa voisine par la manche et lui glissait un mot à l'oreille. Aussitôt, la jeune femme se mit à scruter les parages jusqu'à ce qu'elle découvrît Jordan qui longeait la fontaine et s'avançait vers elle. Alors, elle se porta à sa rencontre, presque en courant, tenant d'une main son sac à provisions d'où dépassaient quelques têtes de poireaux.

« Jordan, si je m'attendais !

— Bonjour, Éva ! »

Elle déposa son cabas et se précipita dans ses bras. Ils restèrent ainsi un instant, la tête d'Éva sur sa poitrine et lui, une main dans ses cheveux coupés court à travers lesquels il sentait la chaleur de son crâne. Les passants détournaient les yeux.

« Viens, ne restons pas là. »

Il s'empara de son sac et l'entraîna vers le café Christis. Ils s'assirent en vis-à-vis. La serveuse apporta deux chocolats chauds.

« Je ne pensais pas te voir avant la semaine prochaine. C'est bien ce que tu m'avais dit mercredi, Jordan ?

— Oui.

— Et te voilà ! Tu as changé d'avis ?

— Oui.

— Quelle bonne idée ! »

Avec sa nouvelle coiffure, elle semblait plus gaie, plus alerte. Elle lui en avait fait la surprise mercredi quand il était venu la rejoindre. Ce jour-là, il n'était pas allé à Bruxelles à l'hôtel des ventes Vanderkindere, comme il l'avait prétendu à Édith. Il y avait bien un Bösendorfer à expertiser, mais il avait téléphoné pour reporter sa visite. Il avait menti pour venir retrouver Éva.

Et ce n'était pas la première fois… Il s'était déjà déplacé jusqu'à Trèves au début de la semaine précédente, le 31 janvier. La veille, le 30 au matin, elle lui avait envoyé un SMS pour lui faire savoir qu'elle se trouvait dans cette ville, qu'elle avait déniché un petit appartement et un travail à l'office du tourisme où l'on cherchait justement une parfaite bilingue. À Édith, il avait alors soudain allégué un rendez-vous à Anvers, qu'il avait failli oublier, un devis de piano à établir en vue du Festival van Vlaanderen.

Ce samedi matin, c'était donc la troisième fois qu'il venait la voir à Trèves. Il avait l'impression que ces visites si proches l'une de l'autre étaient séparées par des années. Le temps, en effet, s'était démesurément étiré pour faire place aux convulsions qui avaient mis sa vie sens dessus dessous. La nuit elle-même où il avait rencontré Éva sur le pont-barrage de l'île Monsin semblait désormais se perdre dans un passé lointain.

Tandis qu'elle séchait ses cheveux encore longs dans la salle de bains de l'hôtel Marcachou, il avait mis de l'eau à chauffer dans la bouilloire électrique à la disposition des clients, puis avait préparé deux tasses de verveine. Elle avait pris la sienne entre ses paumes et s'était assise sur le bord du lit. Dans l'ascenseur, il l'avait assurée qu'il dormirait dans le fauteuil, mais il n'y avait pas de fauteuil, seulement un siège avec un dossier jusqu'aux reins. Il s'assit là où il se trouvait, près de la fenêtre, sans s'approcher.

Éva avait bu quelques gorgées en silence, les yeux rivés aux jambes encore un peu humides de son jean. Il avait demandé : « Que faisiez-vous sur le pont ? »

Elle lui accorda un triste sourire qui rétracta la griffure rectiligne que les roses avaient imprimée sur sa joue.

« J'allais me jeter à l'eau », murmura-t-elle.

Évidemment, il l'avait pressenti, mais l'aveu accéléra les battements de son cœur.

« Pourquoi ? » avait-il demandé quand ils se furent un peu calmés.

Elle n'avait pas répondu tout de suite. Elle cherchait les mots sans doute pour rendre présentable une chose si difficile à admettre.

« Il y a juste un an, un jeune homme est mort à cet endroit, un plongeur qui recherchait les corps de deux petites filles qui s'étaient noyées quelques jours auparavant. Je voulais aller le rejoindre, lui, et les deux petites aussi.

— Les rejoindre ! Mais pourquoi ?

— Vous connaissez la parole du Christ : “Celui qui sauvera sa vie la perdra et celui qui la perdra la sauvera” ? »

Il ne savait rien de ces paroles du Christ ni d'aucune autre d'ailleurs. Il aurait fallu les lui expliquer, mais il n'osa pas interroger davantage Éva. Les mots, toutefois, se gravèrent dans son esprit. Le lendemain, ils lui revinrent à la mémoire maintes fois si bien qu'il les répéta avec un point d'interrogation au vicaire Wallenborn quand il vint récupérer son piano. Wallenborn s'en était sorti avec une pirouette. Les prêtres n'aiment pas les vraies questions.

Ensuite, elle lui avait expliqué bribe par bribe – il refit deux fois de la verveine – ce qu'il devait finalement relater au Delft à Édith, en commençant par le camp des guides, sa lâcheté devant la noyade de son amie. Avec les années, elle avait réussi à se persuader que tout le monde aurait agi comme elle. C'est bien la plus universelle excuse que de se réfugier dans la médiocrité commune. Mais, quand elle avait lu dans *La Dernière Heure* que l'aînée des deux fillettes tombées dans la Meuse, alors qu'elle ne savait même pas nager, s'était jetée à l'eau pour sauver sa sœur, elle avait craqué.

Elle se trouvait à son travail à la mutualité, c'était la pause de midi. Elle avait fait une telle crise de larmes que le directeur l'avait renvoyée chez elle, accompagnée d'une collègue. Ç'avait été le premier jour de douze mois de torture que lui infligeaient la honte et le remords de n'avoir pas su mourir comme la grande sœur et le plongeur. Elle voulait les rejoindre, mais elle avait toujours reculé.

Ce soir d'anniversaire de la mort du plongeur, elle avait résolu qu'elle ne recommencerait plus une pareille année d'abjection. Elle avait acheté un bouquet de roses pour le jeune homme. Toute la soirée, elle avait encore hésité, à deux doigts de se donner le prétexte qu'elle avait appelé un plombier pour un robinet qui fuyait. Très tard, le plombier avait téléphoné qu'il viendrait seulement le lendemain. Finalement, elle avait emballé les roses dans un sachet à commissions parce qu'il neigeait, noué un foulard autour de son cou, enfilé son duffel-coat et elle avait pris le bus jusqu'à Interbrew. Là, elle s'était dirigée vers le pont-barrage. Elle allait enjamber le parapet quand Jordan était arrivé.

« Et voilà, encore fichu ! » conclut-elle en raillant douloureusement.

Jordan avait quitté son siège près de la fenêtre, s'était agenouillé devant elle. Il lui prit les mains.

« Comment vous appelez-vous ?

— Éva.

— Éva, il faut vous reposer maintenant. Ça ira mieux demain. »

Elle pivota sur elle-même et s'allongea sur l'édredon.

« Et vous ?

— Je vais rester sur la chaise.

— Ne faites pas ça. Étendez-vous à côté de moi. »

Ils s'étaient retrouvés côte à côte, sans se toucher, comme Tristan et Iseut dans la forêt du Morois, de part et d'autre de l'épée au milieu de la couche. Il avait éteint la lumière, mais il savait qu'il ne pourrait pas dormir. Il écoutait le souffle d'Éva ponctué de petites expirations abruptes. Elle non plus ne trouvait pas le sommeil. Au bout d'un temps, il demanda : « Cet endroit où vous campiez, vous avez dit que c'était au bord de l'Ourthe.

— Oui.

— Vous vous souvenez du nom ?

— Barzée.

— Ah, Barzée… Je connais. J'y suis allé bien souvent quand j'étais gosse, longtemps avant vous. J'habitais à Bruxelles, mais j'allais en vacances chez un ami, à la ferme de ses grands-parents. On passait nos journées le long de l'eau. L'Ourthe n'est pas très dangereuse. Malgré tout, il y avait un coin qu'on nous défendait d'approcher. Le Gouffre du cheval, ça s'appelait. Naturellement, c'était le seul endroit qui nous attirait. Votre amie, son accident, ça s'est passé là ?

— Peut-être. Il y avait une île un peu plus loin. Une prairie entre deux bras du courant.

— C'est ça. »

Il revoyait le creux de la vallée dans la chaleur de l'été, quand l'eau de la rivière toujours si froide s'attiédissait. Il se rappelait l'odeur un peu frelatée de la végétation, les stridulations des criquets, l'envol soudain d'un couple de colverts. Et surtout, il pensait à Riquet Collard, son ami, comme sont amis les jeunes garçons et les jeunes chiens, toujours à se défier, à se chamailler, à se rouler dans la poussière, pour se racoquiner au premier mauvais tour à jouer.

« Un jour, avec mon copain Riquet, on s'était disputés, je l'ai poussé dans le Gouffre.

— Vraiment ? demanda-t-elle, la voix tremblante.

— Oui. Il nageait comme une pierre, mais à force de gigoter, il a repris pied de l'autre côté.

— Et vous… ? Qu'est-ce que vous faisiez ?

— Je crois bien que je riais, j'étais bête. Il aurait pu y rester. »

Une nouvelle vague d'émotions déferlait sur Éva. Son corps s'agitait de petites crispations qui parvenaient jusqu'à lui. Il attendit un peu puis, très doucement, il avait demandé : « Est-ce que vous aussi, vous avez poussé votre amie dans la rivière ? »

Des sanglots la secouaient. Elle parvint juste à articuler : « Oui » au milieu des hoquets qui montaient de sa gorge.

Alors, il avança le bras et trouva la main d'Éva recroquevillée sur un bout d'édredon. Il la prit, elle tenait presque tout entière dans sa paume, il la serra si fort qu'il sentait l'onde de son chagrin monter jusqu'à sa poitrine.

Il comprit que, dans son premier récit de la mort de son amie, elle n'avait pas dit toute la vérité. Peut-être même ne l'avait-elle jamais confiée à personne. C'était la première fois qu'elle parvenait à l'extirper de sa bouche, entraînée par le récit qu'il lui avait fait de sa stupide aventure avec Riquet. Ce qui écrasait sa vie, ce n'était pas seulement le repentir de n'avoir pas bougé le petit doigt pour repêcher son amie, mais l'inavouable coup d'épaule avec lequel elle l'avait précipitée dans l'abîme. Enfin, après tant d'années, elle venait de déposer son fardeau.

De longues minutes s'étaient écoulées avant que les doigts d'Éva s'amollissent. Sa respiration s'apaisa. Les sanglots l'avaient épuisée, elle s'était endormie. Lui aurait juré qu'il était resté éveillé à cause de cette main précisément qui lui était devenue plus présente que tout le reste de son propre corps. Pourtant, il avait sombré comme elle.

Tout à coup, il ouvrit les yeux. Les aiguilles fluorescentes de sa montre indiquaient quatre heures et quart. Éva s'était tournée sur le côté, son front reposait contre son épaule. C'était elle qui veillait sur lui.

« J'ai fait un rêve », dit-elle.

Elle avait rêvé de Marie, son amie qu'elle n'avait encore jamais appelée par son nom, dont les incessantes agaceries l'avaient poussée à bout. Marie avait repris pied sur l'autre rive, ainsi que Riquet y était parvenu. Elle lui adressait un signe de la main, un signe d'adieu. Elle souriait, elle n'avait pas l'air fâchée de ce qui lui était arrivé. Elle s'était retournée et avait disparu peu à peu dans la végétation.

Jusqu'au matin, ils avaient encore parlé, avec de longues pauses silencieuses. La tête d'Éva reposait à côté de la sienne, son souffle quelquefois caressait son visage. L'aube arrivait lentement. Qu'est-ce qu'elle allait faire à présent ?

« Je vais partir.

— Où ?

— Je ne sais pas. Je ne peux plus rester ici. Pendant des années, j'ai passé mon temps à peindre le décor en noir, même les gens en sont tout éclaboussés. Il faut que je quitte tout ça, pour un moment au moins. »

Puis, après avoir réfléchi, elle avait chuchoté : « Il n'y a qu'une personne que je voudrais revoir... Toi, Jordan. »

Elle avait posé son bras en travers de sa poitrine et, de ses doigts, avait emprisonné le haut de son épaule. Ce fut la plus grande intimité qu'ils s'accordèrent.

Ils avaient quitté le Marcachou sans déjeuner, sans que le gardien de nuit sorte de sa loge. Il l'avait déposée à la gare de Herstal. Elle avait abaissé le pare-soleil et s'était furtivement souri dans le miroir. Il lui avait demandé où elle allait tout de suite.

« À Eupen. »

Puis, en le quittant, elle avait ajouté : « Quand je me serai vraiment posée, je te ferai signe. »

Cinq jours plus tard, le 30 janvier, il recevait le SMS de Trèves. Le lendemain après-midi, alors qu'Édith le croyait à Anvers, il avait découvert son petit appartement près du Hauptmarkt, pratiquement vide, il ne restait que quelques babioles abandonnées par le locataire précédent. Dans la chambre, même pas de lit. Elle dormait sur un matelas pneumatique.

Ils avaient passé deux heures dans une *Weinstube.* Elle était pâle encore, les gestes mesurés, comme une convalescente. Il lui avait demandé d'arrêter de le remercier. Ce rôle de sauveur le gênait. Mais quel autre adopter ? Celui de l'amoureux transi ?

Depuis la nuit du 25, en effet, il ne pensait qu'à elle. Il avait craint qu'elle ne le recontacte pas. Plusieurs fois un cauchemar l'avait réveillé en nage : elle se jetait du pont au milieu d'une tempête de pétales de rose qui se collaient à ses vêtements et à ses cheveux.

Dans la *Weinstube,* cependant, la fausseté de la situation lui avait sauté aux yeux. Éva était toute prête à s'abandonner, par reconnaissance sans doute. Il avait l'impression abominable de présenter la facture. Quand il l'avait quittée deux heures plus tard avec la promesse de revenir la semaine suivante, elle s'était blottie dans ses bras. Son jeune corps collé contre lui l'avait fait frissonner de la tête aux pieds mais, aussitôt, il avait pensé à Édith. Est-ce qu'il allait vraiment la tromper ? Il n'avait pas caché à Éva qu'il était marié, qu'il avait deux enfants. Elle n'avait même pas relevé. C'était comme si ça ne changeait rien.

Il était rentré à Monroche les sentiments barbouillés. Masoin lui avait prescrit des anxiolytiques. Le lundi de la semaine suivante, il tombait par hasard sur l'avis de recherche d'Éva à la télé.

Un choc. Pour lui, Éva s'était éloignée, elle n'avait pas disparu. Il n'avait pu s'empêcher d'avouer à Édith qu'il avait rencontré la jeune femme du communiqué de la police – un début d'aveu qui le soulageait un peu –, mais il n'avait pas été jusqu'à lui avouer qu'il savait où elle se trouvait. Cela, il sentait qu'il n'en avait pas le droit. C'était à Éva de se signaler.

Nuit blanche. Dans la matinée, il avait essayé de l'appeler sur son portable depuis son atelier du sous-sol. Pas de réseau. À quinze heures, Lipsky venait déjà fouiner chez lui en compagnie de Riquet. Il avait tenu sa langue. Le soir, tandis qu'Édith était à son cours de solfège, il avait formé son numéro sur le téléphone du bureau. Pas de réponse, rien, même pas de messagerie. Le lendemain, le mercredi, n'y tenant plus, au lieu de se rendre chez Vanderkindere, il était accouru à l'improviste à Trèves.

L'appartement était déjà mieux arrangé. Un divan, une table basse, une petite bibliothèque avec un seul livre. Par la porte entrouverte de la chambre, il pouvait voir un grand lit. Éva avait les cheveux courts.

« Ça te plaît ?

— Oui, oui. » Distraitement.

Il n'avait eu que le temps de lui expliquer la situation, l'avis à la télé, l'enquête de la police ; elle devait se trouver au comptoir de l'office du tourisme à dix heures. Jusqu'à sa pause de midi sur un banc du Palastgarten, il avait erré dans les rues. Pendant ce temps-là, de son côté, elle avait réfléchi.

Qui pouvait s'inquiéter d'elle ? Sa mère ? Helga l'avait appelée une dizaine de fois sur son téléphone. Est-ce qu'elle ne pouvait pas un peu lui lâcher les baskets ? Elle avait fini par balancer l'appareil dans la benne d'un camion-poubelle qui passait, juste après lui avoir envoyé le SMS qu'il avait reçu le 30 janvier. Un peu d'air, de grâce ! À présent, elle avait besoin de quelques jours encore, une semaine ou deux. Après quoi elle se signalerait.

« Tu ne diras rien, Jordan, d'accord ?

— Si c'est vraiment ce que tu veux.

— Promets-moi !

— Je te le promets.

— Juré ?

— Juré.

— La seule personne à qui je ne veux pas causer d'inquiétude est là, près de moi. »

Elle plongeait ses yeux dans les siens, sans ciller, tendue tout entière vers lui. Ce regard d'offrande si unique chez une femme, il le connaissait. C'était celui d'Édith au Stadttheater d'Aix-la-Chapelle quand ils s'étaient connus et qu'ils avaient compris qu'ils étaient faits l'un pour l'autre.

Éva devait retourner à l'office du tourisme. Promis, il reviendrait dans une semaine, une dizaine de jours.

Mais il était déjà là, assis en face d'elle au Christis, seulement trois jours plus tard. Elle savourait son chocolat, sereine, souriante.

« C'est bien que tu sois venu un samedi. On a la journée devant nous.

— Éva, il faut qu'on parle, il s'est passé des choses graves.

— Quelles choses ? »

Il ne voulait pas la ramener avec sa garde à vue, la nuit affreuse en état d'arrestation. Il n'avait pas dit où elle se trouvait, il avait tenu sa promesse. Maintenant, il y avait plus urgent.

« La police soupçonne un homme de t'avoir enlevée.

— Qui ça ? Toi ? (Elle plaisantait à demi.)

— Non, un certain Wolf Weiler. Hier soir, il avait disparu, mais ils vont mettre la main dessus si ce n'est déjà fait. Tu vois qui c'est ?

— Mais bien sûr ! Wolf, notre voisin à Eupen.

— Pourquoi est-ce qu'ils le soupçonneraient ?

— Je ne sais pas. Peut-être parce que je suis allée le voir le 26 janvier avant de partir pour ici. »

Il n'avait jamais été question de Wolf entre eux. Un homme qu'elle s'était empressée d'aller retrouver après leur nuit du Marcachou !

« Wolf est un brave type, un peu coincé, à cause de sa femme qui le tenait à l'œil. Elle est morte maintenant, il a bien septante ans. Autrefois, je le rencontrais au club de gym quand je faisais de la compétition. Il venait au fitness. Il me payait des diabolos. J'ai honte de le dire, je m'amusais un peu à l'émoustiller. »

Son œillade espiègle le piqua au vif. Il avait quarante-six ans, comme Wolf à peu près à l'époque. Qu'est-ce qu'il était pour elle, un autre vieux à faire tourner en bourrique ?

« Quand Marie s'est noyée, il a été le seul à me soutenir. Après, on s'est perdus de vue mais, à Noël, j'étais tellement mal, je lui ai demandé de venir me voir. Il a été très gentil, seulement, qu'est-ce qu'il pouvait faire, sauf se faire du souci ? C'est pour ça que je suis passée chez lui, le 26. Pour le rassurer. Tu m'avais sauvée. »

La figure de Wolf prenait forme devant Jordan. Ils étaient plus proches l'un de l'autre qu'il ne l'aurait jamais imaginé. Wolf aussi avait été un moment le sauveur d'Éva. Un rôle qui vous menait directement entre les pattes des flics, qui n'allaient pas le ménager plus qu'ils ne l'avaient ménagé, lui.

« Pourquoi ne m'as-tu pas parlé de Wolf ? »

Le visage d'Éva s'assombrit.

« C'est compliqué, tu sais. Quand Wolf m'a aidée autrefois, il a cru que cela lui donnait des droits.

— Des droits ? Qu'est-ce que tu veux dire ?

— Eh bien… il a essayé de me violer. »

Le mot transperça Jordan comme un poignard. Le sauveur qui abuse du sauvé… N'était-ce pas le projet infâme qui se tapissait en lui ? Posséder celle qu'il avait sauvée ? Une chape de honte et de désespoir tomba sur ses épaules.

Il resta en compagnie d'Éva jusqu'à midi, mais c'était comme s'il n'était plus là. Ils déjeunèrent ensemble. Elle voulait l'emmener à l'appartement. Il argua d'Höffner qui l'attendait à Luxembourg. Elle promit de téléphoner à sa mère immédiatement. Elle avait acheté un nouveau portable le matin même. Il la quitta devant le parking de la Konstantinstraße.

« Tu reviendras, dis ?

— Oui.

— J'ai besoin de toi. Je vais mieux parce que tu es là. Tu me crois ?

— Oui, Éva. »

Il savait déjà qu'il ne reviendrait pas. Il n'avait pas la force de le lui dire. Il s'éloigna sans se retourner.

21.

Rarement ou peut-être jamais comme ce dimanche 15 avril un tel tonnerre d'applaudissements n'avait retenti sous la coupole de la salle philharmonique. Le public était transporté. Beaucoup qui s'étaient donné mal aux mains continuaient à taper des pieds, en criant : « Bravo ! » et même en sifflant. Le comble fut atteint lorsque Cecilia Bartoli, qui avait déjà enchaîné deux bis à la suite de son fameux récital dédié à la Malibran, son auguste devancière, vint saluer pour la quatrième fois, non sans s'effacer d'une gracieuse révérence devant le chef Emilio Gallonato et son orchestre. Gallonato se précipita pour lui baiser la main comme s'il allait la dévorer. Quelques aficionados au premier rang se mirent alors debout et entraînèrent sur-le-champ les autres rangées, comme par un effet de dominos inversé. C'était la folie.

Cecilia se retira une nouvelle fois, mais elle eut l'heureuse idée de réapparaître en tenant par la main Hélène de Gartechin qui avait exécuté trois arias en première partie, coup de pouce que la diva avait voulu donner aux talents locaux.

Très habilement, elle abandonna Hélène qui saluait en simple tailleur – elle avait déjà quitté sa robe de scène – et qui sentait les musiciens piaffer derrière elle. Aussitôt, les applaudissements retombèrent comme une fin d'averse. Les fans de Cecilia dans les places les plus proches des allées s'y précipitèrent, en route pour l'assaut des vestiaires.

C'est là, tandis qu'il attendait dans le hall Mme Brenu partie rechercher leurs manteaux, que Lipsky tout à coup sentit une main se poser sur son épaule. Il se retourna et, après un instant de flottement dû au lieu et à l'accoutrement, il reconnut le vicaire Wallenborn sapé comme un bobo, pantalon vert feu de plancher, veste brune à grands carreaux, col ouvert d'où émergeait une touffe de poils blonds. Sa tenue de ville, sans doute.

« Inspecteur Leipzig !

— Lipsky.

— Ah oui, excusez-moi ! Lipsky ! Quelle surprise ! Vous aimez la musique ?

— Ben, oui. »

La question lui sembla si ironique qu'il enchaîna : « Ça vous étonne ?

— Je ne sais pas. Un flic amateur de bel canto... Votre spécialité, ce ne serait pas plutôt les maîtres-chanteurs ?

— Très amusant ! Cela dit, un curé qui vient se rincer l'œil et les oreilles d'une créature de rêve comme Cecilia, ça ne serait pas un péché ?

— Ha, ha ! Bien joué ! En fait, je ne suis pas venu pour la Bartoli, mais pour Hélène de Gartechin. Elle s'est produite au Parvis du peuple, chez moi, en janvier. Le 25, vous vous souvenez ? Elle m'a envoyé une invitation personnelle, plus un faire-part de naissance de son petit garçon. Luciano, comme Pavarotti ! Je ne pouvais pas la manquer. Mais Bartoli n'était pas mal non plus.

— Le jour et la nuit, vous voulez dire.

— J'avoue que je n'y connais pas grand-chose », reconnut-il en s'écartant.

Mme Brenu, en effet, sortait de la cohue des vestiaires, tenant sur un bras son manteau de fourrure et, au bout de l'autre, la canadienne de Lipsky. Wallenborn s'inclina.

« Madame Lipsky, je présume ! Je me présente : Olivier Wallenborn, une relation de votre fils. »

Mme Brenu, qui aurait supporté la confusion si elle avait passé pour l'épouse de Lipsky, se renfrogna.

« Je ne suis pas Mme Lipsky, jeune homme. Je suis Georgette Brenu, la logeuse de Nathan.

— Nathan ? Quel Nathan ?

— C'est moi, avoua Lipsky.

— Ah, d'accord ! (Il lui renouvela son regard malicieux.) "Un vrai Israélite, en qui il n'y a point d'artifice !"

— Pardon ?

— Je cite Notre-Seigneur. C'est ce qu'il dit quand il rencontre Nathanaël, dans l'Évangile de saint Jean.

— Vous êtes prêtre ? avança Mme Brenu qui, par ailleurs, avait remarqué la petite croix sur le revers de la veste brune de Wallenborn.

— Vicaire, madame, en banlieue. Mais ce n'est pas ce qui me lie à Nathanaël. Nous avons l'un et l'autre étudié la philosophie à deux pas d'ici, à l'université.

— Bigre ! Deux philosophes ! "Quand un philo rencontre un autr' philo, qu'est-ce qu'ils s' racontent ?" Vous connaissez la suite ! Je vais vous laisser philosopher tranquillement, messieurs.

— Mais je vous raccompagne, protesta Lipsky.

— Ta, ta, ta ! Nathan, tu restes avec ton ami ! Je peux bien rentrer toute seule. »

Elle n'avait pas fait dix pas qu'elle alpaguait une congénère de la même fourrure qu'elle. Elles s'éloignèrent bras dessus bras dessous.

« Je ne voulais pas m'imposer, s'excusa Wallenborn. Euh... qu'est-ce qu'on fait maintenant ?

— Si ça ne vous dérange pas, je vais regagner mon appartement.

— Je vous accompagne. »

Ils marchèrent en silence jusqu'au bord de la Meuse. Quand ils furent arrivés au banc près de la statue du Plongeur, Wallenborn y posa le pied pour renouer sa chaussure.

« Si on s'asseyait ? » proposa-t-il.

La soirée était douce. Les lumières des immeubles sur les deux rives palpitaient sur les eaux. Ils s'assirent.

« Une ville avec un fleuve est toujours une belle ville, vous ne trouvez pas, Lipsky ?

— Si, bien sûr. »

Lipsky sentait son agacement se dissiper peu à peu. Était-ce l'effet du magnifique spectacle qu'ils avaient sous les yeux ? Peut-être la ville lui communiquait-elle sa douceur nocturne. Il l'avait toujours aimée.

« À propos, cette enquête, la jeune femme disparue ? Comment était-ce son nom déjà ?

— Éva Krauss.

— Ah oui ! Alors ?

— On l'a retrouvée.

— Saine et sauve ?

— Oui.

— Il ne lui était rien arrivé ?

— Non, rien du tout.

— Eh bien, tant mieux ! Chapeau, mon vieux ! »

Lipsky aurait dû refuser les félicitations. Il n'avait pas retrouvé Éva, elle s'était manifestée d'elle-même, l'après-midi du samedi 11 février. Elle avait téléphoné à sa mère. Elle se trouvait en Allemagne, où exactement, elle ne l'avait pas précisé, elle voulait qu'on la laisse tranquille. Elle ne savait même pas qu'on la recherchait, c'était quelqu'un de passage, un touriste sans doute, qui venait de le lui apprendre. Helga était soulagée, elle pleurait au téléphone quand elle lui avait fait part de la bonne nouvelle.

« Vous êtes bien sûre que c'est elle, madame Krauss ?

— Oui, absolument, inspecteur, je connais la voix de ma fille.

— Vérifiez tout de même. Posez-lui une question sur un détail de son enfance par exemple ou un objet de la maison.

— Je le ferai si vous voulez, mais je vous assure que c'est inutile. »

L'avait-elle fait ? Il n'en savait rien. À la minute, il avait laissé tomber toute l'affaire.

« En définitive, Nowak, mon loueur de pianos, n'était pas impliqué comme vous le pensiez.

— En effet.

— Je vous l'avais bien dit. Nowak est un brave type, ça se voyait sur sa bobine au premier coup d'œil. Vous ne lui avez pas fait d'ennuis, j'espère.

— Une arrestation judiciaire seulement, vingt-quatre heures, pas plus.

— Pauvre garçon !

— Il avait menti tout de même. Il avait passé la nuit avec Éva.

— Ah… très gênant.

— Comme vous le dites.

— Un petit accroc qui aurait pu passer inaperçu… Pas de chance, la demoiselle se volatilise, les flics vous tombent dessus. C'est la catastrophe. Nowak m'avait dit qu'il était marié. J'imagine les dégâts.

— Un peu de sa faute, non ?

— Oui, bien sûr… Le problème avec vous autres, les incorruptibles, c'est que vous étalez tout au grand jour. Ça se termine inévitablement en jeu de massacre. Nous, au moins, nous avons le secret de la confession. Ça limite la casse. »

« Jeu de massacre, on ne peut pas mieux dire », pensa Lipsky. Et encore, Wallenborn ne savait rien de ce qui était arrivé à Wolf Weiler. Devant le vicaire, Lipsky tentait de faire bonne contenance mais, en fait, il avait terriblement honte de lui-même. En l'espace de deux jours, il avait réussi à accuser de meurtre deux innocents ! D'abord Nowak, qui n'aurait pas fait de mal à une mouche, puis, à peine était-il disculpé, Wolf, un vieux qui venait de se taper mille bornes dans l'espoir de retrouver la supposée victime !

Wolf non plus, il ne l'avait pas ménagé. Ce qu'il avait pu l'asticoter ! Il le revoyait toujours plus pâle, les mains agitées de tremblements, les yeux écarquillés. Est-ce qu'il avait calmé le jeu, pris des précautions en le voyant défaillir ? Non. Tout le contraire. Plus Wolf perdait les pédales, plus il y allait. Jusqu'au moment où il avait basculé de sa chaise, comme un arbre sous les coups de cognée. S'était-il précipité pour le relever ? Même pas ! C'étaient les deux flics d'Eupen qui lui avaient massé le cœur, qui avaient appelé l'ambulance et l'avaient accompagné jusqu'à l'hôpital.

Au moins, il aurait pu envisager que cette attaque était une protestation d'innocence, qu'elle disculpait vraisemblablement ce malheureux. Pas du tout ! Le lendemain matin, il avait téléphoné à l'hôpital et, après que le service l'eut informé que Wolf serait opéré le lundi dans la matinée, il s'était enquis froidement quand il pourrait venir l'interroger de nouveau. Il aurait mis le projet à exécution sans sourciller s'il n'y avait eu l'appel d'Éva à sa mère, le même jour dans l'après-midi.

Sur le moment, il s'était demandé s'il n'aurait pas dû s'excuser de l'avoir malmené. Après tout, il aurait pu le tuer. Il s'était trouvé tout de suite un prétexte pour renoncer. Dans le cas présent, Wolf n'avait fait aucun mal à Éva ; n'empêche qu'il avait abusé d'elle quand elle était adolescente. Un crime resté impuni. Pas un instant il n'avait considéré que le remords avait rongé Wolf des années durant. Éva elle-même lui avait écrit qu'elle passait l'éponge, il avait eu la lettre sous les yeux. Il préférait Wolf en satyre impénitent. Puis, de toute façon, il ne pouvait lui rendre visite dans l'immédiat.

Le lundi soir, malgré tout, il avait pris de ses nouvelles au St.Nikolaus-Hospital. L'opération s'était bien déroulée. Wolf était tiré d'affaire. Dans ce cas, à quoi bon aller le déranger pendant qu'il se remettait ?

Il avait craint que Bérieux ne lui adresse des reproches. Au contraire, il l'avait complimenté. L'essentiel était qu'on ait retrouvé Éva. Des gens suspectés, mis sur la sellette, d'accord, c'était regrettable.

« Pour aller au cœur d'une affaire, il faut bien inciser dans les chairs saines ; elles cicatriseront. »

C'était la situation de Wolf sans doute qui lui inspirait la métaphore. Elle semblait le combler d'aise. Il se rengorgeait comme un académicien.

« Il n'y a qu'un seul véritable risque dans notre boulot : l'erreur judiciaire, avait-il ajouté avant de terminer sur une nouvelle fleur de rhétorique : On flirte en permanence avec l'erreur. Flirter n'est pas convoler, Lipsky ! Tournez la page. »

Cela, Lipsky ne l'avait pas pu.

Il se tourna vers Wallenborn qui avait étendu les bras au-dessus du dossier du banc.

« Vous avez raison, il y a eu de la casse. En ce qui me concerne, ça n'arrivera plus. Je quitte la police.

— Ah ? Désolé. Je ne voulais pas te faire la leçon, ne va pas croire. »

Le glissement au tutoiement toucha Lipsky plus qu'il ne l'aurait cru. Il avait besoin d'un peu d'amitié depuis longtemps.

« Je ne crois rien du tout. Le problème quand on se mêle d'une enquête, c'est qu'on s'imagine tout le temps qu'on a compris. On pose deux ou trois questions, et on jurerait qu'on voit clair dans le jeu du témoin. En fait, neuf fois sur dix, on met à côté de la plaque… Je n'ai pas envie de répéter ça toute ma vie. Je me souviens de ce que vous… de ce que tu m'avais balancé le jour où on s'est rencontrés.

— À quel propos ?

— La vérité. Tu m'as dit qu'on cherchait tous les deux la vérité, mais que moi, je m'imaginais la trouver alors que toi, tu savais qu'on ne la trouve jamais.

— Ah oui !

— Curieux, non ?

— Tu veux dire pour un curé, je suppose ? Un type qui est censé avoir la foi !

— Exact.

— La foi, bien sûr, c'est la tarte à la crème ! Tu veux savoir ce que je crois, moi ? Je crois qu'il y a un doute sur tout : l'univers, la vie, les humains. Ma foi, c'est ça : la perplexité. C'est drôlement plus facile d'être athée. Tu n'as plus besoin de te poser de questions. Tu décides que tout est évident. Moi, j'ai eu beau essayer des années, je n'y arrive pas. Et ce qui me chiffonne le plus, ce n'est pas Dieu – Il est bien capable de Se débrouiller sans moi –, ce sont les gens. Tous ces pauvres êtres qui voudraient tellement être heureux et qui s'échinent à se rendre malheureux. Cette femme, Éva, par exemple, qui voulait disparaître, qu'est-ce qu'elle avait sur le cœur ? Tu le sais, toi ? Qui le saura jamais ? Pourtant, n'était-ce pas ça, le "problème", comme tu dis, le vrai problème de cette affaire ? »

Une péniche remontait la Meuse tranquillement, tous feux allumés. Elle venait de passer sous le tablier du pont Kennedy revêtu du rose tendre de ses éclairages nocturnes, elle arrivait à leur hauteur accompagnée du battement sourd du diesel. La large étrave déchirait la surface liquide en deux, la plissait en accordéon et l'envoyait expirer contre les quais.

Wallenborn se tut, réduit au silence malgré lui par le mastodonte grondant qui rompait la vie plane du fleuve. Sur le pont, du linge attaché à une corde flottait gaiement. Quand la poupe passa, ils purent distinguer l'homme à la barre dans la timonerie éclairée. Il tourna un instant la tête vers eux mais, à ses yeux sans doute, ils n'avaient pas plus de réalité que des personnages de fiction. Le clapotement des flots se poursuivit jusqu'à ce que le bateau eût atteint les lumières, bleues celles-là, du pont suivant.

Le calme revenu, Wallenborn aurait peut-être repris son laïus mais, comme Lipsky ne semblait guère disposé à épiloguer, il se contenta d'une bourrade contre son épaule.

« La vie continue, mon petit Nathanaël ! »

Ils se levèrent et s'éloignèrent côte à côte en silence. Au pied de la passerelle Saucy, ils se séparèrent. Lipsky devait passer sur l'autre rive.

« Je suis sûr qu'on se reverra bientôt, dit Wallenborn.

— Pourquoi pas ? »

Lipsky lui serra la main plus fort que Wallenborn ne s'y attendait sans doute, car lui aussi rallongea tout à coup sa poignée.

Quand il se trouva au milieu de la passerelle, il s'arrêta et s'appuya sur la balustrade. À la question de Wallenborn concernant Éva, s'il savait ce qu'elle avait sur le cœur, il n'avait pas répondu. Depuis que l'affaire était classée, alors qu'il n'avait pour ainsi dire jamais pensé à elle au cours de la semaine des investigations, vu qu'il était convaincu qu'elle était morte, il n'avait pu éviter de ruminer à son sujet. Il lui en voulait.

En premier lieu, parce que ses bavures à l'égard de Nowak et de Wolf, le ratage complet de sa première enquête, c'était en définitive sa faute à elle, à qui il n'était rien arrivé – un peu plus, il aurait ajouté : « malheureusement ». Cette raison, il ne pouvait se la formuler franchement. Il préférait reprocher à Éva les tourments qu'elle avait infligés à sa mère, à son frère, accessoirement aux témoins, même. Si cette écervelée était sortie de sa retraite un peu plus tôt comme toute personne sensée l'aurait fait, elle aurait évité bien des chagrins et tous les dommages collatéraux. Comment avait-elle pu se montrer si inconsciente, si égoïste ?

Avant que Wallenborn n'y fasse allusion sur le banc tout à l'heure, il ne lui était pas venu à l'esprit qu'Éva était elle-même quelqu'un qui souffrait. Maintenant, penché sur la rambarde de la passerelle dans la posture où Nowak l'avait trouvée, pour la première fois il pensait autrement à elle. Il contemplait l'abîme béant sous lui, recouvert par le voile à peine mouvant du courant. Lui-même était fasciné, il éprouvait l'attraction que peuvent exercer ces eaux si paisibles qu'on les appelle « dormantes ». Elles semblaient promettre un sommeil sans égal.

Quelle fatigue accablait Éva ? La noyade de son amie lui avait saccagé l'existence, puis celle des fillettes et du plongeur. C'était Laetitia, la policière de l'accueil, qui lui avait fourni les détails des drames de 2011. Laetitia ne s'était pas arrêtée à l'absence de noyé dans l'immédiat, elle avait remonté le passé jusqu'à la disparition des petites, jusqu'aux gestes héroïques de l'aînée et du pompier. Elle lui avait laissé les coupures des journaux de l'époque sous la lampe de son bureau, il les avait crânement fichues dans la corbeille à papier.

À présent, il comprenait mieux Éva. Sous le grand miroir sombre des eaux, elle sentait la présence de ceux qui y avaient perdu la vie. Ils l'appelaient.

Soudain, il se souvint des paroles de Nowak à Wallenborn : « Celui qui sauvera sa vie la perdra et celui qui la perdra la sauvera. » C'était bien sûr Éva qui lui avait cité cette sentence énigmatique du Christ. Elle avait voulu sauver le sens de sa vie en la perdant dans les profondeurs du barrage de l'île Monsin.

Malgré ses airs patauds de saint-bernard, Nowak l'avait ramenée à la raison. Comment ? Avec un peu d'attention, quelques mots, quelques gestes délicats. Peut-être trois gouttes d'amour auraient-elles suffi depuis des années pour qu'Éva cherche la vie dans la vie et non dans la mort. Cette modeste potion, Nowak la transportait dans son tonnelet de chien des neiges, il lui en avait humecté le cœur. Un attendrissement subit fondit sur Lipsky pour cet homme généreux qui l'avait sauvée.

Il reprit son chemin. À présent, il voyait Éva comme elle était, radieuse, sur le buffet de la cuisine d'Helga. C'est ce visage qu'elle devait présenter désormais, elle ne ressemblait plus à la méchante photo de l'avis de recherche.

Quand il rentra chez Mme Brenu, elle l'entendit et l'appela dans la salle à manger où elle était occupée à lire sous l'abat-jour un des Simenon de sa collection reliée en plein cuir.

« Alors, le concert ? Ça t'a plu ?

— Magnifique.

— Je parle de Cecilia, naturellement. Gartechin, c'est autre chose.

— Bien sûr.

— Note qu'elle pourrait être excellente, mais quelle idée d'avoir choisi cet horrible Gluck ? Une si belle femme qui bêle : “J'ai perdu mon Eurydi-i-ice” ! Elle devrait interpréter des airs un peu plus sexy. Je ne sais pas, moi, l'aria de Suzanne dans *Les Noces de Figaro* par exemple.

— Elle est plutôt mezzo.

— Tu as raison. Chacun doit trouver sa voix, n'est-ce pas, Nathan ? »

Elle plissa les yeux d'un air de connivence. Elle se flattait de lui avoir montré sa voie depuis qu'elle l'avait recommandé à la librairie des Arcades après sa démission de la police.

« À propos, ton machin a sonné tout à l'heure. Tu l'avais laissé sur la table », dit-elle en désignant son portable rangé entre une poire et une banane sur la corbeille de fruits.

Lipsky attendit d'être dans ses appartements pour consulter sa boîte vocale. C'était Bérieux qui lui demandait de le recontacter. Il appuya sur le numéro de rappel.

« Ah, Lipsky, ça va ? »

Immédiatement, il perçut que Bérieux était embarrassé.

« Oui, merci, monsieur.

— Je voulais vous informer avant que vous ne l'appreniez autrement, vu que vous avez mené l'enquête. C'est au sujet d'Éva.

— Oui. Qu'est-ce qui se passe ?

— Mauvaise nouvelle, mon garçon. Les Allemands viennent de nous faire savoir qu'ils avaient repêché son corps dans la Moselle ce matin.

— Ce n'est pas possible…

— Si, malheureusement.

— Mais pourquoi ? Pourquoi ? »

Il sentait les larmes affluer à ses yeux.

« On ne sait pas. À première vue, elle n'a laissé aucun message. Elle était mal dans sa peau. Cette disparition, déjà… De toute façon, est-ce qu'on peut jamais comprendre ce qui traverse la tête de ces malheureux, hein ? Même notre tête à nous bien souvent… Lipsky ?

— Oui, oui, monsieur.

— Tout de même, un détail peut-être. Elle avait des pétales de rose collés à ses cheveux et sur ses vêtements. »

Mes remerciements pour leur aide précieuse au commissaire François P., à Louis B. et à Giuseppe S., et à mon fidèle Roland T.

Je salue avec émotion la mémoire des petites filles et du plongeur qui sont évoqués dans le roman.

La photocomposition de cet ouvrage
a été réalisée par
GRAPHIC HAINAUT
30, rue Pierre-Mathieu
59410 Anzin

MIXTE
Papier issu de sources responsables
FSC® C003309
FSC
www.fsc.org

L'Éditeur de cet ouvrage s'engage
pour la préservation de l'environnement
et utilise du papier issu de forêts gérées de manière responsable.

Imprimé en France par CPI
en janvier 2020

N° d'édition : 59730/01
N° d'impression : 156836